주부 재취업 처방전

-내 안의 천재와 접속하기

주부 재취업 처방전
-내 안의 천재와 접속하기

2017년 8월 5일 초판 인쇄
2017년 8월 10일 초판 발행

지은이 | 천경
펴낸이 | 이찬규
펴낸곳 | 북코리아
등록번호 | 제03-01240호
주소 | 13209 경기도 성남시 중원구 사기막골로 45번길 14
　　　우림2차 A동 1007호
전화 | 02-704-7840
팩스 | 02-704-7848
이메일 | sunhaksa@korea.com
홈페이지 | www.북코리아.kr
ISBN | 978-89-6324-564-5 (03810)

값 13,500원

주부 재취업 처방전
내 안의 천재와 접속하기

천경 지음

북코리아

머리글

그러고 보면 꽃은 피어나는 것이 아니다
오래 어두워진 것들이
꽃의 귀를 여는 것이다 … ― 배용제 〈아우성치는 빛〉 중

엄마, 여성, 주부
오래 혼자서 어두워진 이름.
지금 그것들이 '육탈'하려고 한다.
한때 골방의 시간, 캄캄한 고치의 시간을 첨벙첨벙 건너고 건너고 건너
지지고 볶고 싸우고 터지고 곪고 썩고 발효되어 종균이 된 기운들이 한꺼
번에, 우르르 일어나, 느닷없이 밖으로 나간다. 당신의 밖으로. 그리하여
진주가 된 여성들의 경이로운 삶. 그 전망을 당신과 나누려고 한다.

알다시피 저출산 고령화 현상이 교과서에도 실릴 만큼 우리 사회의 핵
심 과제가 되고 있다. 이미 정부 부서 등에서 다양한 대책을 내놓고 있지
만 전시적이고 일회적인 처방도 눈에 띄고 실효성에 의문이 가는 대목도
보인다. 물론 시행착오를 거쳐 앞으로 더 효과적인 대안이 나올 것이다.
그러나 한 가지, 갈수록 경제활동 인구가 줄고 있는 지금 집안에 있는 주
부들을 밖으로 '데리고 나와야 한다는' 생각에는 대체로 공감하는 듯하다.

현재 정부와 각 지자체들이 여성새로일하기센터 등을 통해 앞다투어 주부 재취업 프로그램을 내놓으며 홍보에 열을 올리고 있는 것만 봐도 주부 인력 활용에 대한 공감대 형성만은 확실해 보인다.

나는 가정에 묻혀 있는 주부들이 얼마나 대단한 사람들인지, 얼마나 큰 자산인지 말하고 싶다. 그리고 이 진주를 품은 주부들의 대단한 능력을 사회가 적극 활용하기를 바라는 마음이다. 그래서 '집 안에 숨은 진주들'의 적재적소의 '용처'에 대해 다시금 생각하게 됐다.

우리 사회는 이미 주부 재취업이 당연한 시스템으로 가고 있는 중이다. 곧 평균수명 120세 시대가 온다고 하지 않는가? 그래서 주부들이 이런 변화하는 상황에 맞게 스스로를 개발해서 사회에 나가 당당히 자신의 재능을 사용하기를 바라는 것이다. 또한 향후에는 쉰 살도 예순 살도 청춘일 뿐이며 곧 최상의 여건이 마련될 것이니 지금부터 나를 변화시키고, 나를 찾기를 바라는 것이다.

그래서 이 숨은 인재들이 남은 반평생을, 가족이 아닌 나를 위해 성취하며 나를 위해 감격하며 나의 천재를 만나서 한 번뿐인 인생의 주인공이 되는 삶을 살기를 바라는 마음이다.

따라서 이 책은 엄마인 여성의 가능성과 위대성에 주목하고 있다. 신의 경지의 공감 능력과 눈치코치 인간관계학 박사학위 수준의 따뜻한 가슴, 신(神)도 울고 갈 친화력과 유연함, 기꺼이 수고하는 정신 등등 말이다. 그래서 이 위대한 아줌마의 저력을 보여 주자고 아줌마 본인들에게 제안하는 것이다. 이제 일어나자고, 봉인된 나의 거인을 깨우자고, 춤추게 하자고, 나머지 인생을 '나의 완성'에 바치자고.

그러니까 이 책은 주부의 자기완성에 대해 말하고 있다.

더 행복한 나를 만나러 가자는 제언이다.

사회가 지금 그 방향으로 가려고 애쓰고 있다. 미흡한 점도 있지만 요즘은 재취업에 성공한 주부들을 일터에서 만나는 것이 어렵지 않은 풍경이 되었다. 그렇다면 이제 단 한 가지, 우리 주부들 스스로가 준비해야 하는 것이 남았다.

이제 나의 '상품성'을 찾아야 한다. 그 이야기를 하려고 한다. 준비된 나, 준비된 여성, 준비된 경력 여성, 그 여성이 자기가 가야 할 곳을 향해 가는 방법에 대해 말하려고 한다. 거기에는 필연적으로, 잠재하고 있는 여성의 지혜를 여성 스스로 꺼내는 수고가 뒤따르리라. 내면에 잠들어 있는 새로운 '자아'를 찾기 위한 '신비한' 시간이 필요하리라. 그 여성을 만나러 가려고 한다. 여성의 내면에서 전해 오는 메시지를 만나는 여성을.

한 가지 더, 이제 재취업 전업주부를 경단녀(경력 단절 여성)라고 하지 말자. 재취업 전업주부를 새경녀(새로운 경력을 추가한 여성)라고 불러 주자. 결혼과 출산과 육아를 감당하고 완성한 그녀, 세상 그 무엇과도 바꿀 수 없는 위대한 일을 성취한 그녀가 이제 또 다른 나를 만나려고 하는 것이다. 여성에서, 어머니이며 아내이며 주부이며, 며느리이며 딸인, 누구도 흉내 낼 수 없는 제3의 인간이 된 여성, 여성도 남성도 아닌 새로운 인간. 우리의 위대한 어머니이며 아내인 아줌마들이 세상으로 나간다. 국가적으로도 이를 축하해 줘야 한다.

그런데 이 아줌마의 파워가 얼마나 놀라운지 우리는 간과하고 있다. 사회가 소홀히 여기고 있고 우리들 자신이 그렇게 치부하고 있다.

지금부터 아줌마의 능력과 성스러운 힘에 대해 이야기하려고 한다. 미처 돌아보지 못했던 나의 가치를 눈을 크게 뜨고 찾아내려고 한다. 그리고 사회로 나가 공헌하기를, 나를 완성하기를.

그것을 영력이라 하든, 내면의 천재라 하든, 혹은 신성한 창조의 힘이라 하든, 아무튼 주부 안의 지혜와 교신하기를, 부디 '접신'하기를, 그리하여 지금 자살골을 향해 달려가는 문명의 대안이 되기를.

다음은 나카자와 신이치의 《대칭성 인류학》(김옥희 역, 동아시아, 2014)의 한 대목이다.

"그런 다음 여자들은 마을 입구로 나가서, 마침내 지칠 대로 지쳐서 돌아온 용기 있는 남자들을 맞이합니다. 그때 마중 나간 사람 가운데 경험이 풍부하고 박식한 여성에게 인류학자가 묻습니다. '남자들은 저런 식으로 귀중한 지혜를 찾아 모험을 떠납니다. 그런데 여자들은 마을에서 그들을 기다릴 뿐입니다. 뭔가 불공평하지 않나요? 여성은 그런 지혜에 다가갈 권리를 부여받지 못한 셈이니, 차별받는다는 생각이 들지 않나요?' 이 질문에 대해 마을의 여성이 웃으며 이렇게 대답했다고 합니다. '가엾게도 남자들은 그렇게라도 하지 않으면 지혜에 다가갈 수가 없는 거예요. 하지만 여자는 그냥 자연스럽게 그것을 알죠.'"

그렇다. 여성은 이미 자연스럽게 '알고' 있다.

우리 이제 이 시간의 톱니바퀴를 일그러뜨리고 이형(異形)의 시간으로 가자. 자기 눈을 찌르고 보이지 않는 것을 보려고 했던 오이디푸스 왕처럼, 왕궁을 떠나 출가한 붓다처럼. 이제부터 살아온 날들과는 다른 것을 향해 가자. 다시 여성의 존엄함에 대해서 이야기해 봐도 좋다. 내 안에 존재하는 위대한 것, 나의 '여신'에게로 가면서 나는 새로워진다. 지금 이 시간의 길을, 직선의 시간을 뒤집어엎는다. 시계를 오작동 시키고 째깍째깍, 탈구된 순간으로 미끄러져 들어간다. 그곳에서 누더기 몸을 벗고 한 마리 나비가 되자. 완전한 지혜의 나비가.

끝으로 북코리아 출판사 이찬규 사장님과 편집부에 진심으로 감사드린다. 또한 남편과 딸 예림이에게 사랑을 전한다. 엄마가 글 쓰고 책 읽는 동안 혼자 시간을 많이 보내야 한 착한 딸이 건강하게 잘 자라 줘서 참으로 감사하고 감사하다. 하느님께 감사드린다.

CONTENTS

part. 1 목련, 그 순간

part. 2 삶이 내게 말을 걸어올 때

CONTENTS

부록

part
1

목련, 그 순간

나에게 감사하기

서른이 될 때는 높은 벼랑 끝에 서 있는 기분이었지
이다음 발걸음부터는 가파른 내리막길을
끝도 없이 추락하듯 내려가는 거라고. ― 최승자 〈마흔〉 중

지금 내 곁에 있는 당신에게 감사하고, 세상에게 감사하고, 나 자신에게 감사하자는 내용의 글을 읽은 적이 있다.

지금 내 곁에 있는, 많은 당신에게 감사하는 것이 당연한 듯하지만 사실 어렵다. 그래도 어려운 것을 실천하면 행복해진다. 세상에 대한 감사도 생각하기에 따라서는 얼마든지 감사할 거리가 넘칠 수도 있고, 감사는커녕 서럽고 억울한 것투성이일 경우도 있다.

그래도 조금이라도 감사한 것을 찾아내어 "감사합니다"라고 말할 여유가 생기면 나의 시야가 넓어진다. 그건 그렇다 치고 내가 나에게 감사하라는 것은 또 뭘까? 내가 나에게 뭘 감사해야 하지?

골몰하다가 '그래, 나에게 감사할 것이 많구나'라고 생각하기에 이르렀다. 그래서 나에게 말했다.

"감사하고 감사해. 이렇게 멋지게 나이를 먹어서 고맙고, 힘든 세월을 잘 감당하고 아이를 키우고 가정을 이루고 여전히 큰 꿈으로 가슴이 설레

고, 내 안을 자주 응시하고, 사는 것이 고달플 때도 곧 희망의 언어를 기억해 내면서 이렇게 뒤뚱뒤뚱 열심히 살고 있어서 참 고마워."

그러고 보니 나에게 감사할 것을 계속 나열할 수 있을 것 같았다. 내 성격의 장점과 단점조차도 감사하고 반성할 것이 떠올라서 감사하고, 내 감성이 무디어지지 않아서 감사하고, 지적 호기심으로 충만한 점도 감사하고…. 나에게 감사할 것이 참 많다.

그렇구나! 나에게 감사할 것들을 모조리 적어 보자! 그 무엇이든 나에게 감사하자! 진심을 담아 나에게 감사할 것들의 목록을 만들어 보자. 그렇게 감사할 것들을 메모하다 보면 열린 시각으로 삶을 바라볼 수 있게 된다. 잊혀 가는 기억들을 불러내고 무디어져 가던 생활 속에서 사라졌던 그 무엇이 아련히 피어난다. 그 시절 그 집 앞 그 아이 그 눈 속에 있던 나, 작고 수줍은 아이, 둥지 안의 작은 새, 하늘, 나무, 바람, 추억과 추억 사이, 기억과 기억 사이 그 하늘과 대기, 이른 아침 공기의 촉감, 그 냄새, 아지랑이, 울부짖는 바람의 노래, 슬픔과 슬픔과….

나는 어떻게 여기에 있는가? 여기 오기까지 평탄했는가? 돌아가 보자. 작은 아기, 그 아기가 자라 어린아이가 되고 그 아이가 지금 여기 있다. 고봉준령을 거쳐 오지는 않았는가?

이곳에 존재하기 위해서 하늘도 땅도 별도 달도 나를 도왔다. 내 어머니의 배 속에 수태되는 순간, 바로 그 순간에도 수천수만 겁의 인연의 확률 속에서 내가 모습을 드러낸 것이다. 차라리 태어나지 말 것을, 나를 태어나게 해 준 하늘과 땅과 우주 만물에 감사는커녕 왜 나를 이곳, 이 우주, 이 세상, 이 나라, 이 변두리에 나오게 했느냐고 따지고 싶은가? 그럴 수 있다. 과학자들은 지금 우리가 몸 담고 있는 우주가 거의 끝을 알 수 없는 광대한 무한에 가깝다고 하지 않는가? 일부 과학자들은 이런 광대무한한 우주들이 무수히 많아서 무수한 다른 우주에는 다른 무수한 것들이 살고 있다는 가설을 내놓고 있다.

아무튼 그 무한에 가까운 우주에 무한에 가까운 확률로 지구라는 행성에 떨어져서 내 어머니로부터 이곳에 왔다. 그 무한과 무한 안에 실오라기 같은 내 생명이 이곳에 숨 쉬고 있다. 지금 여기 살고 있는 것 자체가 기적이다! 이것만은 꼭 기억해야 한다. 내 존재가 기적이다. 나보다 더 불가사의하고 신비로운 기적이 없다. 이 기적에 비하면 기껏해야 내 안에 있는 천재 따위를 찾는 것은 기적은커녕 당연한 의무이다. 이 의무를 망각하고 짧은 인생을 기계처럼 살다 가는 것이 사실은 믿기지 않는 기적이다. 부디 이런 슬픈 '기적'의 트랙에서는 벗어나자. 다른 기적, 아주 쉬운 기적을 만나자. 내면의 지혜와 만나는 것, 내 에너지를 온당하게 사용하는 것, 그 정당한 기쁨과 창조에 다가가자.

다시 나에게로 돌아오자.
가만히 바라보자! 나, 너무나 아름답지 않은가? 너무나 신기하지 않은가?
다른 것은 다 제쳐 두고 그냥 어머니 뱃속에서 '걸어서' 지금 여기 와 있는 나. 그 '나'에게 감사하자. 무한의 확률 속에 '나'라는 '특이한' 존재를 있게 한 우주의 우주의 우주들에게는 감사할 것이 없다고 치자. 왜냐하면 안 태어나고 싶었을 수도 있으니까. 하지만 그 작은 씨앗 같은 내가 잉태되어 많은 난간을 겪으며 여기 와 있다. 그 '나 자신'에게 감사하지 않은가?

누구나 쉽게 여기 도착한 사람은 없을 것이다. 아무튼지 지금 여기에 있다는 그것이 중요하다! 불만족스러운 모습이더라도, 슬픔을 가누지 못할 만큼 숨 막히는 지점에 있더라도, 혹은 노숙자처럼 살고 있더라도, 아니, 노숙자이더라도, 나는 지금 여기 있다. 내 몸이 분화되어 사라지지 않고 살아 있다. 그렇다. 내가 살아 있는 것보다 감사한 일이 있을까? 그것보다 더 큰 기적이 있을까? 우주 탄생의 순간, 그 태초의 순간 이후 지금까지 무한의 확률 가운데 내가 꿈틀꿈틀 생명을 받아서 지금 이 생명을 유지하고 있다. 그러므로 소중하지 않은 생명이 없고 존재의 이유가 없는 존재는 없다. 무엇이든지 존재하는 이유가 있다는 것을 열렬히 믿자! 그리고 이 기적 같은 생명, 바로 나에게 감사하자. 내가 나에게 감사해 보자, 신기한 일이 벌어진다! 눈물이 날지도 모른다. 살아온 날들, 언 땅에 혼돈의 안개 같던 그 시간들을 바라보자. 가슴 아파서 혹은 대견해서, 눈시울이 뜨거워지는가?

지금 여기 당신이 조우하는 이 순간을 위해 참으로 많은 것의 도움이 있었다. 그리고 지금 이 모습으로 살아 있기까지, 생명의 눈을 틔우고 말똥말똥 머물고 있기까지 나는 나를 위해 젖 먹던 힘까지 쓰면서, 내가 의식하든 못 하든, 그렇게 여기까지 온 것이다. 그리고 나를 닮은 자식을 낳고 나와 비슷한 것도 같고 아닌 것도 같은 배우자와 이웃과 이곳, 이 공간을 함께 '유영'하고 있는 것이다.

그러니 부디 감사하자. 감사는 감사의 속성상 전염된다.

나에게 감사하다 보면 나와 똑같은 조건 속에서 이렇게도 슬프게 이렇게도 아프게, 열심히, 열심히 살고 있는 저 많은 사람과 뭇 생명들이 얼마나 존귀한지 알게 되리라, 내가 얼마나 뜨겁게 나와 그들에게 감사해야 할지 알게 되리라. 우주의 한 미물에 불과한 그들이 없었다면 나 또한 존재하지 않았으리라. 그래서 함께 가야 한다.

"뭔 흰소리! 아, 열 받아! 그냥 죽지 못해 사는 거라구! 나는"이라고 말하고 싶은가? 그렇다면 '죽지도 못하고' 생명이 붙어 있는 이유가 있을 것이다. 그 이유를 찾자. 그리고 걸맞는 생의 에너지를 찾아내어 춤추는 고래처럼 살자. 아니, 매일 춤추며 살자.

나의 내부로부터 '엄청난 것'들을 끄집어내자. 내 안에 감사할 것투성이라면 그 많은 감사할 자원들 속에 훌륭한 것이 얼마나 많겠는가? 긍정적인 것이든, 독특한 무엇이든, 비웃음을 살 듯한 것이든 아무튼 감사할 것들을 찾아 보시기를 권한다.

흔히 스트레스로 분노와 화가 가득할 때 "눈에 뵈는 것이 없다"라고 하지 않던가? 매일 그날이 그날 같고 매일 우울하고 자식과 남편에게만 관심을 지닌 채 살면 그야말로 아무것도 '뵈는 것'이 없을 수밖에 없다. 뭐가 보이겠는가? 남의 자식 공부 잘하는 것, 남 잘되는 것, 남의 남편 승진한 것, 이웃집 여인이 들고 있는 명품 가방이나 보일 것이다. 기대에 부응하지 못하는 내 아이와 남편에게 부아가 올라오고 오늘 저녁에는 무슨 반찬을 해야 하나, 구시렁거리며 오늘 같은 내일을 맞을 것이다.

금세기 최고의 휴머니스트로 불리는 《단순한 기쁨》(백선희 역, 마음산책, 2001)의 저자 피에르 신부는 인간을 '상처 입은 독수리'라고 말한다. 그는 "인간이 광대한 지평과 무한한 공간을 갈구하는 존재인 동시에, 마치 상처 입은 독수리처럼 진정한 비상을 할 수 없도록 구속받는 존재"라고 한다. "광대한 지평을 갈망하지만 끊임없이 온갖 장애물에, 대개의 경우는 내면적인 장애물에 부딪히는 게 바로 인간의 마음"이라고 지적한다.

그렇다면 나의 '내면적인 장애물'을 걷어 내는 것이 필요하지 않을까?

나의 '장애물'을 제거하고 나면 말갛게 비워진 새로운 나를 만날 수 있다.

내 안에 있는 켜켜이 쌓인 것들, 축적된 퇴적물들을 차례차례 밖으로 데리고 나오자. 그 작업을 하기 전에 나에게 진심으로 감사하자. 그러다 보면 나 외에 또 다른 감사할 것들을 보게 된다. 나에 대한 감사가 내 안의 '장애물'을 제거하는 작은 실천이라고 생각해 보자. 다만 경계할 것이 있다. 나에 대한 감사는, 무례함과는 정반대의 지점에 있다. 겸손한 마음이 감사하는 마음의 출발점이라고 생각하자.

"감사합니다. 감사합니다. 당신과 함께 살아 있어서, 어두운 밤을 지나 아침을 맞을 수 있어서, 추운 겨울이 지나고 이제 곧 환한 봄을 맞게 해 주어서, 내 작은 아이의 쌔근쌔근 잠든 그 어여쁜 얼굴을 보게 해 주어서, 지금 내 모습 이대로 너무 사랑스럽고 예뻐서…. 내 안에 있는 장애물을 알아볼 수 있게 해 주어서… 감사합니다 감사합니다."

목련, 그 순간
〰〰〰〰

번짐,

목련꽃은 번져 사라지고

여름이 되고

너는 내게로

번져 어느덧 내가 되고

나는 다시 네게로 번진다

...

번짐, 번져야 사랑이지

산기슭의 오두막 한 채 번져서

봄 나비 한 마리 날아 온다 ─ 장석남 〈번짐〉 중

1

4월 목련 환한 그 봄을 기억한다.

다르게 살고 싶은 갈망으로 그 밤 젊은 우리는 밤새워 토론했다. 자본주의와 혁명에 대해. 무엇인가를 알아 버린 자의 겁 없는 질주. 사사키 아타루는 이미 읽어 버린 것에 대해 말했던가? 우리는 이미 알아 버린 것들을 이야기했다. 우리의 꿈인 것도 같고 망상인 것도 같고, 가면 같은 사랑, 욕망 아닌 욕망, 혹은 절박한 결핍에 대해. 공고하고 익숙한 나를 깨고 다른 것을 '탐하는' 치명적인 흥분으로 밤을 새운 날. 새벽에 라면을 끓여서 빈 위장에 구겨 넣었다. 맛이 없었다. 김치가 없었기 때문일까?

그날 위험한 것을 넘보는 자(者), 이미 매혹되어 버린 자(者)의 두려움과 기쁨을 안고 이른 새벽, 내 자취방으로 향했다. 마을을 돌아 골목을 나설 때 목련이 집집마다 무연하게 서 있었다. 나를 보고 웃는 듯 우는 듯.

저리던 기억, 거기 번짐이 있었다.

목련나무의 고운 목련이 사방으로 번져 하늘을 가득 메우고 목련 안에 자잘한 빛줄기들이 온 세상으로 번져 나가고 등 뒤에 두고 온 크고 켕하던 눈의 그 사람, 그 사람의 열망이 이른 봄 나를 달구고 있었다. 대지에 알록달록 꽃이 피듯이 내 안에서는 다른 색깔의 꽃이 피려는 것일까. 혹시, 그 사람이 나의 다른 세상은 아니었을까?

당신의 그 순간은 언제였나?

그 순간, 세상은 목련과 햇빛과 꽃으로 아득하여 어지럽고 이유도 없이 기절할 것 같았지. 순식간에 다른 공간으로 무단이탈. 상아색 노란색 초록 초록 핑크 빨간색 빛 덩어리, 그 이상한 생명들에게 인사를 했지. 안녕, 안녕…. 내가 번져서 목련이 되어 붙박인 채 양손을 뻗어 가지가 되어 태양을 보며 가만히, 그러고 있었지. 다시 가서 물들고 싶네. 목련이 되고 싶네.

누구에게나 그 순간이 있다. 시간과 대지와 꽃과 하나가 되었던.

그 순간, 우리는 신을 만난다.

지금 그 순간이 다시 뚜벅뚜벅 오고 있다!

온전히 내 안으로 가라앉고 싶은 순간, 내 밖으로 사라지고 싶은 순간. 내가 사라진 자리에, 그 텅 빈 공허 안에 모르는 것이 꿈틀거린다. 경악스런 경이 앞에 다시 호젓이 갈수 있겠다, 지금.

왜? 할 일 다 했으니까. 할 일이 없으니까 새로운 할 일이 보인다. 나에게로 육박해 가는 일에만 전념할 수 있겠다. 한꺼번에 나에게로 돌진하는 무한의 시간 입자들이 출렁출렁 먼지처럼 내 앞에서 햇빛에 반사되어 흩날리고 있으니까.

이제 우리는 할 일 다 했다.

결혼했고 아이 낳아 길렀고 나이를 먹었고 아줌마가 되었고 기뻤고 슬펐고 근심했고 걱정했고 화냈고 분노했고 좋았고 싫었고 울었고 웃었고 아내가 되었고 엄마가 되었고 며느리가 되었고 눈치코치 9단 산전수전 공중전 다 치른 막강 파워 인간…, 제3의 인간이 되었다.

그 순간이 우리에게 오고 있다.

절정의 순간, 내 안에 있는 신에게로 가서 경의를 표할 순간, 할 일 다 하고 잘 갈무리한 나에게 내가 줄 선물을 향해 가만가만 나에게로 돌아오는 시간…, 흠뻑 웃고 있는 혹은 흠뻑 울고 있는, 많이많이 살았고 알았고 아팠고 즐거웠고 아름다웠고 유치했고 추악하고 너절하던 기억들과 더불어서 성숙한 인간으로 가는 길목. 제련되고 연마되고 탁마된 요모조모 어쨌든 완성된 인간이 진짜 자기가 되려고 한다. 자기를 진짜로 완성하려고 한다. 제3의 인간, 일명 아줌마들.

결혼하고 자식을 낳아 키운 아줌마들, 그들이 일을 치르려고 한다. 신발 끈을 묶고 있다. 제3의 인간이 간다!

2

당신은 어린 아기였던 자녀의 엄마로서 역할을 해냈고, 가족을 살뜰히 보살피며 '청춘'을 보냈다. 이제 아이들은 저마다 바쁘게 학원으로 학교로 나가고 남편도 날마다 바쁘다. 슬슬 '나는 무엇인가?' 하고 생각해 보는가? 시간이 마구 남아도는가? 나는 무엇을 할 수 있을까? 자식을 양육하고 가정을 꾸리는 재능 외에 뭐가 없을까? 경제적으로 자립하고 싶다. 돈을 마구 벌고 싶다. 기쁘게 내 노동을 팔고 싶다. 아이들도 다 컸고 시간도 많다!

당신, 이제껏 가장 행복했던 순간은 언제였는가?
기억이 나지 않을 수도 있다. 당신의 잘못이 아니다. 오랫동안 '부차적 인간'으로, 직장에 비유해서 말하자면 '지원부서'로서 살았으니 말이다. 이렇게 영원히 '주변인'으로 살고 싶지 않다.

이젠 개인 ○○○이 되고 싶다! 그렇다. 준비된 사람들이 바로 엄마들, 아줌마들이다. 세상의 모든 엄마들은 강한 존재로 거듭나 있다. 자녀를 키우며 가정을 지키며 담금질되었기 때문이다.

엄마로서 우리는 많은 것을 보고 배우고 성장했다. 개인 아무개가 아닌 주부로, 며느리로, 딸로 살면서 오래 참고 분위기를 띄우고 표정 관리를 했다. 그리고 우리는 비로소 진정한 '엄마'의 반열에 섰는지도 모른다.

나는 세상 풍파에도 당당히 삶을 살아 낸 여인들이 얼마나 힘이 센지 말하려는 것이다. 그러기에 이제 우리는 딱 한 가지만 찾으면 된다.

나는 언제 고양되는가? 언제 완전함을 느끼는가? 그 완전한 나를 만나기 위해 이제 나에게 희망을 품고 싶다. 나를 키우고 싶다. 존재의 중심으로 걸어가서 환호작약하고 싶다. 매혹되고 싶다. 다르게 살고 싶다. 이제부터 진짜 재미있는 인생을 살고 싶다. 제 살 깎아 먹기식의 가혹한 삶을 버리고 싶다. 젊은 시절 우리는 부모로서의 의무와 소명을 다했고 그 길에서 필연적으로 가족을 먼저 생각하는 모성애가 발현되었다. 그 모성애가 인류를 지키는 동력이기도 하다. 그러나 이젠 다른 노래를 부르자. 다른 나를 만나자.

"나를 열어주세요
옆구리에 열쇠구멍이 있을 거예요.
찾아보세요. 예, 거기에
열쇠를 꽂아주세요. …
열쇠구멍의 어둠에 가만히 대보세요.
예, 드디어 열렸군요.
이제 구멍 밖으로 걸어갈 수 있겠네요. …"(나희덕 〈나를 열어주세요〉 중)

왜 일을 해야 할까?

새의 말은 시(詩)다.

새는 저 홀로 나뭇가지에 앉아

짹짹짹 째르르, 째르르 짹짹, 하고

저만의 은어(隱語)로 시를 쓴다.

이승 밖을 엿보던 늙은 시인이

용케도 그 말을 알아듣고

머리에 옮겨 적는다.

세상은 참 아름다워라!

눈만 뜨면 즐거워라! — 김년균 〈새의 말〉

1

우리는 전업주부로서 그동안 열심히 일해 왔다.

그런데 굳이 밖에 나가 일을 해야 할까?

이제 육아 전쟁도 끝났고 남편 벌이도 괜찮고 취미 생활 즐기며 살면 그

만이다. 왜 재취업을 하려고 하는 것일까? 돈 벌려고? 맞다. '무대뽀로' 돈

만 벌려고? 아! 아니다. 그렇다면?

나는 '새의 말을 엿듣고 싶어서'라고 말하고 싶다.

"세상은 참 아름다워라! 눈만 뜨면 즐거워라!

찍찍찍 째르르, 째르르 찍찍."

새의 세상, 저들만의 은어를 듣고 싶어서, 내 귀를 열어 당신에게 가고 싶어서, "찌르찌르 찍찍찍." "눈 뜨는 아침이 즐거워라."

이승 밖을 엿본 자의 그 세상 안으로 우리는 들어가고 싶다.

다른 형질의 기쁨 안으로, 이 순간의 한계에 갇힌 나를 펼쳐 내 모르는 나와 조우하고 싶어서. 이승에서 깜빡 잊고 있던, 영영 꺼내지 못하고 말 그 여자를 초대하고 싶어서.

2

뜬구름 잡는 이야기가 식상한가? 그렇다면 현실적인 이야기를 하자.

돈이 절실해서 취업 전선에 뛰어들 수도 있다. 당장 몇 푼이 아쉬운 시기라 뭐든 닥치는 대로 해야 하는 상황일 수도 있다. 이런 급한 상황은 아니지만 사회로 나가고 싶다.

그런데 돈 외에 다른 것을 원하는 건 아닐까?

물론 내 힘으로 돈을 번다는 것은 상당한 의미가 있다.

그건 사회적 존재로서 내가 '인정받는다'는 의미로 해석할 수 있다. 그래서 뿌듯한 존재감을 느낄 수 있다. 우리는 사회적 노동으로 환산할 수 없는 가치 있는 일을 하고 있지만, 일단 아이를 키우고 나면 허전하다. 어느 순간, 이렇게 인생을 마치고 싶지 않다고 생각한다.

그건 아직 햇빛을 쬐지 못하고 잠자고 있는 나의 어떤 역량을 사회 속에서 발휘하며, 그에 값하는 인정을 받으며 살고 싶은 욕구는 아닐까? 나의 끼가 사회적으로 수용된다면 얼마나 좋은가? 내가 소외되지 않는 신성한 노동이 있지 않을까? 이 노동은 나를 변화시키고 세계를 변화시킬 것이다. 지금과 다른 방식으로 내 삶을 재창조하고, 재배치할 것이다.

화폐로 환산할 수 있는 '신성한' 노동이 있다는 것은 놀라운 경험이 아닐 수 없다. 그런데 죽지 못해서 하는 것이라면 어떨까? 그렇다면 화폐가치로 환산된 노동의 대가가 갖는 기쁨도 순간 사라지고 말 것이다.

그래서 좋아하고 잘할 수 있는 일을 찾아야 한다.
나의 후반기를 불살라도 좋을 만한.
결혼해 자식 낳아 키우고 사는 것도 의미 있는 일이지만, 그것만으로 생을 마치기에는 살 날이 너무나 많이 남았다. 평균수명이 곧 120살이 된다!
그 긴 세월을 자녀 키우고 그 자녀가 결혼해서 사는 것 보는 낙으로만 살고 싶은가? 우리는 엄마와 아내라는 페르소나 외에 다른 것을 원한다. 젊은 시절 그리워하며 좋았던 세월 한탄하지만은 않을 생의 후반부. 나이 먹을수록 봄날의 새순처럼 싹트고 싶다.

그것, 그것은 무엇일까? 다른 무게감과 의미로 다가오는 살아 있는 다른 기쁨과 다른 환희에 이르기를. 아! 이게 사는 거구나! 감탄할 수 있는.

일을 통해서 우리는 다른 질감의 희열을 느낀다. 이곳의 고리를 끊고 확장된 나를 발견하며, 이 고리를 끝없이 확장하고 돌파해 가는 다른 나를 만난다. 또다른 관계망을 형성해 가는 기쁨을, 거기서 나를 구현하는 것, 그 결과로 얻는 경제적인 안정과 성취감을 느끼고 싶다. 매일매일 성장하는 느낌을 알고 싶다. 그리고 행복한 노동 후의 꿀맛 휴식을 즐기고 싶다.

매일 집에서 뒹굴뒹굴하다 보면 휴식이 얼마나 달콤한지 체감할 수 없다. 하지만 열심히 하루를 마감한 후 따뜻한 저녁을 먹고 따뜻한 이불 속에 몸을 누이면! 우리는 그 느낌을 알고 있다.

그렇게 살고 싶은 것이다.

그러므로 우리 잘할 수 있는 일을 찾자. 그 일이 사회에 좋은 역할을 하는지도 확인해 보자.

프란치스코 교황도 "사람의 존엄성은 스스로의 노동으로 생계를 이을 수 있을 때 확보된다"라고 하지 않는가?

내가 도약할 수 있는 나의 천재, 꼭 찾아야 한다.

가까이 있는 나의 천재

내 껍질이 구부러지며 갈라진다.
벌써 새로운 갈망이 솟아난다.
대지가 내 껍질을 삼키듯이
내 안의 뱀은 대지를 갈망한다.
— 니체 〈세 번째 탈피〉《즐거운 학문》(홍사현 · 안성찬 역, 책세상, 2005) 중)

인터넷에 들어가 보면 종종 주부가 도전할 만한 유망 직종이나 아르바이트 자리를 문의하는 글을 보게 된다. 그런데 그때마다 안타까운 마음이 들곤 했다. 순서가 바뀐 것 같아서 말이다.

지난주 한 TV 프로그램에서 '자기의 천재'를 찾은 주부가 바쁘고 신나게 하루하루를 보내는 이야기를 우연히 접하게 되었다.

육아로 정신없던 어느 날 주부는 아기 돌잔치 초대를 받는다. 하루하루 빠듯한 생활비에 허덕이는데 돌잔치 선물이라? 고민이 되었다. 돈으로 가져다주자니, 그 돈이면 '우리 아기 분유가 몇 통인데' 싶고, 옷을 선물하는 것도 돈, 반지를 선물하는 것도 돈, 뭐를 해도 돈이 들어가는 거였다. 그래서 주부는 문득 '아기 드레스를 만들어 볼까?' 생각했다고 한다. 생활비를 아끼자고 몸으로 때우는 선물을 선택했는데 반응이 좋았다.

주부는 그 후 시간이 나는 대로 아기 드레스를 만들었는데 이게 대박이 났단다. 커튼감이든 뭐든 원단만 보면 아기 드레스 디자인이 떠올랐고, 그때마다 드르륵 재봉틀로 멋진 드레스를 만들어 냈다. 완성품 주문과 대여 수요가 하나둘 늘면서 이젠 하루가 매우 바쁘다. 이른 아침 아이를 어린이집에 보내는 것부터 해서 TV 카메라는 그녀의 동선을 쫓아다닌다. 바람처럼 달리는 그녀의 즐거운 비명. 드레스 대여해 주랴, 주문 들어온 드레스 치수 재러 다니랴, 반납된 드레스 세탁소에 맡기랴.

원단 재질만 보면, 연필로 디자인을 대충 스케치한 후 재봉틀로 완제품을 만들어 내는 것을 보고 PD가 묻는다.

"혹시 천재 아니세요?"
"예, 저 천잰가 봐요."

대답하고 주부는 활짝 웃는다. 이 주부는 디자인을 전공한 것도 아니고 관련 공부를 한 것도 아니라고 한다. 그저 생활비 아끼려고 시도해 본 '아기 드레스' 만들기가 자기 안의 '무엇'을 끄집어내는 계기가 된 거다. 무엇보다 그녀는 이 일이 삶의 활력소가 된다면서 행복해 했다. TV에서 보신 분도 있을 것이다. 또 있다.

다음 주부는 불임으로 고민하다가 '일'을 낸 이야기다. 임신이 되지 않아 고민하던 이 주부는 불임 치료에 좋다는 견과류를 먹기 시작했다. 호두, 땅

콩, 잣 등등을 의식적으로 먹는 것이 많이 힘들었다고 한다. 그래서 맛있게 먹는 방법을 연구하던 중 '시리얼바'를 개발했다. 여러 가지 견과류를 과자처럼 만들어 먹는 것이다. 구체적인 방법은 비밀이라 알려 주지 않았는데 조청으로 만든 강정 종류인 듯했다. 우유와 함께 다른 재료들을 넣어서 오븐인지, 프라이팬인지에 잠시 굽는 것인데 먹어 본 이웃들의 반응이 좋았고, 만들어 달라는 주문이 들어오면서 '사업'이 시작되었다고 한다.

갓난아기 때문에 지금은 남편이 쉬는 토요일과 일요일에 집중적으로 주문받은 물량을 소화하고 있다.

누가 어떤 것으로 '성공'했다고 하면 "나도 저런 재주가 있으면 얼마나 좋을까?" 하면서 부러워하는데 앞으로는 그러지 마시라. 그런 재주가 없다면 다른 재주가 분명히 있을 것이라고 믿고, 일상을 체크해 보면 된다. 퍼뜩 스치는 생각이나 번득이는 아이디어가 있다면, "에이, 이게 뭐 대단한 거겠어?" 하고 폄하하지 말고 메모해 두고, 생각해 보는 습관을 들여보자.

주부의 일상생활이 비밀의 문이다. 생명을 품어 낳아 기르고 거두는 우리의 일상은 생명의 원천이며 이 속에 녹아 있는 자연스런 삶의 행위가 내 안의 최고의 천재와 닿아 있다는 사실을 명심하자. 이 지지고 볶는 하루의 삶 안에는 원시의 상상력과 태고의 신비한 기쁨과 곰이 담배 피우던 시절의 신화가 살아 숨 쉬고 있다. 우리 주부는 그곳의 비밀을 누구보다 잘 알고 있다. 바로 이곳 이 현장, 삶의 안을 이제부터 열심히 주의 깊게 쳐다보자. 이 일상의 지(智), 일상의 삶을 주목하자. 그곳은 언어 이전의 세계가 무한한 에너지의 지대로 서로 뒤엉켜 출렁거리고 있다.

인류가 돌아가야 할 그곳, 현생인류의 거대한 문명의 붕괴를 잠시라도 지연시킬 힘을 그곳에서 찾아 와야 한다고 주장하는 학자들도 있다. 그곳으로 가야 한다. 그곳은 남성보다 여성이, 특히 주부가 쉽게 도달할 수 있다.

이제 나를 흥분하게 하는 것, 열락(悅樂)의 세계로 유혹하는 것의 목록을 만들자. 많을수록 좋다. 위험한 것, 무모한 것, 불가능해 보이는 것, 사소한 것 등등을 생각날 때마다 기록해 보자.

기록 후에는 그것을 왜 하고 싶은지 이유를 계속 적어 본다. 그것을 위해 무엇을 해야 할지도 생각해 보고 부디 첫발을 딛으시길 바란다. 내 안의 '무한 지대'는 기기묘묘한 무엇이 아니다. 나의 모든 것이 나의 가능성이다. 단점과 장점도 말이다.

예컨대 사람들과 수다 떨기를 좋아하는지, 여행을 좋아하는지, 춤추고 노래 부르기를 좋아하는지, 거짓말(이야기 만들기)을 잘하는지, 친화력이 좋은지, 아기들을 좋아하는지, 요리에 재주가 있는지, 집안을 반들반들하게 청소하고 꾸미는 재주가 있는지, 혼자 있기를 좋아하는지, 공상을 즐기는지, 만들기를 좋아하는지 등등.

이제 내 안의 소리의 실체를 세상에 내놓을 방법을 모색하자.

혹 취업 중인데 지금 붙들고 있는 일이 도무지 나와 맞지 않는다면, 다시 시작하는 것도 용기 있는 행동이라고 본다. 기본적인 생계 문제가 해결된 경우여야 하겠지만 말이다.

당신은 앞으로 더 '커서' 무엇을 하고 싶은가?

세상 물정 모르는 전업주부에게 무슨 꿈이 있겠냐고? 그렇지 않다. 꿈을 꾸자. 그래야 삶을 구성하는 다른 것을 보게 된다. 나이 오십 줄인데 무슨 꿈이냐고? 요즘 오십 초반은 새색시라고 누가 그러던데 맞는 말이다. 하물며 사십 대라면 말할 나위도 없다.

"내 껍질이 구부러지며 갈라진다.
벌써 새로운 갈망이 솟아난다.
대지가 내 껍질을 삼키듯이
내 안의 뱀은 대지를 갈망한다."

내 안으로 들어가기

아침에 혼자서 마시는 커피
비 내리는 날에는 비 맛이 나고
구름 낀 날에는 구름 맛이 나고
눈 오는 날에는 눈 맛이 나고
맑게 갠 날에는 환한 햇살 맛이 나고
오직 그 한 잔의 커피를 위해
살고 있는 기분 ─ 에쿠니 가오리 〈진실〉

아침에 혼자 커피를 마신 적이 있는가? 남편을 직장에, 아이들을 학교에 보내고 나서.

이웃집에 가서 수다 떨며 마시는 커피도 맛있고, 수다 떨며 TV 보며 마시는 커피도 맛있다. 그러나 혼자 앉아 커피를 마셔 본 적이 있는가? 창밖을 본 적이 있는가?

하늘을, 날아다니는 작은 새를, 나무들의 변화하는 초록빛을, 미세한 변화의 순간, 그 여백을 본 적이 있는가? 낯익은 풍경과 햇살의 환함과 자질구레하고 너저분한 일상의 날들, 놀이터의 그네와 휴지통과 광선에 반짝, 타오르는 모래알, 그리고 아침에 어떤 잎사귀에 슬며시 맺힌 이슬이 태양

빛을 받아 빠지직 빨간색 불꽃을 튀기는 순간, 그 배경들 안에 있는 회임과 소멸.

우리는 결혼해 아이 낳아 키우면서 정신없는 시간을 보냈다. 작은 아이가 자라서 누구의 도움 없이 일상생활을 하게 되면 비로소 여유가 생긴다. 이 시기에도 매우 바쁜 엄마들이 있긴 하다. 일명 헬리콥터맘과 캥거루맘.

그러나 헬리콥터맘과 캥거루맘도, 나도 당신도 어느 아침 혼자 밥을 먹으면서, 커피를 마시면서 지금 이 삶에 의문을 품을 수 있다. 그동안 잘 살아왔다고 자부하지만 허전하다. 왜 그럴까? 온전히 내가 되어 본 적이 있는가? 누군가에게 일생을 바친 삶이란 무엇일까? 엄마로, 주부로 살아온 일생이 가치 없는 것일까? 뒤죽박죽 잘 모르겠다.

지금 나는 뭐가 되고 싶은가? 나는 허무한가? 나는, 나는 돈, 그래, 돈을 벌고 싶다. 아니지, 나는 성취감을 느끼고 싶다. 아니, 그냥 내가 되어 보고 싶다. 나를 허용하고 싶다. 진정한 나에게로 돌아가고 싶다.
주인공, 내 인생의 주인공. 누구나 그의 인생의 주인공이지, 암, 그래그래. 취업을 하고 싶다. 내 힘으로 돈을 벌고 싶다. 나를 위해 살아 보고 싶다. 경제적으로 자립하고 싶다. 나를 알고 싶다. 나는 무슨 재능이 있을까? 소녀 적 꿈이 무엇이었지? 나는 뭘 잘하지? 가진 건 힘센 팔뚝과 볼록한 뱃살과 고지혈증과 눈가에 자글자글한 주름과 세월의 흔적? 울 엄마는 왜 내 재능을 개발시키지 않으셨을까? 으이구!!!!

이 글의 일차 대상은 재취업을 원하는 주부들이다. 창업도 좋다. 전업주부 간판을 내리고 싶은 여성들, 아줌마들 말이다. 그런데 나에 대해 아는 것이 없다! 이것이 우리들의 모습이기도 하다.

지난 10여 년 이상을 주부로 헌신한 덕분이다. 내 본연의 모습은 무엇일까? 세상은 시시각각 변하는데 자녀 양육과 집안 살림, 학원 정보에는 민감하지만 내 깊은 곳의 소리는 들어 보지 못했다. 내 비밀스런 지대에 존재하고 있을, 나를 설레게 하는 무엇. 그 무한한 에너지의 지대. 나의 미개척지.

소아과 의사이자 4명의 자녀를 길러 낸 미국의 저명한 메그미커 박사는 《엄마의 자존감》이라는 책에서 "재능을 발휘하며 살면 마음속 깊은 곳에서 열정이 끓어오르며 왠지 제자리를 찾았다는 느낌이 든다"라고 한다. 그렇다! 인간은 자기 고유의 무엇을 펼쳐 내며 살 때 신이 난다. 물론 엄마 역할을 하면서 희열을 느끼는 경우도 있다. 이 역시 행운이며 선물이다. 자녀 양육이 행복했던 사람이면 그 방면에 재능이 있을지 모른다. 이들이 사회 진출을 원한다면 그쪽으로 관심을 기울이면 뭔가 보이기 마련이다.

경계해야 할 것이 있다. 아이들 학원비 벌기 위해, 또는 가정경제 보조자로 아무거나 잠시 아르바이트해야겠다는 생각.

주부들이 자기의 천재를 찾기 어려운 이유는 예기치 않은 분야에 재능이 있기 때문이다. 엎치락뒤치락 가정주부 '업무'에 얽매여 있는 동안 우리는 자신의 특장점을 잊어 간다. 내게 있는데 못 본다. 내 옆의 '보물'을 모르고 일생을 보낸다. 그 보물은 빛바랜 골동품이 되어 어두운 다용도실 안에서 잠자고 있을지도 모른다.

또 다이어트나 연예인 기사, 자녀 교육, 명품 가방 등에 에너지를 쏟다

보면 내면의 울림을 놓치기 쉽다. 나는 신에 대해 잘 모르지만 인간은 존재 이유가 있다고 한다. 누구나 자신만의 보석을 가지고 있다고 한다. 하지만 우리는 보석의 행방을 모른다! 창고 안에 있는.

우리는 육아에서 여유로워졌다. 이제부터 나를 만나자. 하루 몇 분만이라도 나와 대화하는 시간을 가져 보자. 아무런 준비 없이 중년이 되었다고 탄식하지 말자.

나를 찾는 여행을 하자. 지금, 완전한 나의 잠재력에 이르는 길로.

오늘 하루 있었던 일들, 해야 할 집안일, 만났던 사람들, 텔레비전의 각종 정보에서 잠시 물러나자.

보이지 않는 것을 보자. '창고' 안으로 들어가 캄캄한 시간을 갖자.

행복하신가? 살아온 일상이 버거워 눈물이 날지도 모른다.

지난 날들에 대한 회한으로 먹먹해질 수도 있다. 어린 시절 나를 떠올려 보자. 나의 꿈은 무엇이었을까? 나는 언제 행복했나? 망아지처럼 뛰어놀던 옛 시간들에게로 여행을 다녀오자. 오래된 시간에 묻혀 있던 아카시아 향이 지금 퍼져 나오는가? 매일매일 나를 향한 탐험을 멈추지 말자.

고요해지자. 내 안에서 말하는 목소리가 들리는가? 아무것도 들리지 않고 아무 느낌도 없는가? 괜한 시간 낭비하는 느낌이 드는가?

조용히 '나'를 키우고 양육하자!

거대한 해일 전의 고요함, 태풍의 눈 같은 평화와 카오스, 그 안으로 한발 한발 들어가자. 거기, 열쇠가, 보인다!

"생각해보면 생각지도 못한 곳에서 바람은 불어오고

또 다른 국면은 생각지도 못한 곳에 있다

고양이, 꿩, 창문, 목련, 물고기, 언어처럼

아아

꿈이 없다면

꿈이 없다면"_(안현미 〈연희-하다〉 중)

이 나이에 뭘 해?

"버진그룹의 억만장자이자 시대를 앞서가는 인물인 리처드 브랜슨은 아프리카 대륙의 갈등과 관련하여 수천 년간 이어져 내려오는 전통을 기억하라고 말했습니다. 그것은 다름 아니라 최고령자의 조언을 구하라는 겁니다. 열일곱 살 때는 아직 꿈이 있습니다. 그 꿈들 중에서 어떤 것을 실현시켜야 좋을지 알고 싶을 때는 70대 노익장들을 찾아가십시오. 할머니 할아버지도 좋고, 스승이나 멘토도 좋습니다."

의사이면서 코미디언인 에카르트 폰 히르슈하우젠의 저서 《행복은 혼자 오지 않는다》(박규호 역, 은행나무, 2010)에서 인용한 글이다.

위 구절을 인용한 것은 공으로 나이를 먹지 않았다는 말을 하기 위해서다. 재취업을 꿈꾸는 주부들이 스스로를 주저앉게 하는 한마디가 있으니 바로 "이 나이에 뭘 해?"이다. 아직도 소녀 시절의 꿈은 그대로인데, "에이, 내일모레가 사십인데, 내일모레가 오십인데 이 나이에 뭘 해?"라고 반문하며 스스로 포기하도록 한다.

우리 조용히 포기하며 살지 말자. 조용히 포기하고 살면 조용히 절망하며 살게 된다.

나이가 들수록 신체 기능이 떨어지고 근육량은 줄고 감수성이 둔해질수 있다. 그런데 다른 한편, 나이 들수록 세상 보는 안목이 생기고 경험이 풍부해져서, 사고력이 설익은 청춘 시절보다 좋아진다. 나이 들수록 잘할수 있는 분야의 일들이 많아진다.

가장 힘들게 생각하는 '공부'만 해도 그렇다. 중고등학교 시절 마구잡이로 암기하던 역사나 사회 과목을 오십이 된 나이에, 어떤 계기로 펼쳐 보면서, 나는 고개를 끄덕였다. 맥락을 살피면서 읽어 보면 이해가 되는 것을, 세상살이가 뭔지 모르던 사춘기 시절에 무조건 달달 암기하려고 하니 그렇게 힘들었구나!

중·고교 시절, 나는 국사, 생물, 세계사, 지리, 가정 등 암기 과목 공부가 어려웠고, 국영수에 비해 점수도 신통치 않았다. 지금 하라고 하면 그때보다 잘할 수 있겠다 싶다.

최근 운전면허 필기시험에서 96점을 받았다. 시험 당일까지 다 읽지 못해서 시험장 가는 차 안에서 허둥지둥 간신히 문제집을 한 번 읽었는데 말이다.

만약 중·고등학교 때였다면 맹세코 96점을 받지 못했을 것이라고 단언할 수 있다. 암기과목이라면 정말 자신이 없었기 때문이다. 그런데 흰머리가 나고 시력도 떨어지고 노화 현상을 하루하루 경험하는 이 나이에 어떻게 이런 점수를 받았을까?

내용을 전체적으로 이해하는 순간, 암기할 필요가 없다는 것을 알게 된 것이다. 4지선다형에서 그 뉘앙스를 찾는 것은 어른의 눈으로 보면 그야말로 식은 죽 먹기다. 그런데 왜 나이 든 다른 사람들은 96점을 못 받을까?

그건 고정관념 때문이다.

'머리 팽팽 돌아가는 20대도 아니고 이 나이에, 필기시험 합격이나 할까?'라는 선입견을 가지고 있기 때문이다. 실제 글자를 들여다본 지 오래되기도 한 상태니, 당연히 잘 안 될 것이다. '60점만 받으면 다행이지.' 이런 마음을 가지니 말이다. 자기 한계를 미리 정해 놓는 것, 그것이 항상 문제다. 그래도 60점은 다들 넘었으니 면허 따는 것 아닌가?

나는 운전면허 필기시험 문제지를 보자마자, 이건 도덕 교과서 수준이니 100점 받겠다고 생각했다. 이런 마음으로 한 번 읽는 것과 "검은 건 글자요, 흰 건 종이네", "10대, 20대도 아니고 이걸 언제 다 공부하나?", "어휴, 이게 대체 몇 장이야? 이 나이에?"라고 중얼거리면서 읽는다면? 제아무리 쌀로 밥하는 말씀이라도 100점은커녕 턱걸이 수준으로 통과할 수밖에 없지 않겠는가?

우리가 알아야 할 것은 무엇에 도전하든, "나이를 공으로 먹었겠어? 그동안 살면서 겪은 것이 얼만데. 이런 것쯤은 아무것도 아니야."라는 마음가짐이다. 이런 마음으로 달려드는 순간 벽으로 느꼈던 것이 비로소 물러나고 마음에 환하게 불이 켜진다.

책이나 문자와 먼 생활을 하다가 글자와 연관된 분야에 도전하려면 겁부터 날 것이다. 그렇지만 무엇이든 할 수 있다고 믿고, 첫걸음을 떼는 것이 필요하다. 나이를 거저 먹은 것이 아니라는 사실을 되새기면서 말이다.

육아에 정신없던 시절, 나 역시 책이건 신문이건 종이와 관련된 것과 이별을 고하고 4년 이상을 보낸 적이 있다. 아이가 4살이 되었을 때 문득 육아 일기를 쓰려고 마음먹고 다시 책도 읽고 글도 쓰면서 예전의 '기량'을 금세 되찾았다. 뿐만 아니라 나이 들수록 책 읽기 속도가 빨라지는 경험을 했다.

전에는 도서관에서 관심 있는 책 두어 권을 빌리면 대출 기간 14일을 넘기기 일쑤였다. 해서 한 해 20-30권 이상 책을 읽기가 어려웠다. 유명인들이 하루 1-2권의 책을 읽는다고 하면 믿기지 않았다. 그런데 나이 오십이 넘은 요즘 2-3권의 책을 빌려 읽다 보면 신기한 일을 경험한다. 1권 읽는 데 보통 1박 2일, 그것도 전날 2-3시간 읽고, 다음 날 2-3시간 읽으면 다 읽게 된다.

물론, 이런 속도로 한 달 내내 책을 읽는 건 아니다. 주부로서 다른 할 일들이 많다. 주부들은 다 아실 것이다. 또 아주 난해한 책도 있다. 하지만 책 읽기에만 관심을 기울인다면 하루 1-2권 읽는 것이 거짓말이 아니구나 하고 생각했다.

한번 시도해 보시기 바란다.

관심 분야의 책부터 시작하자. 처음에는 힘들겠지만 10권, 20권이 지나면서 나이가 '진가'를 발휘하기 시작한다. 나이가 들어서 머리가 둔해졌다는 것은 핑계일 뿐이라는 것을. 살면서 몸으로 부딪치며 헤쳐 온 세월의 경험이 우리를 지혜롭고 깊게 만들었다는 것을. 그러니 '이 나이에 뭘 해?' 하고 말하지 말고 이 나이라서 잘할 것이라고 믿고 도전하시길 빈다.

신체 나이, 생물학적 나이가 정말 중요한 분야는 많지 않다. 김연아나 박태환 같은 운동 선수들의 영역 등등 외에는 나이 들어서 더 잘 할 수 있는 분야가 많다.

그런데 아파 골골거리면서 잘할 수는 없다. 그러니 나이 들수록 필요한 것은 건강이다. 건강한 육체가 있을 때 정신 또한 나이의 덕을 보게 된다.

재취업을 원하는 여성이라면 건강 관리는 필수다. 운동과 먹거리를 통한 자기 관리가 필요하다. 이 이야기는 다음에 하기로 하자.

아름다움이 나를 구원할 거야[*]

"누가 그대 집 사람들 중에서 그대에게 말을 걸며, '나리는 어디 계신가?' 하고 이발사나 서기한테 하는 인사밖에 안 되는 말로 물어본다면, 참으로 울화통이 터질 것이다. 저 가련한 필로포에멘이 그런 창피를 당했다. 그가 자기를 기다리는 집에 자기 패들보다 먼저 도착했더니, 그의 인상이 변변찮았기 때문에 집주인은 그를 알아보지 못하고 그에게 필로포에멘을 대접하기 위해서 여자들을 거들어 물을 긷고 불을 피워 달라고 하였다. 자기 패의 신사들이 와서 그가 이 훌륭한 일을 하고 있는 것을 보고(그는 명령받은 것을 그대로 실행하고 있었기 때문이다), 무엇을 하고 있느냐고 물어보자, '내 못난 꼴의 값을 치르고 있소'라고 대답하였다."

16세기 사상가 몽테뉴의 《수상록》(손우성 역, 동서문화사, 2005)에 나오는 구절이다.

1,200쪽이 넘는 방대한 저작을 읽으면서 때로는 고루하고 답답한 언설에 짜증이 나기도 했지만 역시 고전의 값을 하는 노작임에 틀림없어 보인

---

[*]   현경,《결국은 아름다움이 우리를 구원할 거야》라는 제목이 있음

다. 재미나는 내용들이 꽤 있었는데 특히 위 인용글을 보고 한참 웃었다. '못난 꼴'의 값을 치르고 있다는 말이 해학적이다.

문득 생각했다.
'아름다움이 나를 구원할 거야'라고. 아름다움이? '건강이 나를 구원할 거야'라고 고쳐 써 본다. 건강이? '운동이 나를 구원할 거야'라고 고쳐 써 본다. 처음으로 돌아가자. 아름다움이, 아니 건강이, 그래, '건강이 나를 구원할 거야'로 결정한다. 건강과 아름다움과 운동과 재취업과 주부와 나에게로 가 보자.

결혼해 아이 낳고 한해 두해 살다 보니 세상살이에 익숙해졌고, 잘할 수 있는 일들이 많아졌으니 재취업에 자신감을 갖자는 것이 나의 주장이다.
그런데 경험과 능력을 갖추었더라도 가장 중요한 것은 역시 건강이다. 건강하지 않으면 제아무리 지혜와 경륜이 넘쳐도 필요 없다. 그러니 나이 들수록 체력을 키우는 것이 중요하다.

건강은 과신하지 말고 꾸준히 노력하는 길밖에 없다. 건강해야 도전할 수 있다. 그래야 새로운 항해가 황홀하다. 걸핏하면 병원 들락거린다면 황홀한 재취업이 다 무슨 소용인가? 선병질의 허약 체질이라면 체력 단련부터 하시길 권한다. 젊은이가 울고 갈 정도의 체력이 돼야 열정이 올라오고 '거인'이 슬쩍 얼굴을 내미는 법이다. 비로소 세상이 보이고 무엇인가 눈에 들어온다.

내 몸이지만 내 마음대로 하기가 쉽지 않다. 아이 한둘 낳고 나면 물컹 물컹 지방질로 채워진 '착하지' 않은 몸이 심술을 부린다. 착하지 않은 몸매 속에 당신의 천재도 꽁꽁 묶여 있을지 모른다.

100세 시대, 팔팔하고 푸르게 살자. 툭 건드리면 푹 쓰러지는 허깨비로 숨이 붙어 있어서 사는 생이라면 100세 수명이란 형벌이다. 우리 꼿꼿하고 당차게 120세까지 살자.

방법이야 뻔하다. 왕도도 없고 지름길도 없다.

지금부터 당장 하루 1시간 이상 무조건 운동하자. 걷기든 요가든 헬스클럽이든. 가까운 거리는 무조건 걸어 다닌다. 계단을 보면 감사하면서 마구 걸어올라간다.

젊은 엄마들 참 걷기 싫어한다. 걸어서 10분 거리도 자동차 끌고 쌩하니 다녀오는 것이 습관이 된 듯하다. 생활 속 운동을 찾아 보자. 더불어 시간 내서 운동하자.

생활 구석구석에 알게 모르게 밴 편안함을 추구하는 게으른 생활 방식을 바꾸자. 조깅이든 걷기든 산행이든 수영이든 시작하자.

열심히 운동했다면 먹거리에도 신경 쓰자.

건강에 좋은 슬로우 푸드를 찾아, 좀 거친 대로 맛없는 맛을 맛있게 먹는 습관을 들이자. 우리 부모 세대가 즐겨 먹던 식습관을 찾아오자. 나와 가족이 건강해진다.

이렇게 하다 보면 덤으로 얻는 것이 있다. 미용 효과! 그렇다. 예뻐진다!

불필요한 살이 빠지기 시작하면 축 늘어진 피부가 탱탱해지고 몸이 탄력적으로 변한다. 미용을 목적으로 살과의 전쟁을 벌인 것도 아닌데 말이다. 오호라! 건강을 위해 운동하고 먹거리에 신경 썼더니 어느 순간 몰라보게 변한 자신을 발견하리라.

늦게 결혼한 나는 마흔이 되어서도 아이가 생기지 않아, 직장을 그만두고 죽기 살기로 운동을 한 적이 있다. 습관성 유산 진단을 받았고 나중에는 임신조차 되지 않았다. 당시 불임 시술은 보험이 적용되지 않았다. 천만 원 이상을 들이고도 아이를 얻지 못한 부부들도 있었다. 요즘도 불임 시술에 수천만을 썼다는 사람들을 종종 보게 된다. 그때 나는 운동을 하면 건강해질 것이고 몸이 튼실해지면 아이를 낳을 수 있다고 생각했다. 직장을 쉬고 하루 2시간 가량의 동네 산행을 하고 집에 돌아와서는 스스로 개발한 요가 동작을 가미한 운동을 꾸준히 했다. 6개월 후에 기적 같은 일이 생겼다. 매우 좋은 위치에 단단히 착상한 나의 임신 상태를 보고, 의사는 기절할 뻔했다고 말했다. 43살에 자연 임신에 자연 분만을 했다. 말 그대로 '순풍' 아기를 낳았다. 임신 이야기를 하려는 것이 아니다.

그렇게 6개월가량 운동을 하고 난 어느 날 거울에 비친 나를 보고 깜짝 놀라고 말았다!

얼굴과 몸 전체에 초록빛 수액이 도는 젊은 여자가 거기 있었다. 몸에 균형 있게 살이 붙으니 생기가 돌고 그야말로 아름다워졌다! 나는 나무토막처럼 빼빼 마르고 나이 들어 보이는 외모 탓에 속깨나 끓이며 살아왔다. 이 여인이 바로 나라고? 나도 모르게 탄성을 질렀다.

건강을 위해 열심히 운동하다 보면 자연스럽게 건강과 아름다움이라는 두 마리 토끼를 얻게 되는 것을 그때 알았다.

우리 운동하자.

나이 들수록 아름다워지자. 인간은 아름답고 건강해야 한다. 그래야 살 맛이 나고 일이 잘 풀리고 나를 둘러싼 환경이 잘 돌아간다.

늙지 않으려고 얼굴에 보톡스를 맞고, 지방 흡입 수술을 하고 하루 종일 거울을 들여다보며 사는 삶은 슬프고 추하기까지 하다. 그러지 말자.

제2의 생을 찾아 살자. 나의 재능을 찾아서 펼치자. 더불어 건강하고 아름다운 나를 발견하자.

여기 반드시 데려와야 할 것이 있다.

가족 이기주의에 머물면서 아등바등하면 큰 것이 오지 않는다. 이웃에게 엄지손가락을 척 펴며 자주 웃자. 이 습성이 천성이 되게 하자.

《월든》의 한 구절을 옮기며 글을 맺는다.

"개인은 육체라고 불리는 신전의 건축가이다. 이 신전은 자기 나름대로의 양식에 의거해 건축되고 있으며 자기가 숭배하는 신에게 바쳐진다. 이 육체 대신 대리석 신전을 지음으로써 빠져나갈 수는 없다. 우리는 모두 조각가인 동시에 화가이며 우리 자신의 피와 살과 뼈를 작품의 재료로 쓴다. 어떤 사람의 내적 고귀성은 즉각적으로 그의 겉모습을 정교하게 만들기 시작하며, 비열함이나 관능은 그를 짐승처럼 추하게 보이도록 한다." (헨리 데이비드 소로《월든》(강승영 역, 은행나무, 2011) 중)

어처구니없는 꿈꾸기

　"학자들은 (자신의) 경험에 기반을 두고 자아를 제한하려는 경향이 모든 유기체에서 나타난다는 것을 입증한 바 있다. 이들 연구자들은 한 무리의 벼룩을 뚜껑이 달린 용기에 집어넣었다. 놀랄 것도 없이 벼룩들은 높이 뛰어올라 계속해서 병뚜껑에 부딪쳤다. 그리고 점차 병뚜껑에 머리를 부딪치는 것에 피로를 느꼈다. 벼룩들은 그들이 어느 높이 이상으로 뛰어오르면 어리석게도 뚜껑에 머리를 부딪친다는 것을 익혔다. 그래서 그들은 뚜껑에서 반 인치 정도 떨어진 위치까지만 뛰어오르기 시작했다. 나중에 병의 뚜껑을 완전히 열어도 벼룩들은 밖으로 뛰어나오지 않고 계속해서 뚜껑에서 반 인치 모자라는 지점까지만 뛰어오른다. 이처럼 벼룩들은 과거의 경험을 바탕으로 자신들이 처해 있는 환경에 맞춰 자신들이 할 수 있는 행동의 범위를 제한한다. 벼룩들처럼 머리를 부딪치는 행동과 삶의 사슬이 어떻게 나의 발목을 붙잡고, 한계를 설정하는지 이해하는 것은 그리 어렵지 않을 것이다. 개인적 진실과 자아개념은 마치 삶이 울타리를 치고 못을 박아버린 것처럼 나에게 주어졌다."(필립 맥그로《인생 멘토링》(장석훈 역, 청림출판, 2009) 중)

오프라 윈프리의 상담코치로 알려진 필립 맥그로의 저서《인생 멘토링》의 한 부분을 인용한 글이다. 그는 위 글에서 "뚜껑이 열렸는데도 여전히 병 밖으로 나오지 못하는 벼룩처럼 자신에게 선택의 여지가 있음을 깨닫지 못하고 있는 것인지도 모른다"라고 덧붙인다.

나는 어떤 '고정된 믿음'이 있는가? 그 믿음은 긍정적인 것인가? 부정적인 것인가? 어쩌면 터무니없이 긍정적인 것일 수도 있고, 터무니없이 부정적인 것일 수도 있다. 다만 명확히 알아채지 못하고 있다.

이제 나에 대한 고정된 믿음을 하나하나 머릿속으로 생각해서 종이에 메모해 보자.

이 고정된 믿음은 지금의 나를 형성해 왔고, 앞으로도 지금의 나를 이탈하지 못하게 하는 '든든한' 지렛대 역할을 한다. 그래서 삶의 밖으로 튕겨 나가는 모험을 막아 주고, 내가 탈주를 꿈꾸면 '어림없는 소리 하는군' 하면서 무섭게 타박한다. 필립 맥그로는 우리가 자신에 대해 가지고 있는 고정된 믿음은 "대부분이 제한된 믿음"이라고 지적한다. 스스로의 능력이나 가치, 가능성에 대해 "확고하게 믿는 것들의 내용은 하나같이 부정적인 것"이라는 설명이다. 그것이 무엇이든 '우리가 할 수 없고', '할 자격도 되지 않고 할 능력도 없는 것'이라고. 그래서 나의 적은 결국 나 자신이라고.

방금 메모한 나의 고정된 믿음은 어떤 것인가?
가수가 되고 싶다고 내가 내게 말한다. 그때 나의 반응은 어떨까?
"아이돌 스타가 널려 있는데 패가망신할 소리 하네"라고 반응하지 않는가? 유사한 어떤 꿈들을 나열해도 비슷하다. 그래서 우리는 결국 스스로와

적당히 타협한다. 누가 들어도 코웃음 치지 않을 나만의 꿈을 찾는다. 그래도 꿈이 없는 것보다는 훨씬 낫다! 이렇게 타협해서 적당히 나의 '꿈'의 목록을 만든다. 나의 꿈은 남편의 일 잘되는 것, 아이들 뒷바라지 잘하는 것, 그다음은? 나도 돈을 버는 것? 근데 뭘 할까? 보육교사 하면 좋겠는데 난 고졸이잖아. 대학 공부 해야 될 텐데 이 나이에 웬 대학 공부? 내가 학교 때 얼마나 공부를 못했는데, 공부라면 자다가도 벌떡 일어나 진저리를 치는 사람이었잖아. 그럼 나는 뭘 잘할 수 있을까? 그렇게 타협하고 타협해서 무언가를 시작하지만, 재미도 없고, 의미도 못 찾겠고 하고 싶지도 않다. 그래서 포기하게 된다. 출렁출렁 춤추는 내면의 에너지에 반하기 때문이다.

부디 불가능해 보이는 꿈을 꾸자! '이룰 수 없는 것'을 꿈꾸자! 참으로 어처구니없는 꿈을, 아주 맹랑하고 발칙한 꿈을 꾸자! 그 즉시 거기 부합하는 에너지가 내 안에서 솟구쳐 나온다. 그야말로 물밀듯이, 홍수로 터진 논둑 위로 물살들이 "와아" 함성 지르듯이. 그 생명의 파동과 교신하며 나아가자.

고정된 믿음의 가장 큰 폐해는 무기력을 초래하는 것이 아닐까 싶다. 무기력해지면 잠재된 가능성을 볼 수 없다.

《장자》(안동림 역, 현암사, 2010) 〈내편〉에 나오는 대목이다.
장자는 친구 혜자와 자주 논쟁을 벌이는데 혜자는 당대 재상을 지낸 인물이지만 논쟁에서는 대부분 장자에게 진다.
혜자는 장자 이론의 비현실성을 꼬집기 위해 "위왕이 큰 박씨를 주어서 심었는데 박이 너무 커 쓸모가 없어서 깨 버렸다"라고 했다.

그러자 장자는 "그렇게 큰 박이 있다면 강물에 띄워서 박을 타고 유유히 놀아 볼 생각은 하지 않느냐"라고 질타한다.

이에 혜자가 장자에게 말한다.

"우리 집에 큰 나무 한 그루가 있는데 남들은 가죽나무라고 한다. 그 줄기엔 옹이가 많고 울퉁불퉁하여 먹줄을 대어 널빤지로 쓸 수도 없고, 그 가지는 어찌나 구불텅한지 곡척을 댄들 쓸모가 없다. 그래서 목수들도 거들떠보지 않는다. 마찬가지로 당신의 말이 크기는 해도 쓸모가 없기에 누구도 상대를 해 주지 않는 것이다."

장자는 이렇게 응수한다.

"당신은 그 커다란 나무가 쓸모없는 것만을 걱정하는데, 끝없이 휑한 들판에, 이 나무를 심고, 그 그늘에 누워 드르렁거리고 낮잠을 청해 볼 생각은 안 하는가? 쓸모가 없기에 그 나무에 도끼가 덤빌 염려도 없고, 누구도 해치려 들지 않는다. 쓸모없다는 것이 어찌 근심거리가 된단 말인가?"

장자는 쓸모없는 것의 '어처구니없는' 유용성을 설파하고 있다.

박이 너무 커서 제 기능을 못 한다고 깨서 내다 버리는 대신 박을 강물에 띄워 타고 유유히 놀아 볼 생각은 안 하냐고, 아무도 거들떠보지 않는 울퉁불퉁 못생긴 나무를 넓은 들판에 심고 그늘에서 낮잠을 청하면 어떠냐고.

우리 울퉁불퉁 못생긴 나무, 아무도 쳐다보지 않는 나무라고, 바가지로도 쓸 수 없는 못난 박이라고 한탄하지 말자.

뙤약볕 사막 한가운데 품이 너른 그늘을 만들어 주는 행복한 나무가 되자. 일상에 지친 사람들을 태우고 강물 위에 둥둥 떠다니며 호수와 물총새와 억새풀을 만나게 해 주는 일엽편주가 되자.

그러므로 울퉁불퉁 쓸모없는 우리들은 어처구니없는 꿈을 꾸자. 휴식과 기쁨의 넉넉한 품을 만드는 꿈을.

벼룩은 뚜껑이 열려 있어도 일정한 높이 이상 올라갈 능력이 없다고 스스로에게 속삭이고 있다. 그래서 밖으로 나가는 것은 불가능하다고 믿으며 병 속에서 평생 살다 죽을 것이다.

우리 병 밖으로 튕겨 나가자.

자. 우리는 기억할 수 있는 한 최대한 어린 시절까지 거슬러 가자. 그때의 나를 추적해서 어떻게 지금의 내가 형성되었는지 탐색해 보자. 엉뚱하게 부풀려진, 푸른 가능성의 싹을 말라비틀어지게 만들어 버린 사건들을. 그리고 마침내 자유를 얻자!

엉뚱해지기

오늘날 인류 과학의 발전에 엄청난 영향을 끼친 아이작 뉴턴은 정말로 이상한 인물이었다고 한다.

그는 '아무것에도 흥미를 느끼지 못했고 편집증에 가까울 정도로 과민하고 동시에 매우 산만하며 놀라울 정도로 이상한 행동을 한' 것으로 알려지고 있다.

"그는 케임브리지에 최초로 세워진 실험실이었던 자신의 실험실에서 정말 이상한 실험들을 했다. 한번은 가죽을 꿰맬 때 쓰는 긴 바늘을 눈에 넣고 돌리는 일에 재미를 붙이기도 했다. 그저 안구와 뼈 사이에 가장 깊숙한 곳까지 바늘을 넣어서 무슨 일이 생기는가를 보고 싶다는 이유 때문이었다. 아무 일도 일어나지 않았던 것은 기적이었다. 적어도 오래 지속되는 후유증은 생기지 않았다. 또한 자신의 시각(視覺)에 어떤 영향이 생기는가를 알아내려고 태양을 참을 수 있는 한 최대한 오랫동안 똑바로 쳐다본 적도 있었다."(빌 브라이슨 저,《거의 모든 것의 역사》(이덕환 역, 까치글방, 2003) 중)

상상을 초월하는 비범한 천재였던 뉴턴은 한편으로는 말할 수 없이 기괴한 행동으로 세상 사람들을 놀라 자빠지게 했다. "아침에 갑자기 떠오른 생각을 잊어버리지 않기 위해서 두 발을 흔들면서 몇 시간 동안 침대에 앉아 있는가" 하면 "예수 부활의 날짜와 종말의 날짜를 알아낼 수학적 실마리를 찾으려고" 동분서주했다. 또 납이나 철, 수은 같은 비금속을 금덩어리로 만들려는 일념으로 연금술에 빠져 지내기도 했다.

"역사에서 인간의 지혜로 찾아내기에는 너무나도 예리하고 예상치 못했던 성과가 이룩된 적이 몇 차례 있었다. 너무 놀라운 성과인 경우에, 사람들은 그렇게 밝혀진 사실과 그런 사실을 알아낸 사람 중에서 어느 쪽이 더 놀라운가를 가려내지 못하기도 한다. 《프린키피아》*가 그런 경우였다. 뉴턴은 그 책 때문에 순식간에 유명인사가 되었다. 그는 남은 일생 동안 엄청난 갈채를 받고 명예를 누리게 되었다. 무엇보다도, 영국에서 최초로 과학적 업적으로 작위를 받게 되었다. 뉴턴이 미적분학의 정립에 대해서 오랫동안 치열하게 우선권을 다투었던 독일의 위대한 수학자 고트프리트 폰 라이프니츠마저도, 수학에서 그의 업적은 그 이전의 업적을 모두 합친 것과 같다고 인정했다. '어느 누구보다도 신에게 가까이 간 인물'이라는 핼리의 표현은, 당시 사람들은 물론이고 그 이후로 많은 사람들에 의해 수없이 인용되었다."(빌 브라이슨 저, 《거의 모든 것의 역사》중)

뉴턴 공, 엉뚱해도 너무 엉뚱해서 기가 질린다. 세상에 쇠가죽 꿰매는 바늘로 자기 눈알을 찌르는 실험을 하는 사람이 대체 온전한 사람인가?

그렇다. 이쯤은 돼야 엉뚱하다는, 혹은 이상하다는 명함이라도 내밀 수

---

*   뉴턴의 저서

있다고 생각하자.

잘 알려진 천재 화가 빈센트 반 고흐는 또 어떤가? '반미치광이' 성품에 참으로 아프고 곡절 많은 삶을 살았던 그는 자기 귀를 잘라 버렸다.

내가 아는 한 시인은 어느 날 자기 손목을 그었다. 동맥에서 피가 솟구쳐 오르는, 상상만 해도 끔찍한 장면. 부인이 곧 병원으로 옮겨 지금은 잘 살고 있다.

혹시 당신의 자녀가 매우 이상하고 산만하고 당신을 '확 돌게 만든다면' "이 아이 천재가 아닐까?" 반문하며 웃으시라. 그렇게 한 템포 늦추어서 다르게 보시라. 그러한 여유와 그러한 생각이 정말로 당신과 당신 아이의 내부에 그에 부합하는 에너지가 생성되도록 해 준다.

혹시 당신 자신이 아주 산만하고 이상하고 너무 느리거나 너무 빠르거나(덤벙대거나) 하여간 '이상하다면' 그땐 어떻게 할까? 이렇게 생각하시라!

'오! 나에게 천재의 피가! 이런! 감사할 일이로다! 이제부터 나의 천재를 만나 볼까나?'

당신의 약점들에는 '무조건' 다른 어떤 강점, 혹은 독특하고 특이한 점이 배태되어 있다고 생각하고 기뻐하시고 주목하시라. 장점과 단점은 뫼비우스의 띠처럼 연결되어 있는 곡면이다. 그 부분을 잘 관찰하시라.

직선의 사고를 하며 균질적이고 튀지 않는 삶을 갈망하는 우리들은 이제부터 엉뚱해지는 연습을 좀 하자. 그렇다고 자기 눈알을 바늘로 찌르고 자기 귀를 잘라 버리고 자기 손목의 동맥을 긋는 무시무시한 자해를 하시지는 말길 부탁드린다. 그저 아주 조금만 방향을 틀어 보는 것이다. 그것만으로도 상당한 '효과'가 있다. 새로움의 느낌과 다른 것과 마주하는 흥분을 맛볼 수 있다. 그러므로 엉뚱해지자.

안 하던 짓을 좀 하자. 하늘도 한동안 바라보고 혼자서 여행도 떠나 보고 혼자서 빈둥빈둥 놀아도 보고 산책, 등산, 무엇이든 해 보자. 낡고 닳아 빠진 나를 벗어 버리는 연습을 하는 것. 뱀이 허물을 벗듯이 오래된 것, 먼지 묻은 생각, 얄팍한 갈망, 잔머리 굴리기 등등에서 떠나기.

잠시라도 좋으니 다른 삶을 실천해 보자. 이웃과 미친 듯이 웃어 보기, 아무에게나 도움 주기, 봉사하기, 고요하게 혼자 있기, 아무 생각이나 마구 하기 등등.

하루의 스케줄을 약간만 바꾸면 다른 것들이 눈에 들어온다. 하루를 조금 다르게 설계하자. 느껴 보자. 대지의 음성, 부드러운 까치의 노래, 무지개를 타고 다니는 꽃의 전령, 날아다니고 있는 꽃잎, 그 꽃잎을 타고 있는 나, 바람과 함께 놀고 있는 나, 폭양, 타는 광선, 광선을 따라 춤추는 시간들, 거기서 놀고 있는 나는 나의 선물, 내가 보지 못한 내가 거기 있다.

풀잎에게 말을 걸어 본다. "너는 혹시 그 옛날 내 어머니의 어머니의 어머니의 처녀 적 모습을 본 적이 있는 건 아니니? 그때 너는 지금처럼 풀이 아니었고 바닷가 바위틈의 갯지렁이였을지도 몰라! 내 말이 맞니? 너도 모른다고? 너는 혹시 내 할머니의 할머니의 할머니의 현신은 아니니? 너는 혹시 꽃다운 처녀의 기억을 지니고 있니? 그 처녀 그 옛날에 행복했니?"

나무등치를 껴안는다. 나무와 대화를 나눈다. "나무야, 나무야. 우주의 무게는 얼마나 될까? 저 바닷물은 우주의 유방에서 흘러나오는 젖은 아닐까?"(오! 너무 멀리 갔나?)

집안에 굴러다니는 걸레에게도 눈길을 준다. 째려본다, 다시 감사히 바라본다. "너는 걸레라서 좋니? 화가 나니?"

존재하는 모든 것들 안에 있는 정령들에게 안부를 물어보자! 정령과 접선하자!

지금까지 살아온 방식을 찌그러트리고 새로운 시간으로 들어가자.

기존의 것을 뒤집어 보는 작업을 해 보자. 효용도 쓸모도 없어 보이는 것들에 주목해 보자. 우리 안에서 들려오는 다른 소리! 그 소리의 결을 알아보자.

그 소리는 나에게 지속적으로 들려오는가? 간헐적인 소리인가?

어떤 낱말이 와 꽂히는가?

매일 다른 눈을 뜨고 있는가?

엉뚱해지기가 필요한 두 번째 이유가 있다. 앞서 이야기했지만 '오래 살면서 얻은' 값비싼 노하우들은 우리의 인간적인 한계로 인해 구부러지거나 휘어질 수 있다. 왜곡된 채 우리를 우롱할 수도 있다. 나이를 공으로 먹지 않았고 나이와 더불어 노하우를 얻게 되었지만, 그래서 유용한 지혜가 많지만, 그것이 되레 독이 될 수도 있다. 때문에 어제와 다른 방향으로 깜빡이를 켜고 들어가 보기, 다르게 놀기, 거꾸로 보기를 연습해야 한다. 좀 더, 좀 더 엉뚱해지자.

젊은 날은 엉뚱해지기가 쉽지 않다. 그것이 미숙함일지언정 말이다. 나이가 든 우리는 엉뚱해지는 것의 의미를 조금은 알 수 있다. 굳어 버리고 딱딱해진 편견이나 정보를 의심하자.

그것은 다른 나를 생성하는 길, 온전한 나를 만나는 길이다.

멀리 와 버린 그 다른 한쪽 끄트머리의 나를 향해 가 보자. 낯선 내가 오고 있다.

춤추는 고양이

나는 자주 주문처럼 스스로에게 말한다.

"내 안에 사랑이 넘칩니다. 내 안에 기쁨이 넘칩니다. 그 사랑과 기쁨이 내 안에서 흘러 흘러 내 집으로, 내 이웃으로, 내가 사는 동네, 우리나라, 그리고 이 지구 곳곳으로 푸른 강물이 되어 흐릅니다. 내 안에 사랑이 넘칩니다. 우주로 그 사랑이 흘러갑니다."

삶이 팍팍하게 느껴질 때 알 수 없는 슬픔에 발목이 잡혀서 정신적으로 앓아눕게 될 때, 자꾸만 가슴이 아파 올 때, 만만한 어린 딸에게 화가 솟구쳐 올라올 때 익숙한 방법으로 어린 딸에게 고함을 치고 나서 나는 가슴이 아파서, 그런 내가 가여워서 물끄러미 나를 바라본다.

그때 답이 나온다.
사랑이 부족하구나! 내 안에 사랑이 필요하구나, 내가 더 많은 사랑을 실천하고 사랑의 작은 씨앗이 되어야 하는구나! 갑자기 삶이 힘겨울 때, 일이 잘 안 풀릴 때, 알 수 없이 짜증이 밀려올 때 나는 사랑이 넘치는 내

자애로운 모습을 상상한다.

그 상상 속에서 나는 어여쁘고 멋지다. 상상 속에서 나는 성큼성큼 현실로 걸어 나온다. 내 안에 넘치는 사랑을 내 아이에게, 내 남편에게, 모르는 사람들에게 나눠 주려고.(남편에게는 잘 안 된다!)

사랑의 마음으로 세상을 바라보면 내가 얼마나 행복해지는지 모른다. 마음이 물렁물렁해지고 눅눅해진다. 누구를 보고도 미소 짓고 작은 것이라도 베풀게 된다. 결국 내가 나를 구원하게 된다.

나는 자라면서 사랑을 받은 기억이 별로 없고, 부모로부터 칭찬을 들은 적이 없고, 참으로 필요 없는 것이 세상에 나와서 내 인생을 망쳤다는 욕설만 들으면서 성장했다고 치자.(사실 내가 그랬다!) 이 경우 내가 사랑을 받아 본 적이 없으니 누구를 진정으로 사랑하는 법을 알 수 없어서 괴롭다. 그런데 그냥 내 안에 사랑이 넘친다고 자꾸 우겨 보는 거다. 어느 방송에서 무조건 아무거나 붙잡고 희망이라고 우기라고 하는 강연을 들은 적이 있다. 그래, 그냥 나에게 사랑이 넘친다고 자꾸 우기자. 그러면 어쩐 일인지 그 사랑의 방향으로 가고 있는 나를 보게 된다.

무심히 지나쳤던 뚱뚱한 아줌마들이 일순간 너무 예쁘고, 길 잃은 늙은 고양이가 내 혈육 같고, 쭈그렁 주름과 빠진 이빨 사이로 엉큼하게 처녀의 엉덩이를 훑고 있는 등 굽은 노인들, 식당 앞에 버려진 돼지 등뼈를 놓고 악다구니 치는 동네 개들의 모습에 연민과 존경심이 생긴다. 그들의 삶의 내력을 알 수 없지만 저토록이나 열심히 달려서 여기까진 온 생명들. 그 삶은 나름의 곡절을 담고 있고 그 사연들 중 무엇이라도 우리가 함부로 폄하할 수 있는 것이 없다. 산다는 것이 경외심을 불러일으킨다.

내 마음이 넓어지고 커지면 내 삶 안으로 비치는 타자들, 그 모든 것이 귀하다. 그리고 이 하루하루가 얼마나 고마운 것들투성이인지 알게 된다. 저 얄궂은 바람에 내 마음이 울렁울렁 일어난다. 함께 어울린다.

마음이 웃고 내 안에 기쁨이 넘친다. 나는 고양된다. 나는 고양이가 된다. 늙은 도둑고양이, 야옹야옹 기쁨에 넘치는 고양이, 야옹야옹 고양이, 고양이, 어여쁜 고양이. 고양이가 웃는다. 나는 이제 늙은 도둑고양이가 아니다. 삶을 즐기는 늙은 고양이, 늙었지만 늙지 않은 고양이. 야옹야옹 고양이가 춤춘다. 내 안에서 한 마리 고양이가 어슬렁어슬렁 나온다. 행복하여라, 나여. 부디 사랑하여라, 나여.

우리가 무엇에 찌들어서 성내고 등 돌리면 마음이 암흑이 된다. 그때 이렇게 외쳐 보시라.

"내 안에 사랑이 넘칩니다. 내 안에 기쁨이 넘칩니다."

잠시 내 안에 넘치는 사랑을 가지고 밖으로 나와서 그 사랑을 여러 곳에, 여러 사람에게 펼쳐 놓으시라. 그러면 나는 물론 주변이 환해지고 이웃들이 미소로 응답해 온다. 고양이도 웃는다! 늙은 고양이는 어느새 아름다운 고양이로 변신한다. 자식이, 남편이 화답한다. 아! 남편이 난 지금 잘 안 된다. 안 되는 사람도 있다. 하지만 억지로 하려고 하지 마시라. 억지로 하려고 하면 체증을 겪고 휴유증을 앓을 수도 있다. 내가 할 수 있는 사람들, 내가 할 수 있는 사물들에게 먼저 하시라. 그러다가 잘되면 '안 되는' 사람에게까지 확장해 보시라.

고요히 내 안의 사랑을 불러내서 사용하다 보면 새로운 체험을 하게 된다. 일이 잘되고, 몸이 건강해지고 기적을 체험한다.

더러, "어이구, 이 아줌마! 당신 일 잘되고 편해지고 기적 체험하려고 사랑을 팔아먹는 짓 그만두시지!" 하고 나무랄 수도 있을 것이다.

하지만 상관없다.

세상이 아주아주 막가는 광경들을 매일매일 뉴스로, 풍문으로 접하면서 나는 생각한다.

내 일이 잘되고 더불어 당신의 일이 잘되기를, 내가 당신과 함께 웃을 수 있다면, 나와 당신이 더불어 자기 안의 신비스러운 광채를 '발광'하는 힘을 느껴 보시기를.

사는 것이 아주아주 재미있다. 기쁨이 마구마구 솟구친다.

하루 종일 내 속의 사랑을 자주자주 불러내자.

100% 다른 나 되기

"순수한 기를 모으는 것을 신처럼 하면 만물의 원리를 모두 마음에 갖출 수 있다. 어떻게 모을 수 있는가? 한결 같게 모을 수 있는가? 복서(卜筮) 없이도 길흉을 알 수 있는가? (그칠 곳에서) 그칠 수 있는가? (하지 말아야 할 때) 그만둘 수 있는가? 남에게 구하지 않고 자기에게서 구할 수 있는가? 생각하고 생각하며 또 생각하라. 생각해도 통달하지 못하면 귀신이 장차 통달하게 해 준다. (이것은) 귀신의 힘이 아니라 정기(精氣)의 작용이 극에 달한 결과다." (관중,《관자》(김필수 · 고대혁 외, 소나무, 2006) 중)

우리에게는 '관포지교'라는 고사성어로 잘 알려진 관중의《관자》중 〈내업(內業)〉편의 한 구절이다.

'관자'의 천재성과 해박함 등등 다양한 면모가 잘 드러나 있는 이 책 내용 중 특히 〈내업〉이나 〈심술〉(상하), 〈백심〉 편은 읽는 재미가 쏠쏠하다.

관자는 생각하면 통달하고, 생각해도 통달하지 못하면 귀신이 통달하게 해 준다고 강조한다. 이것은 귀신의 힘이 아니라 정기의 작용이 극에 달한 결과라고. 아니, 귀신이 통달하게 해 준다고 해도 괜찮을 것 같다.

귀신이란 종교인이라면 하느님이나 부처님으로, 무신론자라면 우주적인 큰 지혜나 도(道)로 해석해도 무방하지 않을까?

관자는 또 "형체가 바르면 덕이 오고, 마음속이 고요해지면 마음이 다스려지고 형체를 바르게 하고 덕을 정돈하며, 하늘의 어짊과 땅의 이로움을 본받으면 저절로 신명의 경지에 이르러 만물을 밝게 안다"라고 한다.

생각하고 생각하면 통달하게 된다고?

그렇다면 오늘부터, 아니 지금 당장 생각하고 생각하자. 생각해도 통달하지 못하면 귀신이 와서 해 준다고 하니, 쉽지 않은가? 생각만 하면 되는 것이라니! 형체를 바르게 하고 마음이 고요해지면 저절로 신명의 경지에 이른다고 하니 해 봄 직하지 않은가?

그럼 생각한다는 것은 무엇일까?

뭘 생각하라는 것일까?

세포에 각인된 지나온 나의 삶의 길, 그 길에서 오늘도 어제처럼 생각하라는 것일까? 무슨 생각을 하라는 것일까?

그렇다. 달리 생각하라는 것이다.

허둥지둥 어제처럼 한 달 전처럼, 살아온 대로 생각하는 것은 아무 쓸모가 없다. 생각하라는 것은 다른 것을 생각하라는 주문이다. 다르게 생각하라! 그래야 다른 사람이 될 수 있다. 다르게 생각하면 다르게 행동하게 된다. 세상 만물이 고정되어 있지 않다. 불교 용어로 말하자면 무상(無常)하다! 어제의 강물과 오늘의 강물이 다르고 어제의 하늘과 오늘의 하늘이 다르다. 오늘의 나는 어제의 나와 다른 나다. 생각한다는 것은 다르게 생각하는 것이란 사실을 명심해야 한다.

낯선 나를 맞아들이라는 주문이다.

그러니 생각한다는 것은 혁명적인 일이다. 나를 혁명하는 것이다. 나를 변혁하는 것. 그것은 일상을 넘어서는 것이며 나를 넘어서는 것이다. 생각하는 것은 '무서운' 것이다.

전혀 다른 내가 출현하는 것이다. 나의 세포들에게 매일 속삭이는 것이다. 지금과 다른 나에 대해 영감을 불러일으키는 방식이다. 실제로 우리의 몸의 세포들은 매일 다시 만들어진다고 한다. 그런데 그 새로운 세포들에게, 나의 새로운 몸에게 나는 매일 똑같은 생각을 불어넣는다. 돈 돈 돈, 1등 1등….

다른 생각을 세포에게 주입하자. 다른 내가 태어난다. 다른 혼과 정신의 소유자, 다른 나와 만날 준비를 하자.

다음은 크리스티안 노스럽의 《여성의 몸 여성의 지혜》(강현주 역, 한문화, 2000)에 나오는 구절이다.

"우리 몸의 세포는 매일 다시 만들어지며 우리는 7년마다 완전히 새로운 몸으로 다시 태어난다. 따라서 과거의 기억이 몸에 고착되어 있다는 주장은 정확하지 않다. 정확히 말하면 세포를 만드는 우리의 의식이 과거에 고착되어 과거를 탈피하지 못하고 과거와 똑같은 패턴의 세포를 계속 만들어 가는 것이다. 그러나 우리가 의식에 변화를 주면 세포는 자동적으로 변하며 삶까지도 바뀐다."

놀랍지 않은가?

생각하고 생각하자. 그것은 나의 새로운 몸에게 새로운 정신을 불어넣는 것이다. 100% 다른 내가 되는 것이다. 이렇게 생각을 바꾸는 것, 다른 나에 대해 '욕망'하는 것. 그것을 해야 한다. 그래도 '안 될 때'는, 즉 통달하지 못할 때는 귀신이 통달하게 해 준다고 하지 않는가?

나는 지금 천기누설(?)을 하고 있다. 생각하고 생각하자.
형체를 바르게 하고 마음이 고요해지면 신명의 경지에 도달하게 된다. 생각한다는 것은 다르게 생각하는 것이며 '형체를 바르게 하고 마음을 고요히 하는' 것에서 출발해야 한다.

같은 책에서 크리스티안 노스럽이 인용한 괴테의 목소리를 들어보자.

"결심하기 전까지 망설이게 된다. 멈칫대면서 아무런 성과도 거두지 못한다. 주도적이고 창의적인 행동에는 '우리가 결심하는 순간부터 하느님의 의지도 함께 움직인다'는 진리가 숨어 있다. 그러나 그러한 진리를 모르기 때문에 수많은 멋진 생각들과 계획들이 중도에 포기된다. 모든 것이 무엇인가에 도움을 준다. 그렇지 않다면 애초부터 존재하지도 않았을 것이다. 어떤 일이든지 결정에서부터 시작되며, 전에는 꿈도 꾸지 못했던 미지의 것을 원하는 방향으로 이끌어 갈 수 있게 된다. 당신이 할 수 있는 것, 할 수 있다고 꿈꿀 수 있는 것이 있다면 무엇이든 시작하라. 그러한 대담함에 천재성, 힘, 마법이 깃들인다. 지금 당장 시작하도록 하자."

결심을 하되 지금과 다른 결심을 하자. '이상한' 결심을 하자. 고여 있는 나의 에너지를 역동적으로 퍼 올리는 꿈. 나와 우주를 이롭게 하는 거창한 것. 그것이 나의 꿈이다!

생각하고 생각하자! 그리하여 부디 '접신'하자.

새로운 몸에 새로운 정신의 새로운 사람, 그 사람이 나다.

아름다운 괴물 만나기

봉투에 손을 넣어 비밀을 적자

손을 마저 잘라 봉투 안에 넣고 밀봉을 하자 ─ 이병률 〈이사〉 전문

한때 초현실주의에 매료된 적이 있었다.

어느 지자체 블로그에 내가 쓴 초현실주의 관련 구절을 옮겨 본다.

"대학 시절 초현실주의에 경도된 적이 있는데요.

한마디로 이성의 지배로 굳어진 의식세계를 부정하고 무의식의 심연으로 들어가는 작업이랄까?

인간의 원초적인 광기나 꿈, 상상력이 복원된다면 예술이 얼마나 풍요로워질까 그런 생각을 했죠.

프랑스 미술에서 곧 시단으로 번져 이른바 전위시인들의 대담하고 기발한 시도가 놀랍고 그야말로 저에게는 '새 하늘과 새 땅'이었는데요. 초현실주의 선언문을 기초한 앙드레 브르통이 얼마나 멋져 보였는지 말입니다. 강의 시간에 이른바 '자동기술법'을 배웠는데요. 떠오르는 대로 단어를 아무렇게나 1분간 마구 써 놓은 다음 그걸 읽어 보면서 무의식 안의 나를 찾기 위해 고심하기도 했답니다. …

기존의 때 묻은 인습이나 도덕주의, 알량하고 틀에 박힌 이성에 대해 의문을 제기하고 그야말로 '새롭게 만드는 예술', '전복의 상상력'… 뭐 대충 이런 거였답니다."

다다이즘, 앙드레 브르통 같은 단어만 보면 흥분되던 시절이 있었다.

막막한 현실을 단번에 돌파해 내는 위력을 나는 초현실주의에서 발견했다. 희망 없는 미래, 무서운 가난과 남루한 일상, 스스로에게 가하는 금기와 터부.

아침에 일어나면 죽은 운동권 학우의 이름을 접하던 시절. 사는 게 무섭고 부끄러웠다. 공부를 해도 부끄러웠고, 커피 한잔 마시며 하늘을 보는 여유도 부끄러웠고 '학생 운동권' 집회를 바라보는 것도 부끄러웠고, 거기 들어갈 용기가 없어서 부끄러웠다.

또 몸을 움직이기만 해도 돈이 드는 서울, 달동네 자취방에서 일없이 라디오를 켜 놓고 〈별이 빛나는 밤에〉 같은 프로를 듣다가 자기 혐오감에 라디오를 때려 부수고 싶던 순간들.

'시골소녀가 그토록 갈망하던 대학 생활은 이런 것이었구나.'

책을 읽어도 거짓말 같고 명상 관련 서적을 봐도 다 사기꾼들 같고 뭐를 해도 미안하던 시절, 정의와 민주주의, 평등과 새 세상이라는 '정언명령'이 내 온몸을 칭칭 감고 있던 날, 초현실주의를 만나고 나는 숨 쉴 여유를 찾았다.

지배, 피지배, 기층민중, 불평등, 독재 같은 단어에서 엉금엉금 기어 나와 만난 꿈과 광기, 아방가르드, 아라공….

내게 '초현실주의'는 살고 싶다는 말과 동의어였다. 가서 쉬고 싶고 한

동안 그 안에서 나오고 싶지 않던.

"억압된 무의식의 세계를 가능한 한 참되게 표현하려고 하는 초현실주의의 갖가지 시도는 시·회화·사진·영화 속에서 현실적인 연상을 뛰어넘는 불가사의한 것, 비합리적인 것, 우연한 것 등을 표현하였다. 이런 표현은 당시의 모순된 현실과 결부되어 예술일반의 인식을 비약시키고 20세기 특유의 환상예술을 발흥(勃興)시키게 된다. ··· 영감(靈感)의 발생을 천명하기 위해 프로이트의 정신분석에서 출발한 이 운동은 꿈이 지니고 있는 여러 힘의 찬양, 자동기술(自動記述)에 대한 깊은 신뢰, 초현실적 사실의 열렬한 탐구와 평행하여 사회생활이 개인에게 강제하는 모든 것의 금지를 문제 삼고 혁명을 통한 자유의 도래를 그려보며 영원히 온갖 제약을 파기하고, 종교적·정치적 신화를 타도하고 사회의 명령에서부터 해방된 개인의 승리를 보장하려 했다."(인터넷 〈두산백과〉 초현실주의)

나이 50이 넘은 어느 날 초현실주의가 다시 내게 '왔다'.

합리성 안에 묶여 있는 무의식의 세계 열어 보기. 꿈과 공상의 세계에 들어가 보기. 전복의 상상력을 통해 고착된 가치 뒤집어 보기. 광기의 내부를 탐험하기. 몽환 속에 앉아 있기. 아이처럼 살아 보기.

현실의 가치 밖에서 넘실거리고 있는 뜨거운 것에게 입 맞추기.

우리가 밀어낸 저 지하 세계의 엄청난 불씨. 그 불모지 만나기. 더 풍요로운 이미지, 더 놀라운 인간 만나기. 가공할 상상력과 에너지의 지대를 정면으로 바라보기.

그곳을 잠시 본 죄로 눈이 멀어 버린다면, 그곳을 염탐한 죄로 영원히 변방을 헤맨다면, 그곳을 마음에 품은 죄로 현실에 귀환하지 못한다면? 그래도 가 보고 싶다.

방법? 자동기술법, 그래 자동기술법이다!

이성의 검열을 떨쳐 내고 생각나는 대로 마구마구 내가 좋아하는 것, 감추고 싶은 것, 금기시하고 외면했던 것, 좋아하는 아이돌 가수, 좋아하는 배우와 진하게 만나기, 숨기고 싶은 희망 사항, 나의 욕망, 나의 끼, 나의 천재… 무엇이든 떠오르는 대로 며칠이고 지하 세계의 불온한 기호를 받아 적어 보기.

오랫동안 입 막고 귀 막고 숨어 있던 것들에게 문을 열어 주기, 그들이 외치는 함성, 울부짖음 받아 적기, 시원한 바람 넣어 주기.

예컨대 오토바이 타고 폭주하기, 에펠탑에 혼자 가서 소리 질러 보기, 혼자 술 마시기, 창밖으로 지나가는 사람 쳐다보기, 그 사람과 연애하기, 쇼윈도 속 아름다운 구두 훔치기, 먹이를 찾아 어슬렁거리는 하이에나 되기, 히말라야 또는 잉카의 마추픽추 가서 영감 받기.

신들린 듯 마구 적어 보기. 밥 먹고 나서 적어 보고 아이들 재워 놓고 적어 보고 3일 밤 3일 낮을 내게 은밀한 기쁨을 주는 것을 무조건 적어 보자. 누가 흉보면 어쩌나 겁내지 말자. 곰곰이 생각하지 말고 순간적으로 적어 보자. 싫은 것이 있다면 그것도 마구 적자. 토할 것 같은 이미지들, 뚜껑 열리는 분노의 마음, 뭣 같은 것들에 대해서. 지하 세계의 천변만화를, 아름다운 괴물을 와락 끌어안기.

아무 이미지나 무엇이나 자유롭게 떠올려 보기. 그림으로 스케치해도 괜찮다. 단 '생각하지 말고' 해야 한다. 이성이 작동하는 순간 멈춰야 한다.

이것은 프로이트의 정신분석 기법의 하나인 자동기술법(자유연상법)으로 내 무의식을 바라보는 작업이다. 3일 밤낮을 해도 좋고 한 달을 해 봐도 좋다.

사사키 아타루에 따르면 프로이트의 이 자동기술법은 좀 더 거슬러 올라가면 루트비히 뵈르네의 《3일 만에 독창적인 작가 되는 법》에서 힌트를 얻은 것이라고 하는데 3일간 밤낮으로 몰입해서 글을 쓰면 독창적인 글이 나온다는 내용이다. 다시 말해 몰입, 짧은 순간 '미쳐 버릴' 정도로 몰입하면 그 에너지 안에, 숨어 있던 천재적인 괴물과 광기가 발현된다는 것이다. 몰입, 몰입, 계속 내게로 몰입해 보자!

지금과 다른 나와 '접속'해 보자.

나의 끼! 힌트를 얻었는가? 나의 불온한 나를 만나 보셨는가? 그게 진짜 나라고 인정하기. 끌어안기.

유년의 단서

어슴푸레 기억난다. 어린 시절 우리 집. 집 옆에 철길이 있고 집 뒤로 산더미보다 더 큰 시멘트 공장이 있었다. 철로 주변으로 마을이 형성되어 있다.

7살이었다. 아마도 나는 셋째 여동생을 업고 있었을 것이다.

집에서 5분 거리에 초등학교가 있다. 동생을 업고 정오 무렵 집 밖 비포장도로를 지나 철다리 앞 공터에 가면 내 또래 작은 아이들이 걸어 나오고 있다.

초등학교에 막 입학한 아이들. 선생님이 "하나 둘" 하고 구령을 외치면 아이들은 "셋 넷" 합창하며 집으로 돌아온다. 나는 학교에 가고 싶었다. 집에 와서 부모님을 졸랐다.

"학교에 갈 거야."
"학교 보내 줘."

부모님은 나를 8살에 학교에 보내려고 하신 것 같다. 하지만 나는 학교에 가고 싶었다. 학교에 보내 달라고, 학교에 가고 싶다고 떼를 썼다. 난감

한 표정의 엄마와 아버지. 이윽고 아버지는 말씀하셨다. 지금 학교에 보내도 며칠 안 다니고 그만둘 것이 뻔하니 한번 보내 보자고. 다른 아이들보다 한 달 늦은 4월에 학교에 갔다. 교과서가 없어서 엄마가 잿빛 갱지에 글씨만 써서 교과서를 만들어 주셨다.

"영희야 학교 가자."
"철수야 학교 가자."
"바둑아 안녕."

검은빛이 도는 종이에 엄마가 연필로 써서 만들어 준 책을 천금처럼 여기며 나는 학교에 다녔다. 한글을 몰랐으므로 집에 와서 한글 공부를 시작했다. 엄마 말에 따르면 금세 한글을 다 뗐다고 한다. 그렇게 시작한 나의 늦은 초등학교 생활은 그 길로 쭉 중·고등학교로 이어졌다.

나의 친구들은 나보다 1살이 많았으나 지금도 학창 생활을 떠올리면 행복하다. 학교가 좋았고 친구들이 좋았고 집에 있는 것보다 학교에 가는 것이 좋았다. 중·고등학교에 가서도 공부를 열심히 했고 잘했다. 물론 전교 1, 2등 하는 수재는 아니었다. 그 후 대학을 갔고 지금에 이르렀다.

내가 왜 갑자기 유년의 기억 중 공부에 대해 말하는 것인지 궁금할 것이다. 나의 재능을 찾기 위해 우리의 어린 시절을 추적해 보는 것이 필요하기 때문이다. 어린 시절에 나는 무엇을 좋아했는가? 무슨 놀이를 즐겼나? 내가 재미있어했거나 잘했던 것은 무엇이었나?

어린 시절에 하고 싶었지만 혹시 지금까지도 하지 못해서 미련이 남는 것이 있는가?

유년의 기억을 더듬어 보면 덜 채색된 나를 만날 수 있다.

그 시절 내가 좋아했던 것, 잘했던 것, 하고 싶었으나 여건이 안 돼 못 한 것, 아직도 미련이 남는 것, 그것이 무엇인지 알아보는 것이다.

'자아의 신화'를 찾기 위해, 내가 정말로 살고 싶은 삶을 알기 위해 유년의 기억을 샅샅이 더듬어 보는 것이다.

나의 경우 아무리 생각해 봐도 내가 좋아했던 놀이가 떠오르지 않는다. 어린 시절 나의 꿈이 무엇이었는지도 잘 모르겠다. 밥 먹고 살기도 버거웠던 시절, 가정 형편상 중·고등학교에 진학하지 못한 친구들이 많던 시골에서 나는 학교 가는 것이 가장 좋았다. 그러나 무슨 놀이를 좋아했는지 아무리 머리를 짜 보아도 모르겠다.

그러다가 문득 내가 노는 것보다, 공부하는 것을 좋아했다는 걸 며칠간의 끈질긴 '추적' 끝에 알아냈다.

7살부터 시작된 공부에 대한 열정은 중·고등학교를 졸업한 후에도 계속 됐다. 남들은 대학 안 가는 것을 당연한 현실로 여기던 시절임에도 나는 대학에 가고 싶었다. 서울 뚝섬 부근의 'ㅎ' 대학교 국문과에 합격했으나 집안 형편상 진학을 못 했는데도 나는 포기하지 못했다. 결국 그로부터 3년이 지난 시점에 다른 대학교에 들어갔다.

대학에 가서부터는 당시의 사회 상황에 휩쓸려 대학이 공부하는 곳인가 회의가 들기도 했다. 그러나 어린 시절 이후 지금까지 내가 유일하게 좋아하고 잘하는 것이 있다면 책 읽는 것, 글 쓰는 것 정도라는 생각을 하게 된 것이다.

노래도 못해, 운동도 못해, 놀기도 못해, 음주가무나 그 무엇에도 재주가 없는 내가 기분 좋게 머무를 수 있는 곳, 그것이 읽기와 쓰기라는 걸 깨닫게 됐다. 나의 '자아의 신화'는 여기에 있구나! 읽는 것, 쓰는 것.

우리, 지금부터 그 시절로 돌아가자. 거기서 작은 사금파리라도 찾아내자. 그 시절 나를 행복하게 했던 것, 내가 즐기던 놀이, 내가 좋아하던 종목. 거기에 단서가 있다. 나의 재능이 어디에 있는지 나의 '나'됨을 완성하는 길이 무엇인지. 원했던 것을 못 하고 지금까지 멀리멀리 밀려서 여기 와 있는 나를 바라보자.

그때로 돌아가서 아직 끝내지 않은 놀이가 있다면 찾아오자. 그것을 지금 데려와서 쫙 펼쳐 보자. 그 시절 이래 지금까지 멈추고 있던 것. 꽉 막혀 있는 나의 무엇, 그것을 찾아서 지금 시작해 보자.

칼 융은 자기 신화를 찾기 위해 어린 시절 무엇을 하며 노는 것을 좋아했나 하고 찾아 보다가 돌맹이를 모아서 집을 만들며 놀던 것을 기억하고, 어른이 되고 나서 더 큰 돌맹이를 가지고 놀아야겠다고 마음먹고 직접 땅을 사고 집을 설계해서 자기 집을 건축했다고 하지 않는가? 조지프 캠벨은 블록 놀이를 즐기던 기억을 떠올리고 30대 후반에 블록 놀이를 시작했다고 한다. 어린 시절 못다 한 그 놀이를 어른이 되어 다시 시작해서 끝낸 후부터, 바로 그때부터 인생이 술술 풀렸다고 하지 않는가?

이와 함께 어린 시절의 일기나 메모를 찾아보는 것도 좋다. 거기서 실마리를 찾을 수도 있다. 이 외에 우리가 밤마다 자면서 꾸는 꿈을 천천히 분석해 보는 것도 좋다. 거창하게 '분석'이라는 용어를 썼지만 혹 반복해서 꾸는 꿈이 있는가? 그 꿈은 무엇을 말하고 있나? 꿈을 메모해 보자. 꿈은 나의 무의식의 영역이기에 단편적으로 보이는 꿈들을 모두 메모하다 보면 짚이는 데가 있을 것이다. 귀찮게 생각하지 말고 매일매일 꿈의 내용을 적어 보자. 무의식의 저 아래 엄청난 광맥이 얼굴을 드러낼 수도 있으니까.

조지프 캠벨은《블리스, 내 인생의 신화를 찾아서》(노혜숙 역, 아니마, 2014)에서 이렇게 말한다.

"내 안에는 훌륭한 것이 있다. 그것이 무엇인지 찾아야겠다. 그러면서 자신만의 신화를 발견하는 문제에 대해 생각하기 시작한다."

"우리를 움직이는 것이 무엇인지는 각자 자신의 내면에서 찾아야 한다. 물론 그것은 또한 우리를 인생의 단계에 따라 적절하게 인도해야 한다."

우리의 삶의 목적은 우리에게 주어진 잠재성을 실현하는 것이라고 그는 말한다.

우리에게 주어진 것, 이미 있는 것, 내 안에 길을 찾지 못하고 방황하는 '질풍노도'의 에너지와 만나자. 나답게 사는 위대한 삶의 시작이 거기에 있다.

마흔아홉 주부의 재취업

그때 나는 빨래를 널고 있었다

제목도 없는 시간 속으로

태양은 아무렇지도 않게 쏟아지고

나는 마치 처음부터

빨래 건조대를 알고 있었던 것처럼

나는 마치 처음부터

엄마엄마 보행기로 거실을 누비는

저 아이를 알고 있었던 것처럼

나는 마치 처음부터

베란다 너머 저 허공을 알고 있었던 것처럼

익숙해익숙해미치겠어

오늘 하루도 눈감아 주는데

거울아 거울아!

이 여자는 도대체 누구니? ··· — 황성희 〈거울에게〉 중

이제 이 책을 쓰게 된 동기를 밝혀야 할 것 같다.

2012년, 내 나이 49세 때 나는 한 지자체 블로그 기자로 재취업했다. 대

학 졸업 후 줄곧 일을 했으나 아이를 낳고 6-7여 년의 경력 단절이 있었다. 그 후 다시 얻은 소중한 일터였다.

긴 공백 기간이 무색하리만큼 나는 곧 적응했다. 일을 시작한 지 한 달도 채 안 된 시점부터 내가 쓴 기사들은 소위 베스트 글로 선정되기 시작했다. 그때 내가 낸 아이템 중 하나가 '주부 재취업'이었다. 당시 데스크 격인 사람이 "주부 재취업에 대해 따로 취재하기보다 본인 이야기를 써 보는 것이 어떤가?"하고 제안했다. 나는 흔쾌히 수락했고 4회에 거쳐 글을 썼다. 그 첫 회에 쓴 블로그 포스팅을 싣는다.

이곳에서 오래 일하진 않았다. 짧은 기간 동안이지만 회의를 느꼈다. 누구를 취재한 글이 아닌 나의 생각을 담은 나의 글을 쓰고 싶다는 맹렬한 열망에 사로잡히곤 했기 때문이다. 그래서 어떤 계기로 그곳을 나와서 이제는 책을 쓰고 아이들을 가르치는 일을 하고 있다. 아래는 그 첫 회의 글이다.

* * *

"저는 주부 재취업에 대해 쓰려고 해요."

"주부 재취업…? 본인 이야기를 쓰는 건 어때요?"

"제 이야기를요?"

지난 주에 있었던 취재 아이템 회의의 한 장면입니다. 저는 49세 주부로, 43세에 아이를 낳은 후 경력의 단절이 있었고 이번에 〈달콤한 나의 도시, 경기도〉에서 블로그 기자로 일하게 되었답니다. 하지만 저는 '운 좋게' 재취업에 성공한 사람이라고 말하진 않겠습니다. 저는 '운이 좋아서' 취업한 것이 아니고 이 업무를 하는 데 필요한 충분한 실력을 갖춘 사람이라고 저를 소개하고 싶으니까요. 초장부터 좀 거슬리시지요?

그렇다고 제가 자만심에 찬 사람은 아닙니다. 오히려 조신하고 사려 깊고, '도덕 교과서' 같은 부류죠.(죄송합니다) 그래서 자신에게 몹시 엄격한 스타일입니다. 다만, 필요하고 충분한 조건을 갖춰서 취업을 했을 때조차 왜 나이 많은 사람들은 '운 좋게'라는 말을 써야 하는가, 하는 의문이 있는 거지요.

혹 이 글을 읽으시는 당신은 나이가 어떻게 되시는지요? 30대? 아니면 40대신가요? 혹 50대-60대이신지요? 저는 감히 말합니다. 일하는 데 늦은 나이는 없다고요.

국민 MC 송해 오빠를 보세요. 예전에 인사동에 갔다가 낙원상가 근처에서 작달막한 키의, 가무잡잡하고 볼품없는, 그러나 참으로 매력적인 이분을 우연히 본 적이 있답니다.

이 매력적인 사나이를 보자, 저도 모르게 안녕하세요? 꾸벅 인사를 했답니다. 친근한 모습이 마치 이웃집 아저씨 같아서 말이죠. 송해 오빠도 그런 저를 정다운 이웃 대하듯, 손을 흔들고 따뜻한 미소를 보내 주셨지요. 그 편안함과 그 '볼품없음'과 오래되고 낯익은 너그러움 같은, 혹은 세월의 흔적 같은… 미추를 이미 건너온, 한 사람을 말입니다.

그에게는 노인이라는 느낌도, 국민 MC라는 수식도 불필요해 보였으니까요. 와 멋지다! 저런 작달막한 사람이, 저렇게 동글납작 '못생긴' 사람이 그토록 큰 '뜨거움'으로, 일요일마다 우리 집 거실로 들어오셔서 사소하고 작은 웃음보따리를 풀어 놓으시는구나. 일요일 점심마다 나는 KBS〈전국 노래자랑〉을 보며 얼마나 자주 웃었던가?

　그분은 그곳에서 가장 빛나는 사람이었지요. 사람은 누구나, 자신이 가장 빛나는 곳을 찾아서, 거기서 뜨겁게, 원 없이 뜨겁게 살아야 하는 거라고 저는 말하고 싶습니다.
　당신은 지금 당신이 계신 곳에서 빛나는 사람입니까?

　이야기가 좀 빗나갔는데요. 아무튼 저는 하고 싶은 일을 하는 데 늦은 나이는 없다는 말을 하고 싶네요. 제가 아는 할아버지 한 분은 75세에 찬송 앨범을 내고 왕성한 활동을 하고 계십니다. 그러니 마흔아홉 살이란 이 분들 입장에서는 '청년'이지요. 제 이야기를 조금 더 하겠습니다.

　사실 이 일을 하기로 결정하기 전 모 인터넷뉴스의 편집위원으로, 출근하기로 한 곳도 있었답니다. 그런데 오전 9시부터 저녁 6시까지 주 5일 내내 묶여 있는 것이 부담스러웠답니다. 이제 7세 된, 유치원 다니는 아이가 있는 엄마로서, 아이를 등한시할까 걱정이 된 거죠.

　제 성격이 어떤 일을 시작하면, 그 일에 '미친 듯' 몰입하는 스타일이라 아무리 생각해도 일과 '결혼'하는 사태가 벌어질 것 같아 과감히 포기했답니다. 후회했냐구요? 전혀요. 전 이렇게 생각했답니다. '내가 원하면, 어디든 나를 필요로 하는 곳은 있을 거야. 다만 지금은 여의치 않으니까 잠시 더 생각해 보자.'

그리고 이곳 '달콤한 나의 도시, 경기도'에서 일하게 된 것입니다. 이곳의 일은 외부 취재가 많고 취재한 글을 작성하는 장소에 크게 제약이 없답니다. 일하기가 상대적으로 자유로운 곳이지요.

제가 명문대 출신이냐구요? 전에 메이저급 일간지에서 근무했냐구요? 둘 다 아닙니다.

전 지금 행복합니다. 아이가 유치원에서 3시 20분쯤 돌아오니, 주로 오전 시간에 취재를 다닙니다. 오후에 아이가 돌아오면, 간식을 챙겨 주고 잠시지만 눈을 맞추고 아이의 이야기를 듣습니다.

남자 친구가 생겼다는 이야기, 어떤 친구가 화를 내서 속상했다는 이야기, 딱딱한 미역 줄기와 버섯이 반찬으로 나와 맛이 없었다는 이야기….

제가 늦은 나이에 아이를 낳아 보니 엄마들이 왜 그토록 자녀에게 '올인'하려는지 알겠더군요. 아이가 또 다른 '나'라는 생각이 드는 겁니다. 나의 모든 바람과 희망 사항을 자녀를 통해 이루고 싶은 거지요. 아이를 바라보면 작은 내가 새로 세상에 태어난 것 같답니다. 세상을 향해 걸음마를 하는 어린 내가 보입니다.

아무튼 저는 아이와 잠시 대화를 나눈 후 오전에 취재해 온 글을 쓴답니다. 저녁이 되어 아이가 잠들면 다시 컴퓨터 앞에 앉지요. 사실 밤이 되어 사방이 조용해지면 그때부터 제가 몰입해서 일하는 시간입니다.

지금 혹시 육아로 바쁜 날들을 보내고 계신가요?
그래서 아직은 일할 엄두를 내지 못하시는지요? 그런데 원하시는지요?

저는 당신에게 말합니다. 여건이 안 된다면 우선 '현재'에 최선을 다하시라고요. 아이를 웬만큼 키우고 나서, '일을 해도 되겠구나' 싶으면 그때 찾아 보셔도 되니까요.

다만 아이를 키우면서, 집안일을 하면서, 당신의 재능이 어떤 곳에 있는지 점검해 보세요. 그게 주부 재취업의 핵심입니다. 아이 키우기가 너무 재미있다면, 당신은 그쪽 분야에 걸출한 자질이 있는 겁니다. 그렇다면 나중에 유치원이나 어린이집 보육교사가 될 수도 있고 방과 후 지도교사가 될 수도 있지요. 시간이 지나 유치원 원장님이 될 수도 있으니까요. 전에 당신이 하던 일을 계속할 수도 있습니다. 길은 많답니다.

아이를 키우면서, 저는 "내가 육아와 집안일에 '아주 무능한' 인간이구나" 여러 번 탄식했답니다. 그리고 그 '탄식'을 녹여서《내 안에는 작은 아이가 산다》라는 제목으로 책을 한 권 썼는데요. 이건 순전히 '나의 어떤 무능'이 나에게 '다른 능력'을 일깨워 주었기 때문에 가능한 일이었지요. 이 책은 2013년 11월 출간(북코리아 刊)되었습니다.

혹 지금쯤 슬슬 짜증이 나시지는 않는지요?
배신감이 느껴지실 수도 있습니다.
'뭐야? 이거…'
마흔아홉 먹은 아줌마의 재취업 성공기라면 으레 이력서를 한 100통쯤 뿌리고 다녔고, 실패와 좌절과 냉대를 받으며, 밤낮으로 피눈물 나는 노력을 거듭한 이야기가 나올 거라고 생각하진 않으셨는지요? 고진감래라고 했던가? 무수한 절망과 고통을 참아 내고 마침내 '승리'한 드라마를 생각하셨을 수도 있으니까요.

그런데 저는 취업을 원하는 모든 분에게 두 가지를 묻고 싶습니다.
당신에게는 '뜨거움'이 있습니까?
가슴이 벅차오르는 간절함이 있습니까?
당신은 당신 안에 있는 천재를 만나셨습니까?

오늘 제 이야기는 여기서 맺으려고 합니다.
다음에는 당신 안에 있는 뜨거움에 대해, 그리고 당신의 '천재'에 대해
이야기하려고 합니다. 그리고 제 이야기가 끝나는 시점부터 자기 안의 '천
재'를 만나, 재취업에 성공하고, 뜨거움으로 사는 사람들을 소개하려고 합
니다.

그들의 치열함 속으로 당신을 초대합니다. 그곳에 풍덩 빠지셔서 잠자
고 있을지 모를 당신의 '천재'를 만나시기를 기대합니다.

Vouloir est pouvoir

"Vouloir est pouvoir."

우리말로 하면 "'하고 싶은 것'은 '할 수 있는 것'이다"라는 뜻이다. 프랑스어다. 내가 대학에 갓 입학했을 때 지도교수님이 자주 해 주셨던 말이다. 처음에는 수긍했지만 언젠가부터 객기 같은 반항심이 슬금슬금 올라왔다. 그래서 혼자서 중얼거렸다.

"하고 싶은 것은 할 수 있는 거라고요? 교수님은 하고 싶은 것 모두 했으니까 그렇게 말씀하시는 거지요. 밖을 한번 내다보세요. 하고 싶은 것을 할 수 없는 사람들이 얼마나 많은데요."

당시 30대 중반이던 여교수님은 명문대를 졸업하고 프랑스 소르본느 대학에서 박사학위를 받은 분이었다. 교수님에게 초급 불어를 배웠는데 '온실의 화초' 같은 분이었다. 어린 소견에, 인생의 '간난신고'를 겪어 보지 못한 분의 말씀이라고 결론 내리고 치기를 부린 것 같다.

세월이 흘러 그때의 교수님보다 더 나이가 들고 보니 종종 생각한다. '하고 싶은 것'은 '할 수 있는 것'이라고. 내 안에 어떤 잠재력이 내장돼 있으니까, 그것이 하고 싶은 것이다 하고. 물론 아무리 해도 안 되는 일도 있다. 어떤 것은 과감히 포기하는 '용기'도 필요하다. 하지만 다른 한편 내가 끊임없이 열망하는 것, 하루 종일 나를 붙잡고 놓아주지 않는 것은 내 안에 가능성의 씨앗이 이미 있다고 보는 것이 옳지 않을까? 갈망하는 것이 아무것도 없다고? 그럼 지금부터 찾아 보자.

대학을 졸업하고 직장에 다니던 때, 한 친구를 사귀게 됐다. 서울 홍제동 달동네에서 알게 된 '새댁'이었다. 우리는 주인집 마루를 사이에 두고 양쪽 방에 각각 세 들어 살았다. 새댁은 아이들과 남편과 가난하지만 행복한 가정을 꾸리고 있었다. 내 나이 스물일곱쯤이었다. 새댁은 나보다 3살가량 어렸는데 우리는 친구가 되었다.

그녀는 봉제공장에서 남편을 만나, 살림을 차렸단다. 그리고 2살, 3살 연년생 아들을 두 명이나 낳고, 작은 방에서 작은 아기들과 "까꿍, 엄마 없다", "도리도리 까꿍, 오로로로롤로" 하면서 웃음꽃을 피웠다. 일요일에도 일 나간 남편의 점심을 정성껏 준비했고, 종종 나를 불러서 밥을 먹게 했다. 저녁이면 나는 이들 부부와 삼겹살을 구워 먹으며 고적한 마음을 달래기도 했고 올망졸망 작은 아기들의 미소에 힘을 얻기도 했다. 밤이 되어 아기들이 잠들고, 남편이 코를 골면 새댁은 살며시 나의 방으로 마실을 왔다. 나는 랭보, 발레리, 보들레르의 시편들을 그녀와 소리 내어 읽고, 하하호호 웃으며 밤새 수다를 떨곤 했다.

"오, 계절이여! 오, 성곽이여! 상처 없는 영혼이 어디 있으랴!"

그러면 기다렸다는 듯 주인아주머니가, 내 방문을 쿵쿵 두드리는데, "예, 조용히 할게요" 말하고 입을 틀어막고, 또 막 웃는다. 중학교를 중퇴한 그녀지만 내가 읽어주는 시(詩)를 얼마나 맛깔스럽게, '느끼고, 음미'하던지 말이다.

마치 사춘기 소녀라도 된 듯, 그녀와 나는 성탄절에는 작은 선물을 나누었고 서로의 존재함을 기뻐했던 것 같다. 작은 행복도 잠시, 어느 날 그녀의 남편이 허리를 다쳐서 회사에 나갈 수 없게 되었는데 설상가상 주인이 한 달 말미를 줄테니 방을 빼라고 했다.

그날 저녁 그녀는 힘없이 웃으며 말했다. "난 이다음에 내 가게를 운영하고 싶어. 딸기, 사과, 수박, 참외, 포도를 파는 가게라면 좋겠어. 과일 가게를 하면 과일을 마음껏 먹을 수도 있고…. 난 이다음에 과일 가게를 할 거야."

약 한 달가량 누워 있던 남편은 근처 전철역에서 과일 노점을 시작했다. 그런데 수줍음 많고, 법 없이도 살 만큼 선한 남편이 벌어들이는 수입이 신통치 않았나 보다. 어느 날, 아기 둘을 업고, 안고 아내가 함께 장사를 시작했는데, 거짓말처럼 과일들이 팔려 나갔다. 이제 남편이 종종 집에서 아기들을 보는 시간이 늘었다.

그녀는 용감했고, 누구에게든 씩씩하게 인사를 잘했고, 과일을 사러 오는 사람들에게는 꼭 덤을 얹어 주었다. 큰 키에 순한 눈과 사내대장부 같은 '마음 씀씀이'로 그녀는 곧 단골을 늘려 갔다.

그 후 서로 이사를 했기에 퇴근 무렵이면 그녀의 노점에 가곤 했는데 그녀는 남편을 불러내 장사를 시키고, 나와 함께 저녁도 먹고 가끔은 노래방도 갔다. 말이 씨가 된다고 했던가?

남편과 함께 노점을 시작한 지 약 10년이 못 돼서 정말로 인근 아파트 상가의 목이 좋은 곳에 예쁜 과일 가게를 차렸다. 모든 것을 얻은 듯 웃던 얼굴. 그 얼굴에는 '나는 성공한 사람'이라고 쓰여 있었다.

이것저것 과일을 내놓고, 맛있는 과일 선별법을 일장 연설하듯 알려 주기도 하고, 돌아올 때는 커다란 봉지에 팔이 아파서 들 수 없을 만큼 과일을 싸 준다.

어느 날 그녀가 보여 준 가게의 1일 매출 장부를 보고 나는 그만 입이 쩍 벌어졌다. 남편은 여전히 노점을 하고, 아내는 가게를 내서 두 내외가 말하자면 '본점'과 지점을 각각 운영하고 있었다.

이제 그녀는 두 아들을 모두 대학까지 보냈고, 걱정 없이 살고 있을뿐더러 '자기 일'을 하고 '돈도 잘 버는' 멋진 여성이 되어서 나와 만나면 옛날 얘기하며 웃는다. 그 옛날 가난했던 남편과, 어여쁜 아이들, 그리고 과일을 원 없이 먹고 싶어 했던, 아리따웠던 자신의 모습을 떠올리면서.

그녀는 성공을 "좋아하는 일을 하면서, 경제적으로 어려움 없이 사는 것"이라고 자주 말했다.

그녀는 성공한 삶을 살고 있다! 소망하던 과일 가게를 훌륭히 꾸려서 그야말로 경제적으로 우뚝 선 여성으로 말이다.

당신이 진정으로 하고 싶은 일은 무엇인가?

사소한 것도 좋다. 작은 것에서 출발해도 된다. 다만 정말 좋아하는 일을 찾아 보자. 그러나 단 몇 푼이라도 벌어야 하니까 죽지 못해서 인형의 눈알을 달거나 마트의 계산원 일을 하지는 말자. 단 그 일이 재미있고, 그곳에서 '영감'을 얻는다면, 그래서 그 일과 관련한 꿈들이 새록새록 생겨난다면 문제가 달라지지만 말이다.

중년에 성공한 전업주부들

옷에 묻은
나의 체온을
쩔었던 시간들을
흔들어 빤다

비누거품 속으로
말없이 사라지는
나의 어제여 — 이해인 수녀 〈빨래〉 중

지나간 시간 속에 푹 절어 있는 나를 흔들어 빨아 본다.

비누 거품, 세제 거품 속으로 사라지는 어제 너머로 투명한 섬광.

나를 일으켜 세워서 반짝이는 금빛 이 순간에게 가야 한다. 지금.

알다시피 '경력 단절' 주부의 재취업이 쉽지만은 않다. 그래서 힘들게 공부해서 어렵게 얻은 직장을 결혼과 함께 그만두는 것은 정말이지 권하고 싶지 않다. 워킹맘이라면 누구나 같은 심정일까? 조금만 더, 조금만 더 하는 마음으로 어린아이를 조부모에게, 어린이집에 맡기고 내키지 않는 걸음을 옮긴다.

필자 역시 일에 대한 집념으로 똘똘 뭉쳐 있던 터라 출산 백일 이후부터 열심히 출퇴근하던 기억이 난다. 생후 몇 개월 된 아기를 이 사람 저 사람에게 맡기면서 크고 작은 문제가 생기기 시작했다. 결국 그토록 이를 악물고 버텨 왔던 직장을 접고 집으로 돌아왔다.

나는 바깥일에 행복을 느끼는 사람이었고, 육아에는 소질이 없다는 생각에 사로잡혔던 사람이다. 전업주부가 되어 아기를 양육하는 것이 얼마나 고달프던지 지금도 그 시절을 생각하면 주책없이 눈물이 난다.

이른 새벽, 아기를 맡기고 회사를 향할 때 해방감이란! 그 청아하고 달콤하던 공기와 오늘 직장에서 할 일들이 싫지 않았던 기억이 새록새록 떠오른다. 직장 일이 그토록 좋았던 내가 울며 겨자 먹기로 직장에 사표를 내고 집으로 돌아오던 날, 매캐하던 거리, 묵직하게 내려앉은 두터운 슬픔들, 다른 한편으로는 어서 아기를 내 품으로 데려와야 한다는 절박감으로 걸음을 서둘렀던 5월 하늘이 지금도 선연하다.

그토록 일이 하고 싶었던 내가 어려운 결단을 내린 것은 아기에게 문제가 나타나는 걸 엄마로서 못 본 체할 수 없었기 때문이다. 지금 그 결단이 잘한 것인지는 잘 모르겠다. 한 가지 확실한 것은 자식의 안위가 걱정되는 상황에서는 누구나 같은 선택을 하리라는 것뿐.

요즘은 더욱더 워킹맘이 많아지고 있다. 선배 엄마로서 한마디 한다면, 아이에게 큰 문제만 없다면 직장을 포기하지 말라는 것이다. 그러나 자식의 문제 앞에서 모성은 어쩔 수 없이 '자기희생' 쪽으로 가닥을 잡을 수밖에 없는 듯하다.

아이가 별 탈 없이 잘 자라 준다면, 직장을 다니되 짧은 시간만이라도 짬을 내어 아이와의 시간을 가지면 된다. 스타강사 김미경 씨는 "친정어머니와 시어머니가 적극적으로 손주를 키워 주라"라고 부탁한다. 기혼 직장 여성에게 그 시기가 매우 중요하기 때문이다.

할머니, 할아버지들이 들으면 얌체라고 역정을 낼 수도 있다. 그러나 일과 자녀 양육이란 두 마리 토끼를 다 잡기가 참 힘들다.

단지 자녀만을 염두에 둔다면 엄마가 자식을 키우는 것이 가장 좋다. 그래서 슬그머니 집에 들어앉게 되고, 길고 험난한 전업주부의 길을 가게 된다.

문제는 자녀 나이 10대 전후가 되면 엄마가 하루 종일 붙어 있을 필요가 없게 된다는 것. 이 시기 아이들은 엄마보다 친구들에게 의지하고 학원과 학교 공부에 매달리게 된다. 이제 주부들은 빈집에서 '빈 둥지' 증후군을 앓게 된다. 이때가 되면 살아온 날들에 대해 돌아보게 된다. '이 나이에 뭘 하겠어?' 자포자기하기도 하고, 인생의 다른 재미를 느껴 보려고 봉사도 하고 취미생활도 한다. 나는 자포자기하지 말라고 말하고 싶다.

이제부터 경제활동을 하고 싶다면 단지 자신의 소질을 찾아 보기만 하면 되니까 말이다.

결혼하여 자식을 낳아 키운 주부의 경제활동은, 바로 이 시점이 적기이기 때문이다. 이제 뭘 좀 할 만하다고 느끼는 시기 말이다. 왜? 무엇보다 나의 마음만큼 믿을 만한 것은 없다.

슬슬 사회활동을 해도 되겠다고 느끼는 것은 개인적으로나, 가족이라는 전체의 틀을 놓고 보나 준비가 되었다는 신호다. 24시간 육아 전쟁을 치를 시기도 지났으니 간절함으로 덤비기만 하면 된다.

사회가 나이 든 여자에게 예전보다 관대하고, 시스템도 갖춰져 있다. 개인적으로도 엄마로서 훈련되어 있어서 사회생활에 필요한 인간관계도 잘 할 수 있다. 특히 아주 절박한 상황만 아니라면 남편이 돈을 벌어 오기 때문에 긴 안목으로 재능을 발휘할 일을 찾으면 된다.

우리는 전업주부 경력 10-15년 이후 경제활동을 시작해 성공한 주부들을 자주 만난다. 요즘 인기 상종가를 누리는 요리연구가 이혜정 씨! 그녀도 두 자녀 키우고 남편 뒷바라지하면서 15년을 보낸 이후 본인의 재능을 발견하고, 소위 사회에 진출해서 지금은 의사인 남편보다 더 많은 수입과 인기를 누리고 있다. 그녀의 걸쭉한 입담과 맛난 요리 비법을 TV 화면을 통해 볼 때마다 시청자로서 나는 웃다가 요리하다가 눈물짓다가 요리하다가 한다.

한국꽃예술학회 이영숙 회장(69)은 평생을 전업주부로 살아오다가 칠순을 앞두고 사회 활동을 시작했다. 대학을 졸업하자마자 결혼해서 살림만 해 온 이분은 틈틈이 해 오던 꽃꽂이를 통해 사회로 나오게 됐다. 쉰 살에는 꽃꽂이 경험을 살려 논문을 냈고 현재는 꽃나무놀이 인성교육 지도자 양성 과정을 개발해 보급에 나서는 등 칠순의 나이에 그야말로 인생의 꽃을 피우며 살고 있다.(《한겨레신문》 2015. 1. 9.에서 발췌)

지금은 타계한 박완서 씨도 전업주부의 길을 걷다가 마흔에 작가의 길에 들어서서 성공한 경우다. 지금이야 나이 마흔이 별거 아니지만 박완서 씨가 데뷔한 1970년에는 여자 나이 마흔이면 요즘 60세의 무게감을 갖던 시기이다. 그뿐인가? 가수 이적의 어머니로 잘 알려진 여성학자 박혜란 씨역시 10년 이상 전업주부로 살다가 30대 후반에 여성학을 공부해서 마흔이 넘어서 이름을 알린 경우다.

미국을 대표하는 동화작가 타샤 튜더. 그녀는 56세에 정원 가꾸기를 시작해 세상에서 가장 아름다운 정원을 만들어 낸 사람이다.

"56세, 무엇인가 시작하기에 결코 이른 나이라고 할 수 없는 때 시작한 정원 가꾸기. 하지만 그녀는 조급해하지 않았다. 꿈은 나무와 같아서 이루는 데 시간이 필요하다는 것과 때론 부드러운 햇살뿐 아니라 비바람도 필요하다는 것을 그녀는 이미 알고 있었다. …

시행착오를 거치며 어떤 나무가 어울리는지, 어떻게 하면 꽃이 피는 시기의 조화를 이룰 수 있는지 천천히 알아 갔고 그녀는 어느덧 아흔이 넘은 노인이 되었다. 그녀에게 삶이란 꿈을 향해 느리지만 쉼 없이 나아가는 발걸음이었으며 행복은 해 질 무렵 현관 앞에 앉아 캐모마일차를 마시며 개똥지빠귀의 고운 노래를 듣거나 추운 늦겨울 정원에 수선화가 무리지어 피어나는 것을 보는 것이었다. 그녀는 그렇게 꽃과 나무들에게 사랑을 쏟았고 그 보답으로 아찔할 정도로 고운 풍경과 행복한 일상을 누리며 살다 94세를 일기로 자신이 가꾼 정원에 묻혔다."(김희정,《느리게 성공하기》(럭스미디어, 2011) 중)

56세에 시작해서 그녀가 40여 년간 가꾸어 온 정원은 미국에서 가장 아름다운 정원의 하나로 꼽히고 있고 국내에서도 잘 알려져 있다.

이외에도 '패션 아메리칸 드림의 선구자'로 꼽히는 '리즈 클레이번' 사(社)의 리즈 클레이번, '일하는 여성들을 위한 회사' 만들기를 꿈꾸며 '메리 케이 코스메틱'을 창립한 메리 케이 애시 등 아이를 키운 후 걸출한 기업을 일구어 낸 여성들도 있다. 리즈 클레이번은 자녀들 때문에 미뤄 두었던 패션 디자인 사업을 마흔이 넘어 시작했다. 그녀는 깡마른 모델들을 위한 옷이 아니라 일하는 여성들이 부담 없이 입을 수 있는 리즈 웨어를 생산, 여성 의류의 혁신을 일으켰고 동시에 가장 성공한 미국 여성 사업가로 선정되기도 했다. 내성적 성격의 리즈 클레이번은 한창 번창할 때 기업을 전문 경영인에게 물려주고 남편과 함께 은퇴해서 평온하고 행복한 노년을 보낸 인물이다.

메리 케이 애시는 남성 위주 사회에서 여성으로서 겪어야 했던 경험을 바탕으로 여성들이 가정을 돌보면서도 마음놓고 일할 수 있는 '메리 케이 코스메틱'을 세워 여왕 중의 여왕이라는 별명과 함께 10억 달러 이상의 판매고와 25만 명의 판매 상담원을 둔 거대 기업을 일구어 낸 여성이다. 이들은 모두 아이를 키운 후 여성으로서, 어머니로서의 경험을 밑천 삼아, '일하는 여성들'의 고충을 이해하고 거기서 영감을 끌어내어 눈부신 성공을 거두었다.

여성으로서 여성의 고충과 욕구를 읽어 낸 후, 시작한 이들의 꿈이 미국 사회에 큰 반향을 불러일으킨 것이다. 진 랜드섬의 《성공하는 여성들의 심리학》(노은정 역, 황금가지. 1997)에는 이들에 대한 성공담이 상세히 소개되어 있다.

아는 사람 중에 10년 넘게 전업주부로 살다가 40살이 넘어 복지관에서 아르바이트를 시작한 친구가 있다. 그녀는 40대 중반에 사회복지사 자격증을 획득했고 40대 후반에 아르바이트하던 복지관의 정식 직원으로 채용되어 지금은 부서의 팀장으로 활동한다. 이제는 50살이 넘었는데도 지칠 줄 모른다. 또 다른 친구는 40이 넘어 그림 공부를 시작해서 지금은 그룹 전시회와 개인 전시회를 열면서 즐겁게 산다.

이 외에도 40대 이후에 창업해 만족할 만한 성공을 거둔 친구도 있다.

그러니 40대든 50대든 혹은 30대 중후반이든 지금부터 제2의 인생을 살고 싶다면 조금도 늦지 않다고 생각하면 된다. 이 결정을 하게 된 자신에게 축하해 주고 나의 특장점을 찾으면 된다.

작은 시작, 큰 꿈

잎으로 해를 가리며, 바람까지도 막아주며
즐겁게 살던 나무가 별안간 화를 낸다

고운 옷도 벗어버리고, 가진 게 하나 없이
팔뚝만 드러낸 채 삿대질을 한다

세월에 당한 모양이다
모욕이 심한 모양이다 — 김년균 〈창밖에서〉 중

서른 살, 마흔 살, 쉰 살….

지금껏 살아오면서 세월에 당하지 않은 자가 있을까?

이제부터는 모욕당하지 않고 모욕하지 않고 살려고 한다. 그런 삶을 찾자.

아래는 한국고용정보원에서 발간한 주부 일자리정보 책자를 논평한 한 일간지의 보도 내용이다.

"학습지 교사 · 제빵사 · 조리사 · 고객상담원 · 요양보호사 · 보험설계사….

한국고용정보원이 2일 내놓은 《주부재취업 도전직업》 책자에 소개된 60개 직업 중 일부다. 2008년 발간된 같은 이름의 책자를 찾아서 들여다봤다. 5년이란 시간이 지났지만 경력 단절 여성을 위해 선정한 유망 직업은 제자리였다. 70-80% 정도의 직업이 두 책자에 똑같이 이름을 올렸다. 추가된 직업이라고 해 봤자 예전의 '직업상담사', '웹 디자이너'가 '커리어코치', '영상그래픽디자이너' 등으로 세분화된 정도가 고작이었다. '경력 단절 여성에게 직업정보를 제공해 재취업을 촉진하기 위해 내놓은 연구 결과'라는 정보원의 설명이 무색할 지경이다."

지인 중에는 학습지 교사로 시작해서 이제는 지국장이 되어 센터를 운영하는 여성도 있고, 제빵사 자격증을 따서 종업원 생활을 하다가 작지만 자기 빵 가게를 운영하는 주부도 있다.

큰 시작이 중요한 것이 아니다. 시작이 놀랄 만한 것이 되기는 좀 힘들다. 작게 시작해서 여물어 가는 것이 필요하다.

주부이기 때문에 세상 물정 모른다고 자학하지 마시길 바란다. 왜 주부가 세상 물정을 모르는가?

하루하루의 삶 속에서, 은행을 오가고 마트를 드나들고 텔레비전을 보고 자녀 교육과 관련해서 각종 학원 관계자들을 만나고 이웃을 만나고 하다못해 종교인이라면 같은 교인들을 만나면서, 어쩌면 세상 물정을 가장 잘 알고 있는 사람들이 주부들이라고 할 수 있다.

주부들이 거시경제를 논하고 세상의 흐름과 정치경제의 전망을 내놓는 등 거창한 학문과 그 배후를 알기는 힘들지 모른다. 하지만 살아가는 이치에 대해 잘 알고 있고, 나와 가족을 매개로 해서 만나는 숱한 관계 속에서 눈치코치 100단쯤 되는 사람들이 주부들이다.

남편들이란 대체로 직장생활과 관련한 인간관계의 그물 속에서 자기 분야만 잘 알고 있다. 그러나 주부는 두루두루 세상사 이치를 깨달은 사람들이다.

그렇기 때문에 뭐든 작게 시작하지만 설익은 젊음보다, 불안정한 미혼의 시기보다 시행착오가 적다. 보는 눈이 다르다. 그야말로 세상의 온갖 신산한 맛을 경험했으므로 실패할 확률이 그만큼 적다고 보면 된다.

신중히 나를 파악하는 '수련' 후 원하는 분야의 전망을 따져 보고 배짱을 가지고 시작하면 된다. 그러니 현재 주부 진출 분야의 협소함과 적은 돈벌이와 사회적 냉대에 마음 쓰지 마시라. 사회적 냉대는 서서히 옛말이 될 것이다.

여러모로 고민해서 일단 시작한 일이라면, 지금과는 '완전히 다른 존재'가 될 각오로 어제의 나와 결별하자.

'별 볼 일 없는 일자리'에 재취업했다고 한숨 쉬지 말자. 어서 몇 푼 벌어서 아이들 학원비나 대고 빨리 "때려치우자"라며 조급해하지 말자. 대신 그것이 무엇이든지, 설령 3D 업종이라 해도 콧노래 부르며 하자. 그곳에서 희열을 느끼고 무언가를 배우자! 누가 아는가?

청소에 관한 한 전문가인 내가 청소업체를 차려서 그 분야의 CEO가 될지.

다른 분야도 그렇지만 복지 수준이 높아지고 먹고살기 괜찮아지면 깨끗한 환경과 청결에 대한 욕구가 누구에게나 있는 법 아닌가?

경계해야 할 것은 지금 내가 시작한 일 자체에 매몰되어 버리는 삶이다. 그곳이 어디이든 그것이 어떤 업종이든 꿈꾸는 것을 잊지 말자. 배움을 잊지 말자.

앞선 일간지의 보도처럼 5년 전이나 지금이나 "재취업을 원하는 여성이 가는 곳은 정해져 있다"라거나 "천편일률적인 아줌마 직업"만을 소개한 고용정보원의 '무성의'를 점잖게 질타할 수도 있다. 대안 없이 질타하는 것은 세상에서 가장 쉬운 일이다.

"정부가 직업 연구개발에 대한 투자를 확대해 새로운 수요를 창출하려는 노력이 필요하다"라는 말도 맞다. 하지만 지금 없는 새로운 일자리를 창출해 줄 것을 요구하며 기다릴 수만은 없다. 변변찮은 일자리에서 시작해도 그곳을 변모시키는 것, 거기서 능력을 닦아서 도약하는 것이 주부의 몫이고 이것이 예전처럼 어렵지 않다는 것이다.

현재 정부에서는 여성 고용률을 60% 이상 끌어올리려고 노력하고 있고 사회적으로도 여성 인력에 대한 인식이 좋아지고 있다. 지금이 절호의 기회라고 생각하자.

경제활동 인구 감소와 노령화가 가속화되면서 우리 사회는 빠른 속도로 노인 인구가 경제활동에 편입되고 있다. 얼마나 좋은 기회인가?

이 과도기를 잘 붙잡자. 나의 능력만 키우면 조만간 주부들이 괜찮은 자리를 차지하고 그 분야에서 굳건히 설 수 있을 것이다. 지난 지방 선거에서 경기도 도지사 후보 중 한 사람은 어린이집과 유치원 보육교사 전원을 교육공무원으로 전환하겠다는 공약을 내걸기도 했다. 다른 후보가 당선되었기에 보육교사 전원이 당장 교육공무원이 되지는 않았다. 그러나 눈여겨볼 대목은, 우리 사회가 천천히 그 방향으로 가고 있다는 것이다. 새로 당선된 도지사 역시 보육교사 처우에 큰 관심을 가지고 있고 그 사안이 수면 위로 올라왔다는 것이 중요하다. 자식 키우는 것이 재미있었고 아이들을 좋아하는 주부라면 도전해 볼 만한 직업 아닌가?

이 외에도 시중 은행들이 주부 대상 파트타임 계약직을 선발하기도 했다. 하루 종일 직장에 매여 있지 않아서 좋고 특히 연봉이 높은 수준이었기에 많은 주부들이 응시했다. 공무원이든 시중 은행이든 우선 계약직으로 들어가고 나면 무기 계약직으로 전환되고, 정규직이 되는 것도 가능하다.

정부가 지금 도와주고 있다.

그러니 주부들이여! 천편일률적 직업, 저임금 등에 실망하고 돌아서지 마시길 부탁한다.

지금 돌아서서 집으로 들어가면 앞으로 10년, 20년 후 내 또래의 다른 주부들은 60-70세에 제2의 전성기를 맞고 있는데 우리는 뒷방 노인이 되어 신세 한탄하고 있을지도 모른다.

실제 재취업한 주부들을 인터뷰하다 보면 현재 정부가 운영하는 여성새로일하기센터나 여성인력센터 등에서 무료 혹은 실비로 직업훈련을 받은 후 재취업한 케이스가 많다. 이들이 현재는 직업상담사로 혹은 은행 계약직으로 활동하고 있지만 능력 여하에 따라 5년 후, 10년 후에는 얼마든지 그 분야의 전문가로 이름을 떨칠 수 있다는 것을 기억하자.

처음에는 별 볼 일 없는 직종에 파트타이머로 들어가도 다시 한 번 '꽃 필 수' 있다는 것을 믿자.

적은 임금이더라도 그 일이 좋다면 올인하자. 그 분야에 재능이 있다면 곧 빛을 발하기 마련이다. 그러니 주부가 갈 마땅한 일자리가 없다, 수입이 너무 적다 등등에 불만하기보다 잘할 수 있는 업종을 선택하고, 그 일에 빠져보자. 그러면 또 다른 문이 열리고 또 다른 세상이 손짓할 것이다.

세상은 세상이 필요로 하는 사람을 불러 모으고 기회를 주어 일하게 할 수밖에 없는 시스템이다. 우리가 사는 세상은 항상 인재에 목말라 있다.

주부이기 때문에 전문가가 되는 길이 단축된다는 사실을 명심하자.

20대에 시작했다면 오랜 단련의 시간이 필요하리라. 왜냐하면 이 단련 속에는 직업적인 숙련 외에도 인간적 성숙이 필요하고, 지혜가 필요하고, 눈치코치, 즉 순발력과 상황 판단력을 키우는 시간이 필요하다. 이 모든 요소가 합해져서 한 사람의 전문가가 탄생한다.

주부들은 여러 방면으로 이미 성숙을 거친 사람들이다.

왜 그렇냐고?

주부들은 자식을 낳아 기른 엄마들이다.

엄마의 모성과 섬세함과 공감 능력, 마음 읽기 능력, 관계를 맺고 형성하는 능력, 분위기를 파악하고 자중자애하는 촉을 과소평가하지 마시길 바란다. 이 세상 어떤 직업도 인간관계를 떠나 나 홀로 독불장군으로 하는 일은 없다.

하다못해 혼자서 주야장천 연구하는 교수님, 박사님들, 그들의 '성공' 과 '출세'도 교수 사회에서의 인간관계가 중요하다. 내가 아는 어떤 교수가 있었는데 이 사람은 그 좋은 실력과 학벌을 뒤로하고 대학에서 쫓겨나고 말았다. 인간관계에 잘 못 하면 출중한 실력도 별거 아니구나 하고 가슴 아팠던 기억이 있다. 그 사람은 나중에 학원 강사로 출강하다가 자영업을 시작했고 그것도 안되어 책 쓰는 일에 몰두하다가 책이 잘 팔리지 않는다고 힘들어하는 전화를 받은 적이 있다.

그러니 주부들이여, 자신감을 갖자.

물론 주부들이라고 다 인간관계에 잘하고 다 준비된 사람들이라고 할수는 없다. 그러나 자식을 키운 경험이 얼마나 대단한 경력인지 나는 내아이를 키우면서 경험했다.

부모가 된다는 것, 특히 엄마가 된다는 것은 쉬운 일이 아니기 때문이다. 자식 키우기가 누구나 하는 별 볼 일 없는 일 같지만 얼마나 위대한 일인지 알 사람은 다 안다.

아빠들 중에 육아휴직을 1~2년 내서 '전업주부' 해 본 분들이라면 이 말에 동감할 것이다.

엄마의 마음으로 일을 풀어 가면 대부분 잘 된다. 그다음은 그 분야의 실력을 키우면 된다. 이 실력 역시 엄마로서의 경력과 경험으로, 젊은이들보다 빨리 획득할 수 있다는 것이 나의 지론이다.

시작해 보자.

큰 미래를 내다보고 작게 시작해서 좋은 흔적을 남기는 것에 방점을 두

자. 나와 남이 같이 이루는 결실에 대해 연구하자.

사회 전체가 엄마의 마음을 품고 산다면 세상이 얼마나 푸근할까? 만나는 사람이 모두 나의 엄마 같다면, 그리고 내가 그 모든 사람들의 엄마 같은 존재라면 사는 것이 얼마나 좋을까?

사랑의 마음을 서로에게 전하는 그런 역할을 우리가 하자.

우린 엄마들이니까. 우리에게는 든든한 가족이 있고 막다른 골목에 내몰리지 않았으므로 선한 것을 선택할 능력과 여유가 있다. 주부들이 사회 전면에 나서자. 세상이 좋아질 것이다.

반칙을 쓰고 지름길을 선택하지 않을 만큼 주부들은 통과제의를 여러 차례 거쳐 왔다. 불순한 욕심의 노예가 되지 않고 나의 주인이 되는 방법을 알고 있다.

지금은 재취업 시스템으로 가는 중

사람들아 너는 무엇을 하는가
너를 위해 무슨 꽃을 피우는가
…
그 일을 위해 목숨 걸고 살아온 생명은
죽어서도 숨쉰다, 죽어도 죽지 않고
파릇파릇 싹이 돋는다 — 김년균 〈무슨 꽃을 피우는가〉 중

앞서 밝혔지만 49세에 재취업했을 때 지인들은 당연하다고 고개를 끄덕인 반면 이웃 사람들은 놀라는 반응 일색이었다.

"그 나이에 재취업을? 경력 단절이 몇 년인데?" 하는 표정이었다.

내가 30대였던 90년대 초만 해도 여자 나이 '서른 살 이상'='사회적 퇴물'이라는 생각이 지배적이었다. 생물학적인 나이보다 '사회적인 여자 나이'라는 측면에서 말이다. 서른 살이 되던 그해, 나는 너무 억울해서 한동안 몸져눕기까지 했다. 쓸쓸했던 회색 구름과 멍들었던 마음의 기억.

그때만 해도 결혼한 여자의 육아 후 재취업은 말도 안 되는 것이었다. 20대 후반의 여성이라면 곧 결혼을 해야 한다는 관념 때문에 채용조차 꺼

렸다. 그러니 여성의 사회 진출이나 경제활동이라는 것이 쉽지 않은 일이었다. 더구나 주부 재취업이라니!

직장생활 잘하고 있는 여성이더라도, 결혼하면 곧 회사 그만둔다는 통념의 시기였다. 그래서였을까? 여성으로 태어난 것, 여성으로 살아가야 하는 것, 뭔가를 성취한다는 것이 아득하기만 했다.

스물아홉 살 무렵 곧 닥쳐올 서른 살이라는 나이가 무서웠다. 다행인지 불행인지 나는 결혼을 하지 않고 30대 후반으로 가고 있었다. 그런데 38세라는 당시로선 늦어도 많이 늦은 나이에 결혼한 후에도 직장을 다닐 수 있었다! 아이를 낳은 후에도 본인이 원한다면 직장생활이 가능한 직종이 늘어 갔다.

내가 일을 포기한 것은 직장 내의 압력과는 상관없는 내 아이를 위한 선택이었다. 그리고 아이가 만 6세가 된 지난해 여름부터 재취업한 것도 나의 선택이었다. 그때 느낀 점은 '와! 우리 사회가 많이 변화하고 있구나'였다.

사회 시스템이 10년-20년 전과 다르다는 것을 다시 사회에 나갔을 때 체감했다. 이 변화는 고맙고 감사한 것이지만 다른 한편 그렇게 갈 수밖에 없다는 생각을 한다. 경제활동 인구가 점점 줄어들고 있는 마당에 가정 안에 묻혀 있는 숨은 '보배'를 사회로 끌어내는 것이 국가적으로도 의미 있는 일이니까.

여전히 경력 단절 여성의 재취업이 쉽지 않고 '허드렛일'이나 파트타임 일자리가 주어지는 것이 현실이긴 하지만 가능성은 열려 있다.

지난해 어떤 여성발전센터에서 여성 재취업 성공 사례를 강의한 적이 있는데 그때 한 여성이 이렇게 말했다. 바리스타 일을 시작한 40대 후반 주부였다.

"사회가 재취업 주부에게 관대하지 않아요. 젊고 싱싱한 여성을 원하는 경우가 많고요. 우리 같은 사람이 사회 활동 하는 것이 무척 어렵다는 생각을 하고 좌절했어요."

그때 나는 그녀의 말이 옳다고 말해 주었다. 그리고 덧붙였다. 나의 말도 옳다고.

아직은 주부 재취업이 어렵고 고급 일자리가 주부를 기다리고 있지 않고 사회적으로 괄시받는 경우도 있다. 하지만 중요한 것은 사회가 변하고 있다는 것, 10-20년 전과 비교하면 결혼한 여성이 일을 하는 것, 주부가 재취업하는 것을 편견 없이 받아들인다는 것, 노력 여하에 따라 얼마든지 성공 가능성이 있다는 것 등을 말했다.

그 주부는 고개를 절레절레 흔들었고 그 자리에 있던 다른 주부들은 좀 안도하는 표정이었다.

분명한 것은 경제활동 인력이 필요하고, 능력 있고 지혜로운 주부 인력을 국가가 활용해야 하는 시점이라는 것이다.

청년 백수가 늘고, 괜찮은 일자리가 없어서 취업 재수는 물론, 대학원을 가고, 대학을 5년 이상 다니는 사례도 있지만 다른 한편 많은 '새로운 기회'들과 틈새시장이 나를 알아봐 달라고 나를 찾아와서 당신의 역할을 다하라고 손짓하고 있다.

틀에 박힌 관념으로 기존의 '괜찮은 일자리'만 바라보며 침을 흘리기보다 내가 나가서 그 일을 '괜찮은 일'로 만드는 역할을 주부가 해야 한다.

자녀를 양육하고 집안을 꾸려 온 배짱을 활용하면 된다. 지금과는 다른 곳을 바라보고 다른 방향으로 관심을 돌려 우리가 '각광받는' 새로운 일자리를 만들어 보자.

현재 주목받지 못하는 일을 찾는 것도 하나의 방법이다.

노점에서 사과를 팔다가 큰 과일 가게를 운영하는 행복한 'CEO' 주부도 있고 마트 계산원을 하면서 자기 점포를 꾸릴 꿈을 키우며 노하우를 배우는 주부도 있다.

또 자격증을 따서 전문직에 취업한 주부도 있다. 잘할 수 있는 일을 찾아 배움에 열린 마음으로 다가가면 된다.

당신은 지금 무슨 꽃을 피우고 있는가?

그 꽃, 싹이 나고 있는가?

part

2

삶이 내게 말을 걸어올 때

삶이 내게 말을 걸어올 때[*]

깊은 밤, 삶이 말을 걸어 오는 것을 느낀 적이 있는가?

자다가 벌떡 일어난 적이 있는가?

나는 왜 태어났을까? 전생에 나는 무엇이었나? 지금 어디로 가고 있는가? 나는 누구일까?

파커 J. 파머의 《삶이 내게 말을 걸어올 때》(홍윤주 역, 한문화, 2007)를 읽으면서 '인생이 내게 하고자 하는 말이 무엇일까?' 생각해 보았다. 중년을 건너오면서 우리는 문득 삶이 나에게 무엇인지 말하는 것을 느낄 때가 있다.

지금 잘 가고 있는가? 다른 것을 시작해야 할 시점은 아닌가?

이 책은 마치 분석 심리학을 읽는 느낌이 든다. 분석 심리학에서는 청년기까지가 자아를 확장하는 과정이라면, 중년에 접어들면서 인간은 다시 한번 자기 안을 들여다보며 자아와 무의식을 통합해 더 큰 내가(자기가) 되는 시기를 겪는다고 한다. 이 시기를 사추기라고도 하고 혹자는 중년의 위

---

[*]　파커 J. 파머 저서의 제목

기라고도 한다.

이 시기는 그러니까 삶의 터닝 포인트가 되는 시점으로, 지금까지의 삶을 돌아보고 새로 펼쳐질 인생의 후반부를 조망해 보는 시간이 될 수 있다.

청춘의 어느 날, 사랑하는 사람을 만나 결혼하고 자식 낳아 키우면서 엎치락뒤치락 살다 보니 어느 날 문득 내 안에서 바람 소리가 들린다. 누군가 나에게 말을 건다.

"잘 지내고 있니?"

파머는 이렇게 말한다.
"인생이 당신을 통해 무엇을 이루고자 하는지 귀 기울여라."

무슨 말인지 아리송하고 어렵다. 나는 이렇게 이해하고 싶다. 우리는 이제 내 안의 반짝반짝 빛나는 나를 찾아서, 나에게 헌신하며 살고 싶다. 내가 소외되지 않는 삶을. 나의 창조적 에너지를 찾아 기쁘게 살고 싶다.

그런데 내가 나를 도무지 알 수가 없다. 이럴 땐 질문을 해 보자.
'인생이 나를 통해 이루고자 하는 것이 무엇인가?' 종교인이라면 이 말이 쉽게 이해가 될 것이다.

당신의 사추기, 즉 중년은 위기가 아니라 기회라고 속삭이고 있다.

다른 곳으로 문턱을 넘어가라!

매일 다니던 지름길 대신 골목을 에돌아 우회로로 가 보고, 매일 만나던 사람을 바꾸어 그리웠던 얼굴도 만나 보고, 청소하는 방법도 바꾸고, 안 먹던 음식을 먹어 보고, 안 가던 오솔길로 가서 새로운 공기와 공명하라고.

여성이 임신했을 때를 상상해 보면 된다. 다른 생명을 잉태했을 때 이제까지 맛있게 먹던 음식들에게, 익숙하던 냄새들에게 구토를 느낀다. 편안하던 내 일상에 이물감을 느끼고, 변기를 붙잡고 토악질을 한다. 낯익은 것들이 낯설게 보이던 순간을 우리는 기억하고 있다. 안 먹던 음식이 당기고, 싫어했던 어떤 맛이 신기하게도 감칠맛이 난다.

내 몸에 다른 것이 숨 쉬기 시작할 때, 우주적 비밀을 품고 있듯 내 안에 생명이 생성 중일 때, 일상과는 다른 나를 경험한다. 그동안의 시간과 기호를 무화하는 다른 생성. 그렇다, 사추기는 내 안의 다른 나와 교신하고 지금의 나와 비균질적인 나를 생성하는 시기이다. 평안하던 일상을 혼돈에 빠트리고 무시무시한 공동(空洞)을 주시하며 블랙홀 같은, 맨홀 같은 것의 뚜껑을 열고 새로운 동굴 안으로 들어가야 하는 시간.

어린 고타마가, 인간의 쟁기질에 풀이 뽑혀 나가고, 거기 달라붙어 있던 벌레와 알들이 죽는 것을 보고, 이 살생에 슬픔을 느낀 순간 '자신의 바깥으로 나가게 되면서' 맛본 느낌처럼.

인위적으로 만들어진 행복한 성에 갇혀서 살던 왕자 고타마가 다른 지점에 들어갔던 순간들의 경이로움을 상상하자. 내가 내 몸 밖으로 나가는 순간, 혹은 내가 내 안으로 들어가는 순간, 낯설고 이상한 나를 대면하게 된다. 지금과 이질적인 존재로 변모한 나를.

이 지점은 이제까지와는 다른 충격과 기쁨을 접하는 순간이 될 것이다.

"어린 고타마는 자신과 개인적으로 아무런 관계가 없는 생물들의 고통이 가슴을 꿰뚫었을 때, 자연발생적인 동정심이 생겨나면서 자신의 바깥으로 나가게 되었다. 이렇게 자아가 사라진 감정이입의 상태에 들어가면서 그는 순간적으로 영적인 해방을 맛본 것이다."(카렌 암스트롱,《스스로 깨어난 자

붓다》(정영목 역, 푸른숲, 2016) 중)

　사추기는 우리에게 질적으로 다른 삶의 시작을 알리는 지점이라고 생각하자. 어떤 황홀한 새로움의 지점을 알려 주는 표지라고 생각하자. 삶이 오르가슴의 순간이 되는, 나의 삶이 나의 무의식과 만나 서로 하나로 뒤엉킨 순간의 자유와 무한을, 그리고 자아와 무의식이 서로 용해되어 우주 속으로 소멸해 버리는 지점의 순간, 너도 나도 공간도 시간도 소실되어 버린 지점의 나, 그 나를 오늘부터 살자. 기쁨으로 충만한 새로운 나, 내 밖으로 나가 버린 자(者)가 되자.

　"이 날은 아름다운 날이었고 어느새 그의 마음에서는 순수한 기쁨이 솟아올랐다."(《스스로 깨어난 자 붓다》중)

　지금 그 나를 대면하는 시간을 맞자. 내가 소실되고 시간이 점멸하고 공간이 사라지고 내가 내 밖으로 나가는 무아의 경험, 내 깊이 잠든 무의식과 만나는 순간을 살자. 그런 삶을 살아야 한다고 삶이 내게 말을 걸고 있다. 내가 모르는 것을 살라고 말하고 있다.

　파커의 말을 인용하며 글을 맺는다.

　"소명이란 성취해야 할 어떤 목표가 아니라 주어진 선물이다. 소명의 발견이란 얻기 힘든 상을 바라고 다투는 것이 아니라 이미 내 안에 가지고 있는 참자아의 보물을 받아들이는 것이다."

폐허 이후

사막에서도 저를 버리지 않는 풀들이 있고
모든 것이 불타버린 숲에서도
아직 끝나지 않았다고 믿는 나무가 있다
화산재에 덮이고 용암에 녹은 산기슭에도
살아서 재를 털며 돌아오는 벌레와 짐승이 있다
내가 나를 버리면 거기 아무도 없지만
내가 나를 먼저 포기하지 않으면
어느 곳에서나 함께 있는 것들이 있다
돌무더기에 덮여 메말라버린 골짜기에
다시 물이 고이고 물줄기를 만들어 흘러간다
내가 나를 먼저 포기하지 않는다면 ― **도종환 〈폐허 이후〉**

80년대 〈접시꽃 당신〉이라는 시(詩)로 유명해진 도종환 시인의 〈폐허 이후〉를 읽으면서 고개를 끄덕인다. 시인이 성찰을 거듭하여 도달한 지점이 참 평범하다. 그런데 그 평범한 이야기 속에 평범한 '진리'가 종종 우리 내부의 무엇을 건드리고 지나간다.

"사막에서도 저를 버리지 않는 풀들이 있고, 모든 것이 불타버린 숲에서도 아직 끝나지 않았다고 믿는 나무가 있다"라고, "내가 나를 먼저 포기하지 않으면 어느 곳에서나 함께 있는 것들이 있다"라고 시인은 말한다.

"좋은 시절 다 갔어"

라고 말하는 순간 정말 좋은 시절은 다 갔고 좋은 나이도 다 지나갔다. 속절없이 늙어 가는 중년의 내가 허망한 하루를 살아 내고 있을 뿐이다. 반대로 "지금이 내 인생의 절정이야, 나는 지금 재미있는 2막의 인생을 살고 있어"라고 하면 인생의 좋은 시절은 다시 온다.

울퉁불퉁한 과거를 갈아엎고 새로운 나의 역사를 쓰고 싶다면 다시 시작하면 된다.

혼자 산에 다니다가, 유방암 수술을 한 여인을 알게 됐다. 한쪽 유방을 전부 들어냈다는 그녀는 힘이 부치는가 보다. 한 걸음씩 뗄 때마다 잔뜩 움츠린 채, 나의 맨발을 보며 조심스럽게 말을 걸어왔다. 20여 년 전에 나도 유방 낭종으로 수술을 받았고 그 후 40세가 넘어 자연분만으로 아이를 낳고 지금 건강히 잘 살고 있다고 말해 주었다. 날씨가 따뜻해지면 맨발로 걸어 보라고, 모든 것이 잘될 것이라고.

며칠 후 여인을 다시 산에서 만났다. 우리는 함께 산 아래 음식점에 가서 점심 식사를 했다. 나는 그녀가 궁금해 하는 '나의 맨발 걷기 내력'에 대해 이야기했다. 병원에서 습관성 유산 판정을 받은 후 혼자 맨발로 산에 다니면서 건강한 아이를 낳았다고. 또 유방암 2기 수술을 한 55세 지인이 처음에는 걷지도 못할 만큼 기력이 없었지만 지금은 북한산을 혼자 '뛰어

다닐 정도로' 잘 지내고 있다고. 큰 수술 후 심신이 힘든 사람이 같은 일을 겪은 이들의 희망적인 사례를 듣는 것은 행운일 수도 있다. 그런 행운의 말을 전할 수 있는 나 역시 좋았다.

그녀는 주의 깊게 나의 이야기를 듣는 듯했다. 앞으로 5차례의 항암치료를 앞둔 그녀가 부디 기운을 차리고 병을 잘 극복하기를 바랐다. 이런저런 말을 주고받으면서, 내 옛 지인의 수술 직후 상태보다 더 좋아 보이니, 곧 나을 것 같다고 말했다. 그녀도 만족스러운 표정으로 밥을 먹었다.

그녀는 기름기가 적어 담백하고 무미건조한 이 음식들이, 천천히 음미하면서 먹으면 참 맛있다는 것을 금방 발견한 사람처럼 잘 먹었고 보고 있는 내가 다 기분이 좋아졌다. 맛있게 먹는 그녀를 보니 덩달아 신이 났다. 안 먹어도 배가 부른 느낌이 이런 것일까? 그런데 그녀는 내가 건네는 희망적인 말에 흡족해하면서도 상대방인 나에게는 인색한 말만 계속하고 있었다. 나를 유심히 바라보다가는 한 마디 했다.

"이런 말 하기 미안한데 어디 아픈 거 아니에요?
기운이 없어 보여요."

그녀의 '기운 없는' 목소리와 표정에 나도 기운이 없어졌다. 나는 얼굴색이 창백해서 종종 오해를 받기는 한다. 사실 그즈음 폐경이 되려는지 몇 달째 생리가 없었고 폐경기 증상이라고 하는 두통 증세를 겪고 있기도 했다. 그러더니 또 씩 웃으면서 한 마디 덧붙인다.

"이런 말 하기는 미안한데 참 음식 맛없게 먹네요."

나는 그 집 음식이 맛있어서 그곳에 갔는데 참 맛없게 먹는다는 거였다. 그 외에도 그녀가 한 마디씩 툭툭 내뱉은 말은 부정적인 뉘앙스를 짙게 풍기는 어휘들이었다. '어두운 화법'을 구사하는 그녀의 태도에 당황하면서 내가 맛없게 음식 먹는 것을 자책했고, 아파 보인다는 말에는 덜컥 걱정도 되었다.

그녀가 자동차를 가져왔다기에 식사 후 함께 차에 탔다. 그런데 도로 확장 공사 지점에 이르자 자동차 바퀴가 마모된다면서 공사 지연에 대해 난데없이 짜증을 부렸다. 산에서 한두 번 얼굴을 본 후, 처음으로 함께 식사를 한 나로서는 당황스러웠다. "당신이 지금 무료로 내 차를 타서 그래. 앞으로 계속 타려면 비용을 지불해"라는 말인 듯해 그 차를 탄 것이 후회가 되었다. 이런 생각까지 한 것은 그녀가 뿜어내는 '에너지'가 대체로 부정적인 탓이 아닐까 생각했다.

좀 전에 식사 후 음식 값을 각자 낸 것도 걸렸다. 내가 밥값을 내겠다고 했는데 그녀가 각자 내자고 한 것이다. 당장 밥을 먹으러 가자고 한 사람은 그녀였지만 어쨌거나 내가 음식점을 소개하지 않았는가?

그녀는 마침 집에 밥이 없어서 '점심을 어디서 먹을까? 동네 순댓국집에 가서 먹을까?' 생각하던 차에 그곳에서 먹게 돼서 잘됐다고 했다. 그러면서 방금 식사한 곳에 대해서는 주인이 불친절하다는 말 외에는 일절 언급하지 않았다. 나는 그 음식점을 소개한 것을 후회했고 이유 없이 그녀에게 미안해졌다.

그 후에도 산길에서 그녀를 만나면 나는 진심으로 "좋아 보인다", "가발 쓰니 더 예쁘다"라고 말해 주었다.

그녀는 기분 좋은 듯 웃었다. 그러고는 나에게 잊지 않고 꼭 한 마디 던진다. "솔직히 어디 아픈 것 아니에요?"라고. 나중에는 나보고 "지금 암 수술 같은 것 받았는데 감추는 것 아니에요?"라고 물었다. 나 참! 내 피부가 창백하고 마른 체격인 것이, 그녀의 눈에는 '아프게' 보인 모양이다.

지금 현재 수술했거나 아픈 것은 아니라고, 웃으며 말해도 믿지 않는 눈치다. 집요하게 나에게 진실을 '강요'하는 그 눈동자! 고양이처럼 나를 응시하는 그 눈동자! 얼마 전에는 "거짓말 하지 말고 털어놓으세요"라고 말하기까지 했다. 웃지도 않고 진지한 표정으로.

참 나 원! 문득 가수 타블로에게 '진실을 요구하는' 인터넷 카페 '타진요' 사람들이 생각났다.

어느 날부터 그녀를 볼 때마다 내 마음에는 좀 걸리는 부분이 생겼다. 예전의 내가 그랬듯 지금 그녀는 세상과 사람들을 믿지 않고 있다. 또 자기 자신과 타인에게 좋은 점을 발견하기보다 부정적인 것만을 데리고서 기우뚱기우뚱 살고 있는 느낌이 들었다.

몸이 아프든 마음이 아프든 어디가 아픈 것은 내가 변해야 하는 시점이라고 생각하면 맞는 것 같다. 지금과 다른 방식으로 살아야 한다는 신호로 보면 될 것 같다. 그래서 아픈 것이 종종 전화위복이 되기도 한다. 그것을 신호로 해서 인생이 달라지기도 하니까. 몸이 내게 알려 주는 메시지다.

살다 보면 남에게 좋은 말 한마디 해 주는 것이 어려운 사람들이 있다. 그건 자기 자신에게 좋은 말 해 주는 것이 어렵다는 것이다. 자신과 세상의 좋은 점을 발견해 내는 능력이 떨어진다는 이야기일 수도 있다. 조금만 수고하면 보이는 것을 시선을 한 지점에 고정하고 있으면, 평생 그 상태로 살아가게 된다. 습속을 바꾸는 것이 필요하다.

당연한 것을 조금 회전시키기, 관점을 바꿔서 바라보기, 그런 작은 변화가 그동안 안 보이던 자기의 자산을 보게 한다. 심안이 생긴다. 세상이 은밀히 내미는 손을 알아보고 그 손을 잡을 수 있게 된다.

나 자신 설득하기

그대의 눈을 안으로 돌려보라.

그러면 그대의 마음 속에 여지껏 발견 못 하던 천개의 지역을 찾아내리라.

그곳을 답사하라,

그리고 자기 자신이라는 우주학의 전문가가 되라. ― 헨리 데이비드 소로,《월든》중

우리는 사람들과 대화를 나누며 산다. 진지한 대화도 나누고 농담도 하고 수다도 떨고 다투고 화내고 토라지기도 한다. 그런데 내가 나와 나누는 대화를 들어 본 적이 있는가? 매일 우리는 내면에서 울려오는 소리에 귀 기울이면서 '대화'를 한다.

누구를 험담하기도 하고, 비웃기도 하고 스스로를 격려하고 꾸짖기도 하고, 여하튼 자신과 많은 대화를 나눈다. 순간적인 판단이나 행동, 또 어떤 선택들도 사실은 다 자신과의 대화의 산물이라 할 수 있다. 사람마다 조금씩 다르지만 말이다. 특히 우리가 중요한 결정을 내리려고 할 때, 새로운 선택에 직면했을 때, 크고 작은 사건을 만났을 때 우리는 어떤 대화를 할까?

내 안에서 들려오는 소리를 주목해 보자. 혹 이렇게 말하지 않는가?

"넌 그 방면으로는 젬병이잖아. 실패할 게 분명해. 그건 이미 다른 사람들이 다 하고 있다구. 너보다 날고뛰는 사람들이 그 바닥에 허다하다니까. 이 나이에 그게 말이 되냐? 괜히 일 만들지 말고 가만히 있어. 가만히만 있으면 중간이나 가지. 남편 벌어 주는 돈으로 착실히 살림해서 꼬박꼬박 저축하고 알뜰살뜰 살아야지. 이제 와서 말도 안 되는 소리! 분수를 알아야지. 네가 그 일을 한다고? 남들이 들을까 겁나네. 네 나이가 몇이냐? 어린애도 아니고 겁도 없이 달려들다간 골병들기 십상이지. 그런 일은 그쪽으로 걸출한 재능이 있는 사람이나 하는 거지. 재능만으로 되는 줄 알아? 운도 있어야 돼. 재능과 운만 있으면 되는 줄 알아? 은근과 끈기가 있어야돼. 은근과 끈기? 네 나이가 몇이냐? 이팔청춘도 아니고 으이구 아줌마야, 정신 차리시지?"

내면의 소리는 딴죽 걸기의 명수다. 나를 통제하는 이 내면의 소리는 그동안 살아오면서 경험한 온갖 부정적인 사건들의 무의식적 결정체다. 그런데 요 녀석은 가만히 있다가 뭔가 중요하고 새로운 발걸음을 내딛으려고 할 때면 어김없이, 불쑥불쑥 튀어나와서 '그건 안 된다니까'라고 우기며 발목을 잡는다.

그래서 자신과의 대화 내용을 점검해 볼 필요가 있다. 내 자신이 나더러 자꾸 안 된다고, 분명히 안 될 거라고, 해 봤자 뻔하다고 한다면 문제가 아닐 수 없다.

이럴 땐 대화 내용을 인위적으로 바꾸어 보자. 된다고, 가능하다고, 이나이가 어떠냐고.

엊그제 TV 채널을 돌리다가 80세 할아버지들이 107세 된 할머니에게 어머니라고 부르면서 '우리는 청춘'이라고 말하는 장면을 보았다. 이제 더 이상 나이 타령이 먹히는 시대가 아니다. 그러니 어설픈 이유로 나의 길을 막지 마라. "나는 나의 길을 간다. 나는 잘될 것이다, 나는 지금 행복하게 시작한다" 하고 외쳐라. 일회성으로 끝내지 말고 매일 내 자신에게 말하시라. 자신과의 대화를 통해 나를 설득하고 기운을 북돋아 주면 된다. 누구의 격려도 필요치 않다. 오직 우리 자신만의 격려와 믿음만 있으면 된다.

내가 고민해서, 원하고 하고 싶어서, 할 수 있을 것 같아서 결정했다면 내 자신부터 설득해야 한다. 나를 설득하지 못했다면 그 일은 진행하지 말아야 한다. 앞에서도 말했지만 '하고 싶은 것은 할 수 있는 것이다'. 하고 싶다는 강한 의지를 가지는 순간 그 일을 할 수 있는 에너지가 나에게서 즉각 생성된다. 이미 결심했다면 내 안에서 불쑥불쑥 들려오는 '안 될 거야. 잘 안 되면 어쩌지?'라는 말을 몰아내야 한다.

내 안방을 차지한 채 오랫동안 굳어 있는 딱딱한 신념 덩어리들에게 휘발유 한 통 가져다 부어 보자. 라이터로 불을 피우고 활활 타고 있는 낡은 것의 사멸을 지켜보자.

나의 새로운 탄생을 지켜보자. 환호성 치는 푸른 바다, 포효하는 파도, 끼룩끼룩 놀고 있는 갈매기. 온갖 생명들의 놀이터, 저 바다로 달려가서 신나게 놀자. 익숙한 나를 설득하고 파괴하자. 경이로운 나와 만나자. '내 자신이라는 우주학의 전문가가 되자'.

37세 주부의 꿈

나는 당시 수영을 무척 배우고 싶었다.

그래서 수영장에 다녔는데 아무리 해도 다른 사람들처럼 수영을 할 수 없었다.

간신히 물 위에 뜨기는 하는데 도무지 물살을 가르며 앞으로 나갈 수 없었다.

용기를 내 시도를 하면 강사는 못한다고 구박을 하며 뒤에 가 있으라고 하고 그래서 기가 죽어 점점 수영에 자신이 없어지고 마침내 포기하려고 했다.

수영장을 떠나려는 순간 물 위에서 너무나 우아하게 수영을 하는 여인의 모습을 보게 됐다.

넋이 나가 그 아름다운 여인의 유영하는 듯한 몸놀림을 보고 서 있었다.

한참 후 수영을 멈춘 여인에게 다가갔다.

그런데 그녀는 글쎄 할머니였고 수영을 배운 지 불과 4달이 됐다고 했다.

별다른 비법은 없었고 개인 교습을 받았다고 했다.

심기일전해서 나는 다시 수영을 시작했고 어느 날 거짓말처럼 수영을 할 수 있게 됐다. ─ 드라마 작가(미상)

아는 사람 중에 마트에서 계산원 일을 하는 37세 주부가 있다. 생각보다 일이 어렵지 않고, 시간적 여유도 있고 무엇보다 용돈을 쓸 수 있어 좋다고 한다. 가끔 통 크게 한턱 잘 쏜다. 그래서 이 엄마를 다들 좋아한다.

늦게 아이를 낳아 키우다 보니 초등생이 된 아이 친구 엄마들은 30대 초·중반, 간혹 40대 초반이 한둘씩 있다. 나로서는 50줄에 들어섰지만 딸 덕분에 자연스럽게 젊은 엄마들과 어울리게 된다. 그들과 '놀다 보면' 덩달아 젊어지는 느낌도 들고, 격세지감도 느낀다.

위 37세 주부는 지금 일도 재미있고 좋지만 조금만 젊었다면 미용사에 도전했을 것이라고 말하곤 했다. 손끝이 야물고, 취미이자 특기가 '사람 사귀기'라며 나이 먹은 것이 안타깝다고 했다.

정말로 미용사 일을 하고 싶다면 지나간 시간 아쉬워 말고 지금 시작해 보라고 말했다. 지금도 늦지 않았다고. 그러자 그녀 왈, "언니, 낼모레가 마흔인데 지금 시작해서 뭘 어쩌냐구?" 한다.

"낼모레 마흔이면 어떠냐? 네가 그처럼 하고 싶은 일인데 하고 싶은 일 못하고 마흔 넘고 쉰 넘으면 그때 가서 37세에 시작하지 않은 것 후회할지도 모르잖냐?" 하고 응수해 주었다. 그녀는 마음은 굴뚝같지만 몸이 움직여 주지 않아서 안 된다고 웃어넘겼다. 그리고는 20대에 왜 이 생각을 못 했을까 하고 자기를 타박했다.

문득 미용사로 크게 성공한 후 70세가 넘어서 요리사 자격증에 도전하는 미용인이 떠올랐다. 하고 싶은 일이 있는데 나이를 탓하며 시도해 보지 않고 한 번뿐인 인생을 재미없이 살면 후회스럽지 않을까?

유대인의 속담에 "시도해 보기 전까지는 우리가 무엇을 할 수 있는지 알지 못한다"라는 말이 있다. 37세에 비로소 하고 싶은 일이 떠오른 것을 탓하며, 안타까워하기보다 지금 그 일이 떠오른 건 지금이 적기기 때문이라고 믿고 '미친 척 시작해 보는 것'이 어떨까?

어느 좌석에서 한 주부가 "기계치인 내가 운전은커녕 자동차 시동 거는 것도 어렵다고 생각했는데 무슨 정신으로 그랬는지 운전학원 등록하고 필기시험 보고 실기시험 합격하기까지 분명 '제정신이 아닌 것' 같았다"라고 말했다. 그러자 옆에 있던 주부 왈, "제정신이 아니니까 면허 딴 거여, 제정신이면 못 땄지" 한다.

원하는 것이 있어도 평소의 '고정관념'으로 판단해 보면 하나 마나 안 될 것이 뻔해서 시도하지 않게 된다. 그런데 제정신이 아닌 것처럼 흡사 뭔가에 홀린 듯이 무언가를 하면 곧 성사되는 경우가 있다. 논리적으로는 안 된다고 판단되더라도 '제정신이 아닌 채로' 해 보는 것이 좋다. 그것이 안 하고 후회하는 것보다 낫다.

"내가 이 나이에 이 일을 이토록 하고 싶다면 분명 뭔가 있는 거야. 이건 된다는 징조야." 이렇게 중얼거리면서 부디 '제정신으로' 돌아오지 말고 시작해 보시라. 물론 누가 돈 많이 벌었다고 하니까, 저 사람이 하면 나도 할 수 있을 것 같아서 흉내 내는 것은 안 된다. 위 주부는 무슨 까닭인지 나를 만날 때마다 '미용사' 타령을 했다. 입만 열면 미용사, 미용사. 요즘은 미용사라고 하지 않는다. 헤어디자이너다. 그러나 그 주부는 계속 미용사라고 한다. 용모 또한 어딘지 예술적인 감각이 느껴진다. 도도하고 거만해 보이는, 흡사 헤어디자이너나, 고급 옷 판매원 혹은 의상디자이너 같은 풍모다. 그런데 성격은 생김새와 달리 시원시원하고 사람들이 금세 좋아할 만큼 곰살맞고 정이 깊다.

그녀의 말이 아니더라도 사람을 상대하는 직종에서 기량을 발휘할 것 같아 보였다. 원하는 일을 찾고 보니 "나이가 너무 많네" 하면서 포기하지 말자.

　나이 잊어버리고 꼼꼼하게 그 분야를 체크한 후 건강 관리 잘해서 저질러 보는 것이 좋다. 천 리 길도 첫걸음부터라는 말이 있지 않은가? "시작이 반"이라는 말도 있다.

　일단 시작해 보자.

　37세가 미용사로서 많은 나이라고는 해도 본인이 깨달은 순간이 적기다. 절실성 없이 남이 하니까 덩달아 시작했다가 좌절하고 발을 빼는 경우도 많지 않은가? 자꾸 그 일에 관심이 간다면 큰 열정 없이 20대에 시작한 것보다 좋은 결과를 가져올 수도 있다.

　미용사 일이 힘들다고는 해도 필드에서 10년 이상 할 수 있다. 40-50대에도 여전히 미용실을 운영하는 사람들도 많지 않은가? 60대 이후에는 직원을 고용해서 운영하면 된다. 또 마음만 있다면 나중에는 후학 미용인을 양성하는 교육자가 될 수도 있지 않은가?

　내가 이 말을 했더니 그녀 왈, "언니, 꿈도 야무지다"라고 했다.

　나 참, 꿈은 자고로 야무져야지, 꿈이 야무지지 않으면 그게 꿈인가 말이다. 아이이고 어른이고 큰 꿈을 가져야 한다고 나는 외치고 싶다. 작게 시작하고 크게 꿈꿔라. 찌질한 꿈만 꾸다가 살기에는 인생이 너무 짧고 귀하고 단 한 번뿐이다.

　큰 꿈을 가져야 거기에 걸맞는 에너지가 내게 생긴다. 내면의 힘은 우리가 바라는 대로 원하는 만큼 나온다고 한다. 생의 목표만큼의 추진력이 생기는 것이라고 믿자. 이건 내가 하는 말이 아니고 심리학자들이 과학적인 연구 데이터를 제시하면서 주장하는 것이다.

평균수명 120세 시대

몸 끝을 스치고 간 이는 몇이었을까

마음을 흔들고 간 이는 몇이었을까

저녁하늘과 만나고 간 기러기 수만큼이었을까

앞강에 흔들리던 보름달 수만큼이었을까

가지 끝에 모여와주는 오늘 저 수천 개 꽃잎도

때가 되면 비 오고 바람 불어 속절없이 흩어지리

살아 있는 동안은 바람 불어 언제나 쓸쓸하고

사람과 사람끼리 만나고 헤어지는 일들도

빗발과 꽃나무들 만나고 헤어지는 일과 같으리 — 도종환 〈꽃잎 인연〉

앞서 37세 주부처럼 꿈은 있지만 나이 때문에 주저하는 주부들에게 하고 싶은 말이 있다. 이 주부처럼 '이 나이에 뭘 해?'라고 생각하는 분들은 집중해서 읽으시길 권한다.

잘 아시다시피 이제 평균수명 100세 시대다. 30대 후반이든 40대 후반이든 앞으로 살 날이 창창하다는 얘기다. 그러니까 지금부터 뭐든 준비하면 된다. 이제 자식들도 키워 놓았고 30대-40대라면 뭘 못 할까?

노인학을 전공한 교수들은 현재 20-30대는 평균수명이 120살 이상 될 것으로 보고 있다. TV에 자주 나오는 가정의학과 전문의 오한진 교수는 앞으로 150세 시대가 곧 온다고 하지 않는가? 또 지금 태어나는 아기들은 200세까지 살 수 있다는 의사들도 있다. 의료 기술의 발달로 노인도 건강하게 잘 살 수 있는 것이다.

그러니 요즘 40대는 옛날로 치면 20대라고 생각하면 된다.

옛날에는 60세면 환갑잔치를 했다. 오랫동안 잘 사셨으니 이제 땅에 묻힐 일만 남았다고 잔치를 해 주는 것이다. 앞으로는 환갑잔치하고 나서도 40-60년을 더 살게 된다. 고령화와 인구 감소로 주부뿐 아니라 노인층의 경제활동도 자연스러운 현상이 되었다.

국회에서도 정년을 60세로 연장하는 법률안을 제정한다고 한다. 또 현행 '65세 이상=노인' 규정도 곧 수정될 것으로 보인다. 사실 내가 국회보다 먼저 현행 '65세 이상=노인' 명명 법률을 개정해야 한다고 오래전 청주의 모 강연에서 말한 적이 있다. 그 후 TV 뉴스에서 이런 논의가 시작된 것을 보았다. 물론 국회의원들이 나의 강연을 들었을 리 없고 나의 주장을 듣고 그런 논의를 가시화한 것은 아닐 것이다. 다시 말해 이런 인식이 광범위하게 공감을 얻고 있다는 것이다.

딸아이의 영어·수학 학습지 교사의 연령을 알고 나서 깜짝 놀랐다.

예전의 학습지 교사는 20-30대 여성이었는데 어느새 40-50대 아주머니들이 왕성한 활동을 하고 있었다.

20년 전만 해도 40대 아줌마가 학습지 선생님으로 가정을 방문하는 것은 흔한 일이 아니었다. 그런데 요즘은 40대 아줌마들이 이 분야에서 역량을 발휘하고 있다. 그래서 나는 말한다. 30년 전의 20대와 지금 40대는 맞

먹는다고.

지금 40대 분들은 기뻐하자.

예전으로 치면 이제 겨우 20대고, 50대도 25세 전후이다.

실제로 한 TV 프로그램에서 모 교수는 자기 나이에 0.7을 곱한 것이 옛날과 비교한 요즘 나이라고 설명했다.

아는 사람 중에 40세에 방송통신대학에 입학해서 8년 만인 48세에 졸업한 주부가 있다. 벌써 8-9년 전 이야기다. 당시만 해도 "졸업이나 하겠어?" 하며 시큰둥한 반응 일색이었다고 한다. 그런데 이 주부는 8년 만에 대학을 졸업하고 지난 2012년 3월에 서울에 있는 모 대학 철학치유심리학과 대학원 과정에 들어가 현재 3학기째 다니고 있다.

나이 50이 다 돼서 대학원 가서 뭐하냐고, 50살 넘어 취직이 되겠냐고 비아냥거릴 수도 있다. 더러는 취미생활로 격하하거나, 할 일 없는 주부가 허황된 자기과시 욕구를 만족시키려고 쓸데없는 데 돈을 들인다고 뒷공론을 할 수도 있다.

그런데 석사 과정을 마치면 이 주부의 나이 '겨우' 50대 초반이다. 사오정이니 뭐니 하며 40대 후반만 돼도 은퇴를 생각하는 사회 분위기이긴 하지만 다른 한편 50세부터 시작할 수 있는 일자리도 많다.

가령 이 주부가 석사 과정을 마치고 나면 취업할 수 있을까? 나는 가능하다고 말하고 싶다. 의지만 있다면 말이다.

다들 알다시피 힐링 산업이 뜨고 있다. 요즘 사람들은 누구를 막론하고 위로받고 치유하고 싶어 한다. 누군가 내 이야기를 들어줄 상대가 필요하다. 예전 같으면 생각도 못 했겠지만 요즘은 어린아이들도 사회성이 떨어지거나 문제가 좀 있다 싶으면 미술치료, 놀이치료, 음악치료, 독서치료 등 심리치료를 받는다. 부부 상담이나 노인 심리상담, 주부 심리상담, 임산부와 산모 우울증 상담 등등이 활발히 이루어지고 있는 추세다. 예전엔 상담 받는다고 하면 정신병자 취급 받을까 봐 쉬쉬하기 일쑤였다. 아이이고 어른이고 심리상담 같은 것은 생각도 못 했다. 이제 우리는 내 이야기를 들어 줄 사람이 필요하게 되었다.

가벼운 일상사라면 가족이나 이웃, 친구와 의논하겠지만 심각한 속내를 꺼내야 한다면 그야말로 전문가가 필요하다.

만약 나라면 심리상담이 필요할 때 20-30대의 대학교 및 대학원을 갓 졸업한 젊은 상담가보다는 산전수전 겪고 인생의 깊은 속까지 들여다본 사람에게 갈 것 같다. 살다보니 젊고 빠릿빠릿한 나이에 어울리는 일도 있지만 경험으로 얻은 내공으로 더 잘 처리할 수 있는 직업군도 매우 많다는 걸 알게 됐다.

50대 초반에 비로소 대학원 석사 과정을 마친 이 주부는 분명 열망만 있다면, 20-30년 이상 사람들에게 유용한 철학·심리상담을 해 줄 수 있을 것이다. 이미 기술했지만 앞으로는 노년층 인구가 경제활동에 나서야 한다. 그렇기 때문에 지금 우리의 고정관념은 향후 10-20년 이내에 사라질 유물이 될 것이다.

곧 60-70대, 아니 그 이상 연령층의 심리상담가가 왕성히 활동하는 시대가 도래할 것이기 때문이다. 비단 심리상담가뿐이랴. 여러 분야에서 노인층의 괄목할 활동을 기대해도 좋다.

20-30년 전에 나는 여자 나이 30이면 '여성성 끝'이라는 인식이 강한 시대에 20대를 보냈다. 그런데 그 후로 20-30년이 지난 지금은 어떤가? 여자 나이 30이면 더없이 예쁘고 한창일 때이며 40대 이상 주부들을 일터에서 만나는 것이 어렵지 않은 시대에 살고 있다.

그러니 부디 "이 나이에 뭘 해?"라고 말하지 말길 바란다.

이제 겨우 30대 후반인데, 이제 겨우 50대 초반인데도 "이 나이에 뭘 해?" 하며 세월을 허송했는데 어느 순간 내 나이는 60이고 되고 70이 되었다. 그런데 주변에는 60-70대가 왕성하게 경제활동을 하고 있고 100세가 되려면 30-40년 이상 남았는데, "10년 전에 뭘 좀 시작할 걸 그랬어"라고 후회하면 무엇 하겠는가?

지금 시작하자. 당신이 50대라도, 30-40대라도 좋다. 아니, 60대라도 좋다.

한 뉴스 보도에 따르면 최근(2014. 7) 60대 취업률이 20대 취업률을 앞섰고, 50대 취업률은 20-30대를 합한 수보다 많다고 한다. 이를 보도한 기자는 이 같은 현상이 고령 인구의 증가와 함께 50대 이상 베이비붐 세대가 20-30대보다 일에 대한 열정이나 끈기 등이 훨씬 강한 것 때문이라는 분석을 내놓았다. 그렇다. 이제는 50대뿐만 아니라 60대가 취업 전선에 뛰어들고 있다. 이는 고령 인구의 경제활동에 대해 우리 사회가 열려 있다는 것이다. 반면 20-30대는 안정된, 좋은 일자리 찾으려고 시간을 허비하고 있다고 해도 과언이 아니다.

중요한 것은 청년의 정신을 품고, 살아온 경험을 밑천 삼아 한 걸음씩 가는 것이다. 지금 여기에 머무르지 않는 정신의 역량이다. 한계를 넘는 도전 의식!

2011년쯤으로 기억하는데 52세에 경기도 지역 교사임용시험에 합격한 사람이 있었다. 인터뷰를 하려고 했는데 본인의 고사로 성사되지는 않았지만, 그렇다! 접었던 꿈을 향해서 도전을 시작하면 52세에도 남들이 20

대에 시작하는 교사의 길을 갈 수 있다.

운동선수나, 그에 버금가는 체력이 필요한 직종 외에는 나이 들어 잘할 수 있는, 특히 순발력 100단 주부들이 잘할 수 있는 일은 널려 있다.

나이가 들었기에 더 잘할 수 있다는 자부심을 가지고 긴 안목으로 인생의 2막을 시작하자. 가 보지 못했던 그 길을 가자.

우리는 설익은 젊은 시절과는 비교되지 않을 든든한 '배경'과 노하우를 지니고 있다. 자기실현의 의지를 가지고 있다!

허구적 자아 1

나의 천재를 찾기! 그것 참 어렵다. 장님 코끼리 만지는 격이 아닐까? 나의 천재란 것이 어디에 있는지 찾는 것 말이다.

대게 우리는 자기 소질을 어느 정도 알고 있다고 생각한다. 현재의 정보가 타당한 경우도 있다. 그런데 어떤 경우는 그 정보가 사실과 다를 가능성이 있다.

왜 이런 상황이 발생할까? 우리는 30년-40년 살아오면서 갖가지 예기치 못한 사건들과 맞닥뜨리게 되는데 이때 경험들은 차곡히 나의 내부에 정보를 제공한다. 우리는 종종 좌절의 기억들을 특히 크게 부풀려 인지해서 자기 안에 넣어 둔다.

하나의 정보가 저장되면 이후 유사한 경험을 할 때 그동안 잠자던 정보에, 다시 비슷하게 왜곡된 정보를 보태는 과정을 거쳐서 사실에서 멀어진 '허구적인 자아'가 형성된다.

나도 최근까지 이런 허구적인 자아를 '나'라고 인정하며 살아왔다. 그러다가 퍼뜩 스친 생각.

나는 말수가 적고, 인간관계 형성에 힘이 드는 유형이라고 생각했다. 거기에 '힘입어' 내성적인 나의 특징에 걸맞게 살아왔다.

아줌마들이 모이는 자리는 왠지 불편하다. 의미 없이 웃고 떠드는 그 무리 속에서 나는 이물질 같아 보였다. 그런 나를 변호해 주고 싶어서 '그래, 나는 저들하고 대화가 잘 안 돼. 나는 다른 이야기를 하고 싶은 거라구. 나는 그러니까 저 사람들이 웃는 지점에서 웃음이 나지 않고, 저 사람들의 얄팍함과 경박함, 경솔함을 보라지. 나는 알바트로스 새 같은 존재일까? 이곳이 나와 맞지 않아' 나를 합리화했다. 그러다 보니 소란스런 세상이 싫어서 혼자 독백하며 커피나 마시면서 책이나 읽고 산책하면서 '혼자 행복한 알바트로스', 이렇게 나를 규정하고 그게 '나'라고 믿었다. 그런데 어떤 계기로 내가 '수준 낮은 수다' 떠는 걸 싫어하는 사람이 아니라는 걸 인지하게 되었다. 내가 만든 나의 모습을 진짜라고 생각하며 50년을 사람들과 유리된 채 살아온 것이다. 이 사실을 알게 되어 다행이다.

어린 시절로 거슬러 올라가면 참 나와 만날 수 있다.

그 시절은 고통스러웠다. 집이 싫었다. 나는 학교 가는 것이 좋았고 집에 있는 것이 괴로웠다. 학교와 공부가 유일한 낙이었다.

학교에서 친구가 붙여 준 별명이 참새였다. 전기줄에 앉아 있다가 사람들을 보면 반가운 아침 인사를 하는 참새.

초등학교부터 대학 시절까지 유머가 넘쳤고 내 말 한마디에 박장대소하는 친구들이 많았다. 친구들의 싸움을 중재해 주기도 했고 고민 상담도 많이 해 주었다. 그중 어떤 친구가 내게 한 말이 기억난다.

"고마워! 너랑 이야기하고 있으면 막 희망이 생기고, 뭐든 막 잘 될 것 같아. 나를 믿어 주고 나에게 긍정적인 말을 많이 해 줘서 고마워."

그랬다. 나를 좋아하는 친구들이 많았다. 친구들 중에 나를 시샘하는 친구도 꽤 있었다. 하지만 그 시샘은 도발적인 싸움이나 따돌림과는 거리가 먼 선망 어린 눈빛, "네가 부러워"라고 대놓고 말하는 '착한' 종류의 것이었다.

당시 나는 못생기고, 아무짝에도 쓸모없는 인간이라는 엄마의 말을 기억하고 있었으므로 아이들이 나의 진면목을 몰라서 그러지, 내가 얼마나 못된 인간인지 이 아이들이 알게 되면 끝장이라는 생각을 했다.

나의 성장기는 나의 책《내 안에는 작은 아이가 산다》에서 밝혔듯이 암울했다. 어머니는 나를 이 세상에 살 가치도 없는 인간, 귀신도 물어 가지 않는 인간이라고 매번 상기시켜 주셨다.

나의 허구적 자아와 참자아는 20대와 30대를 거치면서 서서히 자리바꿈을 한 것 같다.

마흔이 넘어 늦게 아이를 낳고 나서, 억압되어 있던 나의 온갖 쓰레기 더미를 보게 됐다. 그것들을 내 아이에게 줄줄이 쏟아 냈다. 허구적 자아는 무섭게 내 안에 똬리를 틀고 내 안방을 차지하고 떡하니 버티고 서서 나의 모든 것을 틀어쥐기 시작했다.

내가 사람과 관계 맺는 법을 너무 모른다고 생각했다. 사람들과의 대화에 끼어드는 것이 힘이 들기 시작했다. 나의 허구적인 자아는 계속 중얼거린다.

"거봐, 너는 사람 사귀는 것은 젬병이야. 괜히 외향적인 체하지 마. 피곤하기만 해. 꼭 저들의 수다에 끼어들 필요는 없어. 사람들과 사귀기보다 도망치기 바쁘잖아. 넌 너무 부족한 인간이야. 거봐, 보나 마나 뻔하지. 네가하는 일이 다 그렇지 뭐."

가만히 생각해 보니 어린 시절의 나는 친구 관계가 좋았고 수다 떨기를 좋아했고 말주변이 좋았다. 나의 친정엄마 역시 외향적인 사람이다. 동네 아줌마들끼리 모이면 분위기를 압도하면서 대화를 이끌어 가는 사람이 친정엄마였다. 친정아버지 역시 사람들과 대화 나누는 것을, 특히 지적인 대화를 즐기셨다. 노인이 된 후에도 대학생들과 시국에 대해 대화하고 젊은 사람들에게 배우려는 열린 마음을 가진 분이셨다.

게다가 내 동생들! 이 아이들 역시 달변가들이다.

그런 내가 언변이 부족하다고 생각하면서 살아온 것이다.

허구적인 자아가 내 안에 착근된 것이다. 그렇다. 내가 어떤 유형인지 어떤 재능을 가졌는지 알아보려면 숙고하는 시간이 필요하다.

스타강사 김미경 씨도 나중에야 자신이 인간 친화적이고 말솜씨가 좋다는 것을, 즉 언어지능이 뛰어나다는 것을 알게 되었다고 하지 않는가?

나의 천재는 잠재상태로 내 안에 있다. 이 천재를 알아보기 위해 '수행'이 필요하다.

나는 50세가 되어서야 나의 참모습을 알았다.

내가 얼마나 재미있는 사람인지, 친화력이 좋은 사람인지 알게 된 것이다. 감사하고 감사하다. 잊었던 한쪽의 나를 발견하게 되었으니. 이제 나는 사람들과 재미있는 수다를 떨고 싶다. 사람들을 만나고 싶다. 책보다 글보다 사람의 체온이 좋다.

사람과의 교류를 통해 나의 글은 깊이와 둘레를 확장해 갈 것이다.

허구적 자아 2

친구들이 나한테 모두 한마디씩 했다. 너는 이제 페인이라고
규영이가 말했다. 너는 바보가 되었다고
준행이가 말했다. 네 얘긴 누가 믿을 수 있느냐고
현이가 말했다, 넌 다시
할 수 있다고 승기가 말했다.
…
술 먹자,
눈 온다, 삼용이가 말했다. ― 김영승 〈반성 21〉

나의 직업이 싫어서 절망하던 시기가 있었다. 의학신문 기자 생활을 할
때도 그랬다. 대학병원 교수들을 만나서 병원 내의 각종 가십성 기사나 별
볼 일 없는 논문을 기사화하면서 표현 못할 자괴감 때문에 하루도 12번쯤
사직하는 상상을 하곤 했다. 하지만 결단이 쉽지 않았다.

그러다가《한겨레 리빙》이라는 생활정보지의 지역 면 편집장 일을 맡게
되었는데 그동안 전체를 총괄해서 지휘해 본 경험이 없는 내가 감당하기
가 쉽지 않았다.

대학병원 취재기자 일을 할 때는 인간관계 형성 능력에 대해 한탄했다. 또 매일매일 소모적이고 뻔한 내용을 대단한 기사인 양 부풀려 기사화하는 기자 생활에 염증을 느꼈다. 별거 아닌 것도 내 손을 거쳐 가면 그럴듯한 모양새를 갖춘 상품이 되는 것이 참담하고 괴로웠다. 요즘도 TV나 신문 기사를 접하다 보면 그런 류의 기사들이 쏟아지는 걸 본다. 씁쓸하다.

또《한겨레 리빙》에서 갑자기 내게 맡겨진 책임자(편집장) 역할은 몸에 맞지 않는 옷을 입은 듯 불편했고, 인간이 얼마나 간사한 동물인지도 알게 되었다. 아무튼 30대 초·중반의 그 시기 동안 나는 윗사람 역할 하는 것이 많이 힘들었다. 그렇다고 취재원들과 좋은 관계를 형성하지도 못했다. 이것도 저것도 맞지 않는다는 생각으로 고단하던 시기.

무엇보다 사실과 다를 수도 있는 '싸구려' 글을 쓰면서 하루를 버티는 다람쥐 쳇바퀴 같은 날들이 피곤했다.

글 쓰는 것이 싫은 것은 아닌데 원하는 종류의 글이 아니었다. 어디에 당당하게 내세우기도, 좁은 소견으로는 부끄럽기만 했다. 그럼에도 나의 몇몇 기사들은 다른 일간지들이 갖다 쓰거나 국정감사에서 인용되거나 라디오 방송에 시리즈물로 나가는 영광을 누렸다. 그러나 나는 그런 류의 글을 쓰고 싶은 것이 아니라고 생각했다. 직장 내에서도 특종을 잘 발굴하고 기사 작성 능력이 탁월한 것으로 평가받고 있었다.

하지만 찜찜했다. 내가 하고 싶은 말이 아니고 상품화(기사화)할 만한 가치가 있다고 느껴지지도 않는 그런 허접한 것을, 매일 어느 정도의 분량을 꼭 배출해야 하는 것이.

결혼 후 심리적인 여유가 생기면서 직장을 바꿀 엄두를 내기 시작했다.

그 후 경향미디어《굿데이》의 섹션 면(기획특집부) 편집장 일을 하게 되었는데 그때 나의 다른 가능성을 깨닫고 잠시지만 흥분했던 기억이 있다.

나는 글쟁이라고 생각했지 편집자로서는 '아니다'라고 판단했다. 그런데 색에 대한 감각이 있다는 것을 깨닫게 되었다. 처음 해 보는 레이아웃에도 능력이 있었다. 애석하게도《굿데이》는 폐간되었지만 그때까지 줄곧 내가 미술 등에 소질이 전무하다고 생각했던 것에 의문이 들기 시작했다. 그 후에 몇 군데 잡지사 편집장을 맡으면서 나의 '디자인 감각'에 놀랐던 적이 있다.

나의 새로운 재능을 마흔이 넘어서 알게 된 것이다.

그것도 예기치 못했던 분야를 우연히, 어쩔 수 없이, 맡아야 했을 때 말이다.

그때 편집장 일을 해 보지 않았다면 나에게 편집 재능과 색채적인 안목이 있다는 것을 모르고 넘어갔을 것이다.

우리의 재능을 알아보는 것이 이렇게 어렵다.

자신의 적성을 찾는 것이 어렸을 때는 더 어렵다. 일천한 경험만으로, 열 살, 스무 살 나이에 스스로 재능을 찾기가 쉽지 않다. 김연아, 박태환 선수처럼 부모나 코치 등 주변 사람이 어린 아이의 싹을 알아볼 수는 있지만, 그것도 쉬운 일은 아니다. 그렇다면 스스로 찾아야 하는데 스무 살 시절보다는 서른 살, 마흔 살 되었을 때가 낫다는 것이다. 인생을 살아온 시간의 길이만큼 경험의 영역이 넓어졌으니 말이다.

인생의 다른 국면을 만나 많이 살아왔으므로 더 많은 나를 만난 것이다. 그러니 재능을 찾는 것이 젊은 시절보다 쉽다. 주의할 점은 잘못 부풀려진 어떤 결정적 사건들이 잘못된 자아상을 만들어 놓지는 않았는지 하는 것이다.

전업주부가 된 후 나는 다른 꿈을 꾸게 되었다. 나의 책을 쓰고 싶었다. 필요성을 못 느끼면서 어떨 땐 죄의식까지 느끼면서 기사를 만드는, 당장 휴지통에 넣어 버리고 싶은 글이 아니라 나의 이야기를 하고 싶었다.

그리고 또 한 가지. 강의를 하고 싶었다.

그러나 다음 순간 바로 내 안의 어떤 목소리가 말한다.

"너는 자신감이 없어서 강의는 못 해. 바로 좌중에 압도당할 거야. 너는 긴장을 많이 하고 카리스마가 부족해. 강의는 어울리지 않아."

나는 바로 손뼉을 치며 "아차!"했다. "맞아. 가당찮은 생각 하지 마!"

그렇게 나의 꿈의 한자락을 닫아 버렸다. 그런데 앞서 밝혔듯이 어느 순간 내가 옛날 모습과 한참 다른 삶을 살고 있다는 것을 알게 된 것이다.

아, 그랬지! 옛날에 여고 시절에 내가 얼마나 친구들 배꼽을 빠지게 했는데…. 아이들이 나 때문에 책상을 두드리며 웃었던 장면들이 떠올랐다. 아무튼 성장기 동안은 사람과의 관계를 잘 형성하고 유머와 카리스마까지 있는 부류였다. 그랬구나!

나는 생각한다. 하고 싶은 것은 할 수 있는 것이기에 떠오른 것이다.

지금은 학교에서 아이들을 가르치고 있다.

하고 싶은 것이 슬쩍 올라왔는데 "정신 차려!"라고 호통치며 문을 닫아

버리지는 않았는가?

헬렌 토머스

혹은 너무 고통스럽고 경황 없어 미처 몸 숨기지 못하고
떠오르던 물고기들, 우리의 금빛 물고기들이 간 곳을…… — 이성복 〈물고기〉 중

그런 시절이 있었다. 결혼하면 여자 인생 끝이라고 생각했던.

요즘은 옛이야기가 됐다. 오히려 중년 여성의 지혜와 창조적 힘을 전 지구적으로 활용해야 할 시점으로 보인다. 더 늦기 전에 인류가 모성의 신비로운 직관과 통찰을 '사용'할 때가 됐다.

미국 백악관 기자실의 전설, 여성 언론인 헬렌 토머스가 93세로 별세했다는 보도를 최근 접했다. 케네디 대통령부터 버락 오바마까지 10여 명의 대통령을 취재하면서 일생을 보낸 여성, 90세 나이에도 현역 기자로 백악관을 출입했던 여성.

그런데 그녀를 크게 부러워하지 않아도 되는 환경이 지금 우리나라에도 서서히 점화되고 있다. 결혼하고 아이를 키운 후 재취업에 성공한 여성의 사례가 늘고 있다. 기업에서도 결혼 후 육아를 마친 여성을 더 안정적인 인력으로 보고 전격 채용하는 사례가 많아지는 추세다. 실제로 이렇게 채용된 여성 인력들이 기업 내에서 상대 거래선과 인간관계를 조율하고 원

만하게 일 처리를 하는 것으로 평가받고 있다. 여성이든 남성이든 이제는 나이보다 능력과 안정감 등을 고려해서 과감히 고용하는 것이다.

보도에 따르면 레바논 이민 2세인 헬렌 토머스는 1920년 8월 3일 켄터키 주 윈체스터 시에서 가난한 야채상의 딸로 태어났다고 한다. 그녀는 주유소, 도서관 아르바이트 등으로 학비를 벌어 대학을 마쳤다. 고등학교 때 학보사 기자를 하면서 언론인의 길을 걷기로 결심하고 미시간 주 디트로이트의 웨인 주립대에서 저널리즘을 전공했다. 1942년 대학을 졸업하자마자 워싱턴 데일리 뉴스에서 잠시 복사공으로 지내다 43년 UPI 통신에서 본격적인 기자 생활을 시작했다고 한다.

60여 년의 기자생활 중에서 50여 년을 백악관 출입기자로 생활하며 존 F. 케네디 대통령에서 버락 오바마 대통령까지, 기자로서 집요했고 직업정신이 투철했다고 전해지고 있다.

2006년 한 잡지와의 인터뷰에서는 "대통령의 자리를 존경하지만 국민의 공복을 숭배하지는 않는다"라며 "그들은 우리에게 진실을 빚지고 있다"라고 말했다.

그녀는 미국 언론계에서 늘 '최초'란 수식어를 달고 살았다. 최초의 여성 기자클럽 멤버, 주요 통신사 중 최초의 여성 백악관 출입기자, 중견 언론인 모임 그리다이언 클럽(Gridiron Club)에 가입한 최초의 여성, 백악관 기자협회 최초 여성 회장 등등.

아흔 살이 넘어서도 백악관을 취재하며 펜을 놓지 않았던 그녀는 전설이라고 불린다. 그녀의 죽음에 오바마 대통령은 "헬렌 토머스는 여성 언론인의 벽을 허문 진정한 개척자"라는 특별성명을 발표하기도 했다. 그녀가 남기고 간 말들은 여전히 우리 곁에서 울림을 주고 있다.

"대통령의 기자회견은 우리 사회에서 대통령에게 질문하고 추궁할 수 있는 유일한 장이기에 민주주의에서 없어서는 안 될 요소다. 대통령에게 일문일답할 수 없는 사회는 민주주의가 아니다."

"기자에게 무례한 질문은 없다. 사랑받는 존재가 되고 싶다면 기자가 되지 마라."

여성들이여, 큰 꿈을 꾸자.

지금은 작게, 혹은 무보수 봉사로 시작하지만 걱정하지 말고 첫걸음을 내딛자. 여성의 힘을 믿자. 내면의 지혜와 만나 나와 세상을 충만하게 하는 그 일을 하자.

헬렌 토머스도 처음에는 데일리 뉴스에서 복사공으로 일하지 않았는가?

"이 나이에 무슨 거창한 꿈을 꾸어요?"라고 말하지 말자.

90세 백발성성한 나이에 단정한 옷을 입고 출근한 나를 상상하자.

나를 살리는, 그리하여 지구와 우주를 살리는 생명력 가득한 일을 하는 나를 상상하자.

이제 주부도 노인도 사회활동 하는 것이 일상적인 모습이 된 사회가 도래한다. 잠자고 있는 나를 펼쳐 기량을 발휘하는 여성. 멋지게 잘 늙고 있는 노년의 나를 상상하자. 쑥부쟁이와 참새와 패랭이꽃과 상수리나무가 기뻐할 것이다. 개똥지빠귀가 손뼉 칠 것이다. 온 세상이 온종일 좋아할 것이다.

트리나 폴러스의 《꽃들에게 희망을》(김석희 역. 시공주니어, 1999)의 한 대목을 인용하며 글을 맺는다.

"어떻게 하면 나비가 되죠?"
"날기를 간절히 원해야 돼.
하나의 애벌레로 사는 것을
기꺼이 포기할 만큼 간절하게."
"죽어야 한다는 뜻인가요?"
"그렇기도 하고, 아니기도 하지.
…

삶의 모습은 바뀌지만
목숨이 없어지는 것은 아니야.
나비가 되어 보지도 못하고 죽는
애벌레들과는 다르단다."

가장 뛰어난 중년의 뇌

주부 재취업 관련 책을 쓰기로 마음먹으면서 내가 지닌 확신이 있었다.

인생 경험이 풍부해진 중년, 자식을 낳아 키워 본 주부들의 사회적 경쟁력에 대한 신념이었다. 이 경쟁력에는 주부의 여러 탁월한 면모들이 가득했다. 경험에서 오는 판단력, 순발력, 이해력, 사고력, 공감 능력 등등.

그러던 중에 《뉴욕 타임스》 기자 출신 바버라 스트로치의 《가장 뛰어난 중년의 뇌》(김미선 역, 해나무, 2011)라는 책을 접하게 되었다. 바버라 스트로치는 베스트셀러 《십대들의 뇌에서는 무슨 일이 벌어지고 있나?》의 저자이기도 하다. 《가장 뛰어난 중년의 뇌》를 읽으면서 평소 지론을 확인하게 되었다.

중년의 뇌가 여러 부문에서 매우 뛰어나다고 하는 것은 그동안 TV 뉴스나 신문 기사에 잠깐씩 짧게 보도되기는 했다. 하지만 책으로 나온 걸 발견한 것이다.

나는 논문을 쓰는 것이 아니기에 내가 쓰는 글을 증명해 줄 무엇이 필요하다고는 생각하지 않는다. 다만 이 책을 보면서 평소 내 지론이 전 세계적인 석학들의 구체적인 대규모 연구를 거쳐 과학적으로 입증되고 있다는 걸 알게 된 것이다.

바버라 스트로치의 이야기를 들어 보자!

"UCLA를 비롯한 연구소의 신경과학자들은 이제 뇌세포의 부품, 특히 미엘린(myelin)이라 불리는 신경의 하얀 지방질 피막이 중년 말기에 이르러서도 계속 자라는 모습을 지켜볼 수 있다. 미엘린이 증가하면 우리가 주위를 이해하도록 도와주는 연결망들을 구축한다. 하버드의 한 과학자가 표현한 대로 이 백색질의 성장 그 자체가 이른바 중년의 지혜일지도 모른다."

"통계치가 아닌 진짜 살아 있는 사람들이 나이를 먹어가는 과정을 좋은 장기 연구들을 분석하면서 … 나이가 들어가는 뇌의 참된 본질은 우리에게 세계에 대한 더 넓은 시각, 패턴을 보는 능력, 각종 사실과 관점을 연결하는 능력, 심지어 더 창의적으로 생각하는 능력을 선사하는 것이 아닐까 싶다."(바버라 스트로치,《가장 뛰어난 중년의 뇌》중, 이하 인용문은 같은 책에서)

그러면서 수많은 석학들의 연구 내용과 인터뷰를 소개하고 있다.

저자는 또 "신경과학자들은 우리의 뉴런들과 심지어 그 뉴런들을 통제하는 유전자들이 나이가 들면서 어떻게 적응하고 개선되기까지 하는지 정확히 짚어 내고 있다"라고 주장한다. 또 스탠퍼드 대학교 소속 수명연구소 소장 로라 카스텐슨의 "중년의 뇌는 명백히 가공할 존재"라는 말을 인용한다. 저자는 여러 장기 연구들을 소개하면서 이러한 연구들은 "우리의 인지능력이 계속해서 성장한다는 증거를 제공한다"라고 말한다.

"펜실베이니아 주립대학교의 심리학자인 윌리스와 남편 워너 샤이는 가장 장기적이고, 규모가 크며 가장 존중받는 수명 연구 중 하나를 이끌고 있다. 통칭 시애틀 종단 연구라 하여 1956년에 시작해서 40년이 넘는 동안 6,000명의 정신적 기량을 체계적으로 추적해 온 연구이다. 시애틀에 있는 대규모 건강 관리 단체에서 무작위로 선택한 연구 참가자들은 모두 건강한 성인들로서, 20세와 90세 사이의 다양한 직업을 가진 남녀 반반으로 구성되었다. 펜실베이니아 주 연구팀은 7년 마다 참가자들을 다시 검사해서 그들이 어떻게 지내는지를 알아본다. 이 연구에서 중요한 것은 그것이 종단 연구라는 점이다. 시간이 가도 똑같은 사람들을 연구한다는 뜻이다. 오랜 세월 동안 연구자들에게는 인간 수명에 대한 횡단 연구 정보밖에 없었다. 횡단 연구는 일정 기간에 걸쳐 서로 다른 사람들을 추적해서 패턴을 찾는다. 어떤 과학적 분석을 위한 안정적 평가 기준으로 여겨지는 종단 연구는 대부분 1950년대가 되어서야 시작되었고, 지금에 이르러서야 겨우 확실한 정보를 산출하고 있다. 그리고 그 연구들은 우리 뇌에 관한 한 우리가 그동안 걷잡을 수 없이 잘못된 길로 인도되었음을 보여준다. 예를 들어 시애틀 종단 연구에서 불과 몇 년 전에 나온 최초의 방대한 결과를 보면 연구 참가자들은 여러 인지 검사에서 다른 어떤 때보다도 중년에 평균적으로 더 좋은 결과를 보여주고 있다."

"… 그런 검사를 통해 연구자들은 깜짝 놀랄 만한 결과를 발견했다. 가장 중요하고 복잡한 인지 기술들을 측정하는 여러 검사에서 현대에 중년에 속하는 연령(대략 40대~60대까지)일 때 받은 성적이 앞서 20대에 받은 성적에 비해 좋았던 것이다. 검사한 여섯 범주들 가운데 네 범주 — 어휘, 언어기억, 공간 정향, 그리고 귀납적 추리(아마도 그 무엇보다 우리의 용기를 북돋아 줄 부분) — 에서 최고의 수행력을 보인 사람들의 나이는 평균적으로 40세에서 65세 사이였다. 윌리스는 저서인《중간의 삶》에서 '연구에서 고려한 정신 능력 여섯 가지 가운데 네 가지의 경우 최고 수준의 능력은 중년에서 발휘된다'라고 보고한다. 남녀 모두 수행력이 절정에 도달하는 시기는 … 중년이다."

이어 이 책에서는 윌리스의 저서의 한 부분을 인용한다.

"지능에 대한 상투적인 관점이나 교양 있는 보통 사람들이 견지하는 순진한 이론들과 달리, 많은 고차적인 인지 능력의 발달 면에서 청년기는 인지적 절정기가 아니다. 연구 대상이 된 여섯 가지 능력 가운데 네 가지 능력은 중년인 사람들이 본인의 25세 당시보다 더 수준 높게 발휘하였다."

저자는 처음 이 사실을 알게 되었을 때 깜짝 놀랐다고 고백한다. 그녀는 "우리의 뇌가 25세까지 계속해서 변화하고 향상된다는 건 알고 있었다"라면서 "많은 과학자들이 그러한 이론에 머무르면서 우리의 뇌는 십대를 관통하는 내내 대규모의 혁신을 겪긴 하지만 그것으로 끝이라고 믿고 있다고 지적한다. 그녀 역시 "뇌는 중년에 들어서면 굳어지고 고리타분해질 뿐이며 설사 크게 변화한다 하더라도 십중팔구 내리막을 향하고 있을 것이라" 생각했다고 고백한다.

물론 이 책에서도 나이가 들면 "우리 뇌가 어느 정도 느려지는 건 사실"이라고 인정한다. "주의는 더 쉽게 흩어지고 때때로 맞붙는 어려운 새 문제들은 부담스럽다. 지하실에 왜 내려갔는지 기억할 수 없는 건 말할 것도 없고"라고. 하지만 판단력과 종합하는 능력, 어휘력, 직관, 통찰력 등은 중년의 뇌가 단연 최고라고 과학적인 검증을 통해 역설하고 있다.

그녀는 시애틀 종단 연구자 윌리스의 다음 말을 인용한다.

"오랫동안 우리 모두는 절정이 청년기에 있다고 생각했어요. 우리는 신체적인 것과 인지적인 것이 나란히 간다고 생각했고, 부분적으로 그 이유에 힘을 입어 교육적 자원들을 청년기에 쏟아붓죠. 그때가 자원으로부터 가장 큰 이득을 볼 수 있는 시기라고 생각하면서요. 하지만 지금은 모든 게 완전히 달라졌다는 사실을 기억해야 해요. 우리가 이토록 많은 일을 하면서 이토록 긴 중년을 보낸 적이 한 번도 없었어요. 이렇듯 새롭게 부상한 삶의 기간에 관해 줄곧 새로운 사실을 밝혀내는 중이에요."

이뿐이 아니다. 저자는 다른 연구를 통해 "세대를 거듭할수록 우리 뇌가 더욱 영리해진다"고 소개하고 있다. "예를 들면 서던캘리포니아 대학교의 엘리자베스 젤린스키는 현재 74세인 사람들을 16년 전에 74세였던 사람들과 비교하는 연구를 진행했다. 이 연구에서 행한 전 영역의 지능 검사에서 현재의 74세 집단이 16년 전 74세 집단보다 훨씬 더 좋은 성적을 거두었다."

또 앞서 잠시 언급했지만 미엘린이 나이와 함께 계속 증가한다는 사실도 밝혀냈다.

"2001년 연구에서 19세부터 76세까지의 남성 70명의 뇌를 스캔한 UCLA의 신경과학자 조지 바트조키스는 뇌의 결정적인 영역 두 군데, 즉 언어 기능을 담당하는 이마엽과 관자엽(측두엽)의 경우 중년이 될 때까지 미엘린이 계속해서 증가하여 평균 50세 무렵에 절정에 달하고 일부에서는 60대까지 계속해서 증강된다는 사실을 발견했다. … 하버드 대학교의 프랜시스 빈스는 근처 시체공시소에서 얻은 뇌들의 미엘린 양을 주의 깊게 측정했다. 그녀 역시 미엘린이 나이와 함께 계속해서 증가한다는 사실을 발견했고 이 미엘린을 소위 '중년의 지혜와 동일시해도 무리가 아닐 거라는 의견을 내놓았다'."

이 외에도 "여성이 남성보다 미엘린을 더 잘 만든다는 증거들도 있다"라고 주장하고 있다.

책의 내용을 길게 인용했지만 나의 요지는 나이가 들면 머리가 썩는다, 머리가 굳는다 등등의 통념에서 벗어나라는 것이다. 중년의 뇌가 가장 우수하다는 사실을 기억하고 새롭게 시작하라는 것이다.

컬럼비아 대학교 메일맨 공중보건대학의 학장이자 노화의 오랜 전문가인 린다 프리드는 이 책에서 "나이가 들면서 우리는 객관적인 지식과 인생 경험, 그리고 어쩌면 직관까지 이용할 수 있게 되고, 그것들 모두를 통합하여 더 창의적이 되어서 젊었을 때라면 풀지 못했을 복잡한 문제들을 풀 수 있게 되죠"라고 말한다.

두뇌를 좋게 만드는 방법

　어른이고 아이이고 여하튼 머리가 좋아야 한다. 그런데 머리는 타고나는 것이 아닐까? 그렇다. 일정 부분은 타고난다. 그렇다면 타고난 머리를 좋게 하는 방법은 없을까?

　어린아이들이야 다양한 성장기 자극을 통해 유전적 두뇌를 더 끌어올릴 수 있다지만 어른은 어떨까? 결론적으로 말하면 어른도 가능하다.

　그동안 다 자란 성인의 뇌는 컴퓨터처럼 고정되어 있어 어느 시기가 지나면 더 이상 변화하지 않는다는 것이 정설로 인정되었다. 그러나 최근 들어 다 자란 생쥐는 물론 고양이, 기니피그, 카나리아와 원숭이에게도 새로운 뉴런, 즉 새로운 뇌세포가 생성되는 것을 연구자들이 밝혀내고 있다.

　인간의 뇌는 성인이 된 순간부터 고정불변하는 것이 아니고 어떻게 사용하느냐에 따라 계속 향상된다는 연구 결과가 속속 발표되고 있는 것이다.

　그러면 성인의 뇌를 좋게 하는 방법은 무엇일까? 여러 가지 요인들이 있지만 가장 강력한 것은 운동이라고 한다. 운동이 학습, 장기 기억과 공간 개념, 감정적인 행동을 조절하는 해마 부분에 새로운 뉴런의 탄생을 촉진한다는 것이다. 앞서 말한《가장 뛰어난 중년의 뇌》의 저자의 말을 인용해 보자.

"현재까지 밝혀진 것 중 가장 전망 있는 답은 운동이다. 여럿의 치밀한 연구에서 밝힌 바에 의하면 우리가 가진 것들 가운데 뇌를 위한 요술봉에 가장 가까운 것은 운동이다. 운동은 신경가지들과 아기 뉴런들을 구축하는 최고의 건축업자로, 그리고 교육과 더불어 어쩌면 인지적 비축분이라는 정신적 보호막을 제공할 수도 있는 존재로 떠올랐다."

"오늘날 가장 명성이 높은 신경과학자들 가운데 한 사람인 게이지는 1990년대 말 게이지와 헨리에트 반 프라그를 포함한 그의 동료들과 함께 캘리포니아 라호야의 솔크 연구소에서 생쥐들이 내키는 만큼 뛰도록 하면 어떤 일이 일어나는지 보기로 했는데, 생쥐들은 보통 하룻밤에 네다섯 시간, 또는 최대 5킬로미터 정도를 뛰고 싶어 했다. 그런 다음 생쥐들을 뿌연 물이 든 수조에 집어넣고 물에 빠진 생쥐들이 수면 아래 숨겨져 있는 조그만 발판을 찾아 거기 올라설 수 있도록 했다. 모리스 수중미로라 불리는 이 장치는 생쥐가 얼마나 영리한지를 판단하는 최고의 방법 가운데 하나다. 말하자면 일종의 생쥐 IQ 검사다. 생쥐는 헤엄치기를 정말 싫어하기 때문에, 물에 빠지면 있는 힘을 다해 그 작은 발판을 찾는다. 거듭 물에 빠졌을 때 발판을 더 빨리 찾는 생쥐들이 인지적으로 또래를 앞서는 것으로 간주된다.

게이지와 동료들은 운동을 가장 많이 한 생쥐들이 두 번째나 세 번째 시도에서 발판을 훨씬 더 잘 찾을 뿐 아니라 뇌 안에 생긴 새로운 뉴런도 두 배나 많다는 사실을 발견했다.

그런데 그 새로운 뉴런은 어디에 생성되어 있었을까? 새로운 뉴런은 게이지가 스몰[*]과 함께 훗날 컬럼비아 대학교의 생쥐에게서 새로운 뉴런들을 발견한 곳, 즉 치아이랑[**]의 한가운데에 있었다. 게이지는 1999년 논문에서 '연구의 결과는 신체 활동이 해마의 신경발생 및 시냅스 가소성과 학습을 조절할 수 있음을 가리킨다'라고 결론을 내렸다. 이후 실시한 다른 연구에서 그는 운동이 노년의 생쥐에게 존재하는 신생아 뉴런장치를 일깨운다는 것을 발견했다."(바버라 스트로치《가장 뛰어난 중년의 뇌》중, 이하 인용문은 같은 책에서)

게이지는 이 책의 저자 바버라 스트로치와 나눈 대화에서 "뉴런들이 사실은 다 자란 뇌에서도 계속해서 태어난다는 점을 과학계에 납득시키는 데 너무나 오랜 시간이 걸렸다"라고 설명한다.

이어 그는 "더없이 오랫동안 우리는 뇌가 컴퓨터와 같기 때문에 기존의 회로 안으로 새로운 전선을 던져 넣으면 회로가 전부 엉망이 될 거라고 생각했으나 이제는 그렇지 않다는 걸 알게 됐다"라며 뇌는 하나의 기관이며 줄곧 변화하고 있는 세포조직이고 환경에 의해 조절된다고 밝혔다. 우리의 뇌는 우리가 하는 것에 영향을 받는다고.

한편 이 책의 저자는 "우리는 이제 그 새로운 뇌세포들, 세포의 최초 형태이자 여러 가지로 변형되기 가장 쉬운 형태인 줄기세포가 주로 해마의 조그마한 영역인 치아이랑에서 생산된다는 것"을 알게 되었다고 밝히고 있다.

---

[*] 미 컬럼비아 대학 신경과 전문의 스캇 스몰 박사
[**] 기억과 학습에 관여하는 영역인 해마의 한 부분

다시 인용문을 보자.

"원숭이 다음에는 인간이었다. 인간 연구를 위해 스웨덴의 신경과학자 페테르 에릭손과 팀을 이루었다. 에릭손은 스웨덴의 노인 암 환자들에게 분열하는 세포들을 표지하기 위해 물질을 주입한 다음 뇌 절편들을 채취한 적이 있었다. 그 실험의 결과로 그들은 다 자란 인간도 새로운 뉴런을 만들어 내고 있음을 보여 줄 수 있었다. 그런데 아기 뉴런들은 어디에서 모습을 드러냈을까? 1998년 게이지는 학술지《네이처 메디신》에 '우리는 새로운 뉴런들이 … 성인 인간의 치아이랑에서 분열하고 있는 전구세포들로부터 발생한다는 것을 보여주고 있다'라고 발표했다. '우리의 결과는 또한 인간의 해마가 뉴런생성 능력을 평생토록 보유함을 시사하고 있다. 게이지와 에릭손의 연구는 뇌 연구 전체를 완전히 뒤바꾸어 놓은 연구였다'."

이 뉴런세포가 바로 운동, 특히 유산소 운동을 할 때 생성된다는 것이다.

"그들의 연구는 거기서 멈추지 않았다. 게이지는 스몰과 손잡고 컬럼비아 대학에서의 초록 점 생쥐 연구[*]를 연장해 인간까지 포함시켰다. 이때 등장한 이가 바로 케빈 부코우스키였다. 스몰은 컬럼비아 대학교의 행동심

---

[*] 스캇 스몰 박사 등 미 컬럼비아 대학 연구진들이 하루 2만 번이나 자발적으로 쳇바퀴를 돌리며 운동하는 생쥐의 뇌에서 어떤 일이 일어나는지 연구하기 위해 한 실험. 이 연구에서 쳇바퀴를 돌리며 운동한 생쥐의 뇌에서 조그만 초록 점들이 나타났는데 이 점들이 바로 새로운 뇌세포들인데 염료로 표지하여 초록빛으로 빛나게 한 것이다. 이 연구에서 운동을 하지 않은 생쥐의 뇌에는 초록 점들이 거의 없었지만, 자발적으로 쳇바퀴를 돌린 생쥐에게는 치아이랑 한가운데 대낮처럼 밝은 점들이 나타났다. 이 연구로 운동이 새로운 뉴런의 탄생을 촉진한다는 사실이 입증되었다.

리학자인 동료 리처드 슬론이 수행하고 있던 운동 연구에 살짝 얹혀 슬론의 실험에 속해 있는 열한 사람의 치아이랑을 살짝 들여다보기로 했다.(슬론의 연구는 높은 강도의 운동이 세포에 해가 될 수 있는 염증의 지표들을 줄일 수 있는지를 탐구했는데 연구에 의하면 운동에 의해 실제 지표가 줄었다)

인간의 뇌를 스캔한 스몰은 생쥐에게서 발견했던 것과 상당히 비슷한 결과를 발견했다. 부코우스키와 마찬가지로 운동을 많이 한 인간들은 혈류의 양이 운동을 하지 않는 사람들의 두 배였고 그 증가는 기억의 주요 영역인 치아이랑에서 일어났다.

뿐만 아니라 치아이랑의 혈류는 가장 건강해진 사람에게서 가장 많이 증가했다. … 또한 가장 건강한 것으로 측정된 그 집단이 인지 검사 성적에서도 가장 큰 향상을 보였다."

저자는 또 운동이 뇌를 더 포괄적인 방식으로 돕는다는 여러 연구 결과를 자세히 소개하고 있다.

"예컨대 2006년에 발표한 최근의 한 연구에서 크레이머와 동료들은 6개월 동안 일정량의 유산소 운동을 규칙적으로 했던 60세 이상의 사람들에게서 이마엽의 회색질과 뇌들보(뇌량)의 백색질 부피가 증가한 것을 발견했다. 회색질에는 뉴런들이 들어 있다. 뇌들보란 우뇌와 좌뇌를 연결하는 신경 다리를 뜻하는데 노화에 따른 뇌들보의 퇴화는 생각의 속도가 느려지는 것과 연관되어왔다.

이 2006년 연구에서 채택한 운동 방식은 활발하게 걷기라는 다소 평범한 프로그램이었다. 일주일에 세 번 체육관 주위를 시속 4.8킬로미터의 속도로 한 시간쯤 걸어 다닌 사람들은 뇌 부피가 세 살 아래인 사람들의 것과 같았다."

"유산소 체력 단련에 참여한 나이 든 성인들의 경우는 체력단련의 함수로서 뇌 부피의 상당한 증가가 회색질과 백색질 영역 둘 다에서 발견되었지만 스트레칭과 탄력 운동을 하는 무산소 대조군에 참여한 나이 든 성인들의 경우는 뇌 부피의 증가가 발견되지 않았다."

크레이머는《저널 오브 제론톨로지》에 위의 연구 결과를 발표했다고 한다.

그렇다. 운동은 앞서 〈아름다움이 나를 구원할 거야〉에서 밝혔듯이 건강과 미용 효과 외에 머리도 좋게 한다! 그러니 나이 들수록 운동을 꼭 하자. 말은 이렇게 하지만 필자도 운동을 자주 빼먹긴 한다.

이 외에 머리를 좋게 하는 방법으로 생각을 많이 하는 것, 책을 읽는 것 등 인지적 자극과, 명상, 음식과 스트레스 조절 등이 꼽히고 있다.

국내 한 매체에 보도된 두뇌를 좋게 만드는 법 7가지다.

① 운동하라
② 명상하라
③ 생선을 먹어라
④ 염증을 퇴치하라
⑤ 두뇌 운동을 하라
⑥ 새로운 취미나 기술에 도전하라
⑦ 스트레스를 피하라

당신은 아름다운가?

시대마다, 나라마다 '아름다움'의 기준은 다소 차이가 있을 수 있지만 '젊음'만 한 아름다움은 없는 듯 하다.

'젊음의 건강한 아름다움'에 대한 예찬이야 아무리 해도 지나치지 않을 테니 말이다.

요즘은 좀 더 아름다워지고 싶은 욕구 때문에 각종 성형 상품들이 범람 하고 있지만, 그 역시도 자연스럽고 싱그러운 젊음에 비할 수 있을까?

'나이 듦'이 죄악시되거나 터부시되는 사회에서 '늙어 간다'는 사실은 슬프고 쓸쓸한 일이다. '나이 듦'은 다른 한편 변화를 거부하는 때 묻은 인 간 군상을 연상시키기도 한다.

그러니 '나이 든다는 건' 어떤 의미에서 죄악임이 분명하다.

젊은 시절의 순수함이 퇴색되고, 삶에 찌들어 가면서 서서히 이기적이 고 조금씩은 야비해지는 것이 '나이 듦'의 징후인 것도 같다.

그 때문인지 요즘은 '나이보다 젊어 보인다'는 말이 최고의 찬사가 되 었다.

그런데 얼마 전 개봉된 한 영화에서 등 굽은 할머니의 깊은 주름살과 푸 르른 녹음, 맑고 청량한 시골마을은 나에게는 미적 충격을 준 계기가 됐다.

'나이 든 사람'이 자연의 일부처럼 잘 어울린다는 사실을, 엑스트라의 대부분이 그 지역 주민이었는데 그 순박함이 참 아름답다는 걸 느낀 것이다.

가만 생각하면 이 같은 아름다움을 나는 종종 만나곤 했다.

역시 몇 해 전 80세의 노시인을 본 적이 있는데, 방대한 지식과 소박한 철학, 여전히 지적 호기심이 청년처럼 뜨거웠던 그의 한 마디 한 마디를 들으면서 '노인도 아름다울 수 있구나?', '나도 저 노인처럼 늙는다면 늙음이 두렵지 않겠구나' 하고 생각했던 것이다.

또 한 번은 1-2년 전 북한의 풍물을 소개하는 TV 프로에서 북한의 한 여성 아나운서를 보고 느낀 감상이었다.

한눈에 보기에도 추레한 한복 차림의, 쉰 살은 족히 넘었을 것 같은 이 여성의 신파조의 목소리는 그 자체에 거부감이 일었다. 젊고 예쁜 남한의 아나운서에 익숙해져 있던 나에게 대체 그 촌스러움과 방송을 하기에는 너무 늙어 버린 모습이라니! 그러나 어느 순간 그녀의 형형한 눈빛을 보고 나서 그녀가 참 아름답다는 생각을 하게 됐다.

몇 해 전 한 여성 장애인을 만나서 이야기를 나눈 후에도 비슷한 느낌을 받았다.

교통사고로 전신마비 장애인이 되어 구족으로 그림을 그리는 그녀는 얼굴 외에는 손 하나 움직일 수 없는 중증 장애인이었다. 늘 곁에 자원봉사자가 붙어 다녀야 생활이 가능하다.

화장하지 않은 맨얼굴에 앙상하게 마른 체구, 그녀를 처음 대하는 순간 '참 신경질적인' 성격의 소유자라는 느낌이 강하게 밀려왔다.

사람을 응대하는 데 있어 거추장스런 예의 따위를 오래전에 잊은 듯한 중년의 여인 앞에서 잠시 막막함이 몰려왔다.(나는 그녀를 취재하러 갔던 참이었다)

'무슨 말을 먼저 해야 할까?'

매몰차고 매운 성정의 그녀는 일단 경계심이 풀리자 잘 웃고 일사천리로 말도 잘하고 그 메마른 몸 어디서 그런 불꽃같은 기운이 생기는가 싶게 뜨거웠다.

자신의 감정을 일일이 드러내는 목소리는 그녀가 지금 얼마나 많이 외로운지, 얼마나 사람을 그리워하고 있는지 금세 상대에게 다 들켜 버리게 했다.

사랑했던 남자에 대해 이야기할 때는 소녀처럼 눈을 말똥말똥 뜨고 행복해했고 세상에서 가장 부러운 건 돈도 명예도 아니고 '남의 도움 없이 혼자 힘으로 몸을 움직여 생활할 수 있는 것'이라고 말했다.

문득 '참 아름다운 여인이다'라는 생각을 하게 됐다.

50세를 바라보는, 침대에 드러누워 몸을 조금도 움직일 수 없는 그녀가 아름답다니?

왜 그런 느낌을 받았을까 생각해 보니 보통 사람들처럼 격식을 차리고 예의를 갖추기보다 그냥 자연스럽게 자기의 모습을 조금도 가감 없이 털어놓는 모습, 의뭉스러움 같은 걸 찾을 수 없는, 한마디로 때가 묻지 않은 천진스러움 때문인 것 같았다.

"나 아파요. 나 이런 사람이에요."

숲에서 방금 살다 온 야생의 싱그러움이 그녀의 목소리에 출렁거렸던 것이다.

"당신은 아름다운가?"

젊고 늙음을 떠나 그 사람 속에 끊임없는 자기갱신의 정신을 가진 사람들, 열정과 뜨거움을 품고 사는 사람들, 순수함을 지니고 사는 사람들은 아름답다.

한평생 땅을 일구며 정직하게 살아온 촌부의 주름진 얼굴은 흙과 땅의 냄새를 닮아 있어 아름답다. 아름다운 당신을 만나고 싶은 계절, 오월이다.(천경 산문집 《키스해도 돼요?》 중 〈당신은 아름다운가〉 전문)

* * *

좀 길지만 나의 산문집에 있는 〈당신은 아름다운가〉 내용을 모두 실었다.

당신은 아름다운가? 앞서 인용한 어떤 책의 제목에는 "아름다움이 우리를 구원할 거야"라고 하지 않던가? 아름다움을 통한 구원.

우리가 제2의 인생을 '아름답게' 성공하고 싶다면 '이번 인생'은 지난 청춘의 시기와는 다른 목표를 찾아야 하리라.

잊지 말아야 할 것은 후반기의 우리 삶은 '내려놓는 것'이라는 사실이다. 욕심과 집착을 내려놓는 것.

대신 거창한 것을 생각하자.

환경 오염도 생각해 보자. 지구 온난화도 생각해 보자. 남북 문제에도 관심을 가져 보자. 교육 문제에도…. 내가 할 수 있고 기여할 수 있는 여분의 사랑에 대해서도 생각해 보자.

삶의 다른 패러다임에 대해 고민해 보자. 고치 속 자아를 벗고 큰 것, 고양된 무엇에 눈을 돌려 보자. 그럼 내가 무엇을 해야 할지, 내 재능을 어떻게 써야 할지 보일 것이다.

그렇게 하면 후반기 삶은 후회 없는 삶이 되리라.

나이 들어서도 삿된 욕심으로 펄펄 끓는 노년은 볼썽사납지 않은가?

아름다운 나와 당신이 인생의 후반부를 장식하자. 내 안에 선한 에너지들이 분출해서 도와줄 것이다.

젊은 날처럼 조바심치지 말고, 상황이 그렇게 우리를 몰고 가더라도 부디 미소 지으며 살아 보자. 치열하게 따뜻한 마음을 수시로 데려오고 자꾸 도망가는 순수함의 옷자락을 꽉 붙잡아 오자.

그런데 잘 안 된다.

상황이 자꾸 꼬이고 삶이 녹록지 않다. 그래도 신의 선함을 믿자.

홈 파인 하수도로 달려가는 나를 목 터져라 부르는 신을 믿고 우리 몸과 마음을 옮기자. 나를 옮기는 그 손. 치열한 마음. 아름답다.

무신론자들이라면 세상이 언젠가는 순리대로 간다고 믿어 보자. 낡은 이야기 같지만 사필귀정 같은 것을 믿자. 그 생각을 하면 행복해진다.

나의 여정이 세상에 유익한 것인가? 그리고 찾아 보자. 나의 재능 쓸 곳을.

아줌마는 위대하다

이웃의 젊은 엄마들이 고만고만한 아이를 데리고 놀이터며 각자의 집이며 주변의 공원, 음식점 등을 순례를 하는 걸 보면 참 부럽다.

비슷한 연령에 비슷한 또래의 아이들까지 있으니 아이는 아이끼리, 엄마는 엄마끼리 친구가 되어 고민과 정보와 수다와 웃음을 교환하는 모습은 멋진 그림을 보는 것처럼 기분 좋다.

마흔 후반에 어린이집 다니는 아이가 있는 나는 이런 일상의 풍경이 심상히 보이지 않는다. 환경과 처지가 비슷한 사람들이 서로에게 배우고, 아이들도 자연스럽게 어울리는 건 아이에게도 엄마에게도 휴식 이상의 무언가를 가져다줄 것이다.

직장생활을 하면서 이웃과 얼굴도 모르고 살아왔고 뒤늦게 아이를 낳고는 주변에서 적당한 친구를 찾기가 힘들었던 나로선 비슷한 연령의 아줌마들이 손에 손에 아이를 데리고 어울리는 모습만 봐도 가슴이 울렁거린다. 얼마나 이쁜 모습인지.

그 느낌은 내가 직장생활 중, 혹은 대학 시절, 마음 맞는 친구를 만나 서로의 이야기를 풀어내며, 공감하는 어느 순간 박장대소하던 것과 비슷할까? 고민을 토로하며 위안을 받을 때 또는 빡빡한 하루를 보내고 긴장을 풀면서 느끼던 기분과 비슷할까?

더구나 관심사가 어슷비슷하고 할 얘기도 고만고만하고 무엇보다 육아라는 '과제'에 대해 의견을 나누고 웃고 떠들고, 어울리는 장이니 얼마나 좋은가? 게다가 형제가 없어 외로운 내 자녀가 또래와 신나게 놀고 있지 않은가?

스무 살 시절, 내게 아줌마라는 어감은 구질구질 혹은 반찬 냄새 혹은 지저분함 등과 동의어였던 것 같다. 서른 살이 되었으나 아직 결혼 전이니 아줌마라는 말에 아무 느낌도 없었다. 아니다. 서른다섯을 넘고부터는 아줌마라는 단어를 동경했다. 그러나 아줌마는 나에게 그다지 관심 사항은 아니었다. 결혼을 하면 아줌마가 되는 것인데 아직 결혼하지 않았으니 느낌이 없을 법도 하다.

늦은 결혼 후에도 남편이 생긴 것 외에 나는 여전히 직장 일에 매달렸을 뿐 별다른 변화를 느낄 수 없었다. 늘 혼자이던 시간들의 사무치는 외로움에서 벗어나 옆에 힘센 남자가 있다는 사실만으로 행복했던 시절이었다. 그래서 옆집 아줌마와 친해져야겠다는 생각을 해 본 적이 없었다. 아침저녁 출퇴근하고 일요일에는 남편과 외출을 하거나 집 안에 하루종일 뒹굴고 있어도 좋았다. 굳이 옆집 아줌마와 '교감해야' 할 일이 없지 않은가?

하지만 아이가 태어나자 모든 것은 완전히 바뀌었다.

또래를 낳아 키우는 아줌마를 보면 다시 한 번 바라보게 된다. '저 아줌마하고 친하게 지낼 수 있을까? 저 꼬맹이 우리 아이랑 나이가 비슷하겠네. 여자아이네.' 젊은 아줌마는 나의 관심의 대상이다. 그러나 내성적인데다 나이까지 많으니 접근이 용이하지 않다. 상황이 이렇다 보니 젊은 엄마들이 아이들을 한둘씩 데리고 어울려 다니는 걸 보면 가슴이 뛴다.

어쩌다 이야기라도 나누게 되면 이 사람과 친구가 되면 참 좋겠다는 생각에 설렌다. 사람이 가슴이 설레는 건 스무 살 시절 사랑만이 아니라는 걸 나는 요즘 실감한다.

외로웠던 것일까?

상대방 아이 이야기도 듣고 나름대로 익힌 육아 노하우도 서로 '전수'하고 남편 이야기, 시댁 험담 등 이웃 아줌마가 살아가는 이야기는 바로 나의 이야기이므로 언제나 재미있다. 그래서 관심사가 같은 사람들이 비슷한 속내를 털어놓으면서 친구가 되는 것이 아니겠는가?

함께 어울리다 보면 더러 티격태격하기도 하고 아이들 때문에 스트레스도 받고 간혹 서로 으르렁거리며 빠이빠이 이별을 고하기도 하지만 그거야 인간 세상 어디에나 있는 현상 아닌가?

인간은 함께 살아가면서 상처도 받고 위로도 받는 외로운 존재들이 아닌가? 사람이 싫다고 고고하게 말하는 사람도 실은 사람이 그리운 사람들이다. 사람들과 부대끼면서 많이 힘들어서 그런 말을 할 뿐이지 그들이야말로 실은 사람을 더 그리워하고 사람에게 이해받고 싶은 욕구가 큰 사람들일 수도 있다. 인간은 사회적인 존재라고 하지 않던가?

서론이 너무 길다!

그런데 흥미로운 사실은 이들 젊은 엄마의 자녀들은 친구의 엄마에게 모두 이모라고 부른다는 것이다. 그것도 좋은 현상이다! 요즘은 대부분 자녀가 한두 명이니 우리 아이들이 어른이 된 세상에는 이제 이모, 고모, 삼촌 등으로 불리는 사람들이 현저히 줄어들 것이다.

피차 외로운 처지니 서로의 엄마를 이모라 부르면서 결속을 강화하고 서로에게 좋은 이모가 되어 서로를 지켜 주는 버팀목이 되면 금상첨화다.

특히 우리 사회는 피는 물보다 진하고 누가 뭐라 해도 혈연, 지연, 학연 등으로 칡넝쿨처럼 얽혀서 살아가는 세상임을 부정할 수가 없다. 세상이 이렇게 흉흉할진대 내 아이에게 이모가 많아지면 그 얼마나 든든한가! 내게 없던 언니나 동생이 새로 생긴다는 건 얼마나 좋은 일인가?

외로운 사람들일수록 무리를 짓고 싶어 하고 결핍감이 많은 사람일수록 어떤 패거리에든 들어가야 안정을 찾는 것 아니겠는가? 어찌 보면 사회적 동물인 인간이 소속감을 갖고 싶어 하는 건 당연한 욕구이다. 우리나라는 특히 그런 현상이 지배적인 사회다. 그만큼 우리 사회는 어떤 의미에서 내적으로 공허한 사람들이 많다고 볼 수 있다.

물론 원인이야 여러 가지가 있을 것이다.

해방 이후 급속하게 발전해 온 풍요로운, 그러나 '피도 눈물도 없는 냉혹한' 자본주의 질서 때문에, 그리고 현재의 IT 강국이 되기까지 앞만 보고 달려왔으므로 다들 자기 안을 바라볼 여유가 없고 뭔가에 쫓기고 있다.

하지만 이제는 변화가 필요한 시점이다. 이젠 물질적인, 혹은 외형적인 그 무엇만이 아니라 정신의 고양(高揚)이 필요한 것이다. 황폐하고 쓸쓸하게 방치해 둔 내 안에 맑은 공기와 따뜻한 햇살을 듬뿍 담아 보는 작업은 우리 각 개인이 해야 할 숙제인 것 같다.

앞으로만 달리던 우리들이 자신에게서 어쩌면 사라져 버린 지 오래됐을지도 모를 사람 냄새를 찾아보자는 것이다. 서로에게 '측은지심'을 갖자는 것이다.

이야기가 빗나갔다. 본론으로 돌아가자!

그런데 엄마 친구에게 상대방 아이들이 이모라고 부르는 건 단순하지만 결정적인 이유 때문이라는 것이 나의 결론이다. 말인즉 그냥 '아줌마'라는 말의 어감이 마뜩잖아서 그런 것이다.

아줌마라고 부르면 요즘 젊은 엄마들, 아주 싫어한다. 자기가 아줌마지 그럼 아저씨인가? 아줌마를 아줌마라고 부르는데 왜 그리 거부감을 느끼는지 알 수가 없다.

나는 노처녀 시절 누가 나를 보고 아줌마라고 부르면 안도가 되기도 했다. 내가 결혼할 만한 사람이라는 얘기 아닌가? '결혼도 못 한' 노처녀가 아니라 아줌마라고 불러 주는 것이 그다지 나쁘지 않았는데 말이다.

물론 젊은 엄마들이 아줌마라는 말을 싫어하는 건 이 말을 아줌마의 본래 의미보다는 아줌마라는 말에 묻어 있는 어떤 무식함 혹은 뻔뻔함, 몰염치, 고등어 냄새 등과 동일시하기 때문인 것 같다. 하지만 내 생각은 아줌마의 진정한 의미를 복원해야 한다는 것이다. 아줌마라는 말 속에 든 숭고함과 관대함과 헌신과 아량과 온유함의 정신 등등을 되찾아 오자! 그냥 우리 서로를 아줌마라고 부르자는 것이다!

아줌마가 얼마나 위대한지는 내가 아줌마가 되어 보니 알겠다.

아줌마 중에도 자발적으로 아이를 낳지 않는 이도 있을 테고 불임 등의 이유로 아이가 없는 수도 있지만 이런 경우를 제외하면 아줌마는 결혼하고 아이를 낳아 기르는 여자들이다. 그런데 이 변화는 참으로 대단하다.

결혼 전에는 단출하게 자신에게만 많은 '투자'를 하면서 개인 아무개 씨로 살았다면 결혼과 임신, 출산과 육아의 과정에서 여성들은 남성과 비교할 수 없을 만큼 많은 여러 가지를 감당하는 해결사 역할을 하게 된다. 맞벌이 주부라 하더라도 마찬가지다.

남성들이야 '경제권'을 부인에게 넘겨주고 돈 벌어다 주는 역할을 하지만 여성들은 가정경제의 운용부터 육아와 자녀 교육, 일가친지 관리 등 새로운 '업무'를 담당해야 한다. 이 '업무'는 직장 업무와는 달라서 단순히 지식이나 능력만으로, 노력만으로는 어림없는 종류의 세계인 것이다.

처음에는 다들 힘들어해도 주부가 되고 엄마가 되면서 여성들은 대부분 이런 변화를 잘 소화한다.

낯선 변화를 몸으로 경험하고 실천하면서 가정을 든든히 지켜 내는 아줌마들이란 실로 대단한 능력의 소유자라는 것이 나의 생각이다.

잘 다니던 직장을 육아의 문제로 휴직하고 짧게는 3-4년, 길게는 10년 이상 집에 있다가 재취업에 나서는 여성들은 괜히 주눅이 들기도 하는데 그럴 필요 없다. 이 기간 동안 직장에서 쌓은 경력 못지않게 중요하고 자랑할 만한 새로운 경력을 이력서에 추가하게 된 것을 자축해야 하리라! 그리고 사회는 이를 반드시 인정해 주어야 한다.

실제로 재취업한 주부들이 사회에서 성공한 예는 부지기수다. 그 기간만큼 인간으로서 충분히 담금질이 되었고 마음에 사랑과 온유함이 — 정도의 차이는 있겠지만 — 자리하고 있고 또 센스, 즉 눈치코치가 몹시도 빠르다. 자녀의 마음을 읽어 내는 엄마의 감각은 탁월하다. 게다가 주부로서 '오래 참고' 인내해 왔으므로 사회생활에서 웬만한 좌절에 끄덕도 하지 않을 배포를 지니게 된 것이다. 이들은 무슨 일을 하든 잘할 수밖에 없다. 이전과는 다른 새로운 '제3의 인간이 탄생한 것'이다.

자신의 능력과 적성에 맞는 직종에 재취업한 주부들이 실패하는 경우는 드물다. 혹 전에 하던 업무를 다시 할 경우 잠시 동안 헤맬 수는 있지만 일시적일 뿐이다.

아줌마는 위대한 사람들이다! 물론 개중에 '나쁜' 쪽으로 머리를 굴려, 치맛바람, 땅 투기, 사교육, 과소비와 명품 열풍 등등 재주를 과시하는 경우도 왕왕 있었다.

이 위대한 아줌마들이 이제 아이들을 키운 후 사회에 공헌할 수 있는 길을 열어 주어야 한다. 적재적소에서 잘 활용하면 좋은 성과를 낼 수 있다.

많은 변화가 일고는 있지만 아직도 우리 사회는 남성 중심의 사회이고, 중요한 요직을 남성들이 꿰차고 있으면서 남성이 움직여 가는 사회다. 그러다 보니 여성들의 각개 전투가 종종 암초에 부딪칠 수도 있다. 하지만 아줌마는 암초를 뚫을 힘도 있다고 본다. 그렇게 해서 아줌마와 아저씨가 함께 굴려 가는 사회가 된다면 세상은 지금보다 더 인간적이고 외형적인 '성장'에도 도움이 될 것이다.

법으로 주부 재취업을 명문화하라!

그런데 이런 자랑스런 '아줌마'라는 말을 아줌마 본인들이 싫어하고 사용하기를 꺼려 하는 건 불행한 일이다. 아이들이 아줌마라고 부르면 다정하게 대답해 주자! 얼마나 좋은 말인가? 아줌마! 나는 내가 아줌마라는 사실에 감사한다. 옷에서 반찬 냄새가 나고 구질구질 생활의 냄새가 나는 아줌마, 마음이 한없이 넓고 사랑이 넘실대는 아줌마로 오래 머무르고 싶다. 그리고 인간에 대한 경외감과 호감 가는 미소가 다른 이들에게 퍼져서 세상이 멋진 아줌마들로 넘쳐 나기를 바란다.

아줌마
난 당신이 좋아요!
내가 아줌마라 참 좋아요![*]

---

* 이 글은 천경 산문집《내 안에는 작은 아이가 산다》(북코리아, 2013)에 수록된 내용을 다시 게재한 것입니다.

CEO 되기

갈수록 TV 보는 시간이 줄더니 요즘은 밤 9시 뉴스나 잠깐 보는 수준이다. TV를 켜면 종종 〈강연 100℃〉라는 프로그램이 나오는데 개인적으로 그 때가 짬이 나는 시간대인가 보다.

〈황금알〉, 〈동치미〉 등 리모컨을 돌리다가 알게 된 프로그램도 간혹 보지만 드라마나 여타 프로그램과는 담을 쌓고 지낸 지 오래다.

요즘 재미있는 드라마가 뭔지, 요즘 뜨는 아이돌 가수가 누군지 모르고 지내다 보니 세상 흐름에 뒤처지는 것 아닐까? 은근히 조바심이 난다. 그래서 나의 레이더망에 걸린 새 배우나 가수의 이름은 꼭 기억하려고 한다. 으이구! 내 참!

낮에는 주부로서 바쁘고 딸아이가 학교에서 돌아온 후부터는 온전한 내 시간이 없으니 말이다. 이야기가 곁길로 샜다.

아무튼 하루 TV 시청 시간이 극히 짧은데 간혹 TV를 켰다가 횡재한 느낌이 들 때가 있다.

오늘 오후에도 TV 채널을 돌리다가 어떤 아리따운 아가씨가 '막걸리 장사'로 성공한 경험담을 풀어내는 장면을 접하게 됐다. 젊고 예쁜 아가씨가,

4천만 원으로 시작한 막걸리 바가 성공해서 일본까지 사업을 확장한 과정을 강연 형식으로 풀어내고 있었다.

이 젊은 CEO는 '장사' 예찬론을 펼쳤다.

명문대 졸업 후 신문 기자 생활을 하며 요즘 회자되는 '갑'의 위치에 있다가 창업을 한 과정을 흥미 있게 설명했다. 이 여성 CEO는 "대기업이든 중견기업이든 그곳에서 나는 단순한 직원"에 불과하고, 나중에 대표이사나 임원이 되는 경우는 극소수라며 단돈 100만 원만 있어도 장사를 시작해 보라고 했다. 그녀의 '장사예찬론'은 이어졌다. 작게 시작한 장사라도 시행착오를 거쳐서 큰 결실을 맺을 수 있다고. 장사는 열심히 해서 잘되면 번 돈이 전부 '내 것'이라고. 통장의 잔고가 기하급수적으로 늘어날 때의 뿌듯함은 중독 같다고. 또 내 가게에 지인들을 초대하는 기쁨에 대해서도 언급했다.

단 을이 될 마음가짐이 필요하고, 절실함이 있어야 한다고 강조했다. 장사라는 것은 학벌, 스펙, 지연 등을 부질없게 만든다며 장사의 '매력'을 누차 이야기했다. 그렇다. 장사하는 데는 대단한 학벌도 스펙도 필요 없고 지연도 인맥도 별반 쓸모가 없다. 그러니 작은 규모라도 일단 시작해 보라는 주문이었다. 고진감래 끝에 돈 버는 재미를 알게 된다는 것.

유난히 강조하는 대목이 있었는데 "을이 될 각오가 반드시 필요하다"라는 부분이었다.

장사하는 사람은 손님에게도 을이고, 함께 일하는 직원들에게도 을이 되어야 한다는 설명이다.

매일 새벽 손님이 토해 놓은 오물을 청소해야 했고, "내 술 한잔 받으라"

라며 술집 종업원 취급하는 손님에게도 여유롭게 대처해야 했다. 또 막걸리 값이 비싸다고 트집을 잡는 손님도 있고 아르바이트생이나 직원이 갑자기 떠나기도 하는 등 어려움이 한두 가지가 아니었단다.

그 여성이 신문사 기자 재직 때는 매사에 갑의 위치였다고 한다. 누구나 인터뷰해 주는 것을 환영했고, 치명적인 문제성 기사만 쓰지 않는다면 기자라는 직업은 항상 갑이었다. 그러나 장사를 하게 되자 상황이 완전히 바뀌었다고, 기꺼이 을이 되는 것이 장사의 기본 요건이라고 했다.

그녀는 사업을 와인바 쪽으로 넓혀 갈 계획이라고 한다. 그러면서 거듭 강조하는 부분이 있었는데 바로 직원에 대한 배려를 잊지 말라는 것.

젊은 CEO로서 향후의 변화와 트렌드를 고민하고 자신만의 노하우를 설명하는 모습이 멋지다.

"CEO가 되어 볼까?"

"좋고 말고!"

외골수이거나 고집불통이거나 하여간 관계에 어려움을 느끼는 사람이라면 'CEO 되기'라는 생각 자체를 못 할 것이다. 적어도 창업을 생각하는 주부라면 기본적으로 사람 만나는 것을 좋아하고 친화력이 있을 것이다. 게다가 자녀를 키우고 결혼생활을 통해 헤아릴 수 없는 시험을 거쳐 왔지 않은가?

미혼 여성보다는 CEO로 재능을 잘 발휘할 수 있는 사람들이 주부다. 깡도 있고 든든한 백그라운드인 가족도 있고 아줌마로서의 내공도 쌓았기에 창업은 아줌마들이 덤벼들기에 좋은 분야다.

단 그 분야에 대해 충분히 공부하고 실패해도 일어날 각오로 덤벼드는 근성이 필요하다.

기꺼이 을이 되는 '수모'를 감당할 수 있는지 나를 살펴보자.

유망 직종

"기계를 중심으로 돌아가던 세상은 사람의 재능과 불꽃, 그 창의성이 빛을 발하는 시대로 접어들고 있다. 그 질주는 오늘 아니면 내일 시작되거나 이미 시작되었을 수도 있다."

"인류가 정작 필요로 하는 것은 휴식과 위로, 그리고 생존을 보장할 수 있는 환경이다. 따라서 레저와 엔터테인먼트를 통해 위로받고, 그간 산발적으로 성장해온 과학기술의 이면에 뒤처진 인문학과 예술 등의 지적콘텐츠에 주력하는 새로운 교육이 확장되고, 삶의 질과 수명연장의 꿈이 중심으로 들어오게 될 것이다. 이는 코스메틱, 성형, 스파 등의 산업이 최근 급격한 성장을 보이는 배경이기도 하다. … 같은 맥락에서 헬스케어의 중요성은 향후 30년간 전 세계 산업의 화두가 될 것이다. 현재 인도를 제외하고 30세 이상의 인구가 증가하고 있는 곳은 아프리카밖에 없다. 전 지구적인 고령화는 기계산업의 동력을 떨어뜨리는 대신 건강과 생명에 대한 관심의 증대로 이어질 수밖에 없다. 생명과 헬스케어, 기타 사람을 대상으로 한 새로운 산업의 물결은 남태평양의 지진처럼 이제 막 거대한 쓰나미를 준비하는 초기단계라고 할 수 있다."

위 글은 시골 의사로 잘 알려진 박경철 씨의 저서《시골의사 박경철의 자기혁명》(리더스북, 2011)에 나오는 내용의 일부다. 그는 이제 "기계 생산 분야가 아니라 레저, 엔터테인먼트, 코스메틱, 교육, 헬스케어, 바이오 청정에너지 같은 사람 중심의 시스템" 쪽으로 세상이 변화하고 있다고 말한다. '사람과 사람의 스파크가 바로 부가가치가 되는 시대'라는 설명이다. 그는 이런 변화의 시대에 '대기업 입사를 위해 스펙 경쟁에 목을 매고 있는' 현상을 시대착오적이라고 단언한다. 박경철 씨의 주장이 아니더라도 우리 모두는 이런 사회적 흐름을 감지하고 있다.

주부들도 세상 물살의 흐름을 바로 타고 가는 것이 필요하다.

필자가 대학에 다니던 80년대만 해도 속기사 공부를 하는 친구가 꽤 있었는데 이들이 자격증을 따면 국회사무처 등 '괜찮은 곳'에 취업했다. 당시는 그 공부를 한 친구들을 부러워하기도 했다. 그러나 요즘 속기사라는 직업군은 멸종되었다는 생각이 들 정도다. 또 필자가 기자 생활을 하던 80년대 중·후반만 하더라도 신문 활자를 붙이는 대지발이라는 직업이 있었으나 90년대부터 신문사마다 CTS(Computerized Typesetting System) 제작 시스템을 앞다투어 도입함으로써 이 직업군 역시 소멸된 지 오래됐다.

컴퓨터 조판 시스템 CTS가 도입됨으로써 편집 시간 단축 등 신문 제작 환경이 획기적으로 개선되어 가히 신문 편집의 혁명을 맞은 것이다.

불과 20-30년 전과 다른 시대에 우리는 살고 있다. 미국 정부는 현존하는 직종 가운데 80%가 10년 후에는 소멸할 것으로 예측하고 있는 실정이다. 우리가 세상 변화의 맥락을 예리하게 파악해야 할 이유가 여기에 있다.

예전에는 우울증, 마음치료, 힐링이라는 말을 들어 본 적이 없다. 먹고살기 힘들던 시대였으니 중년이 되면 몸에 살이 붙어 있는 것이 부(富)의 상징처럼 여겨졌다. 보기 좋게 '뚱뚱해야' 후덕하다는 평을 받았고 '사장님' 혹은 '사모님' 소리를 듣던 시절이 있었다. 요즘은 '뚱뚱한' 것은 '죄악'이며 게으름이나 나태함의 상징으로 여겨지기 십상이다. 한 걸음 더 나아가 뚱뚱한 것은 부의 상징이 아니라 가난의 상징이 되었다. 세련된 몸매가 부의 상징이 되어 버린 시대에 살고 있다. 부와 가난, 미와 추를 보는 눈이 변했고 외모에 대한 선호도가 달라지고 있다. 우리는 이제 힐링과 여가가 필요하게 되었다. 아름다움 쪽으로 눈을 돌리고 있다.

개발독재 시대에는 앞뒤 보지 않고 전력 질주해 왔다면 이젠 웰빙, 즉 건강과 아름다움, 치유와 행복을 중요한 가치로 생각하게 된 것이다. 또한 앞만 보고 달려왔던 지난날을 돌아보며 이젠 잠시 멈추고 쉬고 싶다. 너의 손을 잡고 싶다. 소통하고 싶다. 우리는 외롭다.

이런 흐름을 파악해야 한다. 지금 당장 호황인 듯하지만 곧 물거품처럼 사라질 것을 식별하는 응시가 필요하다. 주부들이 공부해야 하는 이유가 여기 있다.

문득 《장자》 〈소요유〉 편의 한 대목이 떠오른다. 송나라 사람이 '장보'라는 관(冠. 갓. 모자의 일종)을 팔려고 월나라에 갔다. 아마도 부푼 꿈을 안고 갔을 것이다. 그런데 아뿔싸! 그곳 월나라 사람들은 머리를 짧게 깎고 문신을 하고 다녔으므로 관은 아무 소용이 없게 된 것이다. 지금 이곳에서는 매우 '핫'한 아이템이 다른 곳에서는 별반 쓸모가 없을 수도 있다는 것, 또 지금 이곳에서는 '쓸모없지만' 다른 곳, 다른 시간에는 매우 '쓸모 있다는 것'을 통찰하자. 물론 장자가 살던 시대와 지금은 다르다. 전 세계가 실시간으로 연결되어 있으니 말이다. 그래도 '블루오션' 지대는 있고 또 지역 간의 특색과 차이가 엄연히 있다. 역으로 이제는 전 세계가 이웃집이다. 이곳의 트렌드와 유행은 초 단위로 순식간에 바다 건너로 날아간다. 다른 별에게까지가 닿는다. 지금 이곳과 저곳의 차이와 유사성을 조망하는 눈과 따뜻한 가슴의 힘이 필요하다.

특히 위 시골 의사 박경철 씨가 추천하는 분야는 주부에게 친숙하다. 전 세계적인 패러다임이 주부들에게 유리하게 가고 있다. 힘을 상징하는 기계 생산 분야가 아니라서 여성들이 접근하기 용이하다. 세상이 근육질의 힘이 아니라 아름다움과 힐링과 쾌적한 환경 같은 여성의 섬세함을 요구하고 있는 것이다.

참, 월나라에 갓을 팔러 간 그 사람 어찌 되었을까? 송나라 사람의 이 이야기는 〈소요유〉 편에 매우 짧게 언급됐을 뿐이다. 요임금의 일화를 위해 잠시 인용됐을 것이지만 어쨌든 송나라 사람의 이후가 나는 궁금하다. 어떻게 되었을까?

알 수 없다. 그러나 그 사람은 잘됐을 거라고 생각한다. 그의 남다른 도전정신과 아이디어, 국경을 넘은 용기. 당장은 실패하고 어리둥절했을 것이지만 그의 실패에는 이미 성공의 싹이 발아하고 있다. 시공을 초월한 진리다. 실패 속에 꽃피는 성공.

그렇다. 국경을 넘고, 나의 한계를 넘는 정신, 나의 역량의 끝까지 가 보려는 의지를 갖자.

실패 탈출 방법

빛나지 않는 막대기 같은 사람들이
가슴에 싱싱한 지느러미를 달고
헤엄쳐 갈 데 없는 사람들이
불쌍하다고 생각하는 순간,… — **최승호 〈북어〉 중**

살다 보면 무엇을 해도 실패하는 경우가 있다. 발 딛는 곳마다 늪이요, 움푹한 구덩이다. "인생은 절반은 사건이 일어나고 나머지 절반은 그 사건을 처리하며 사는 것"이란 만화영화의 대사가 떠오른다.

도처에서 사건이 일어난다. 그런데 비슷한 사건이 계속 발생한다면 뭔가 잘못하고 있다는 사인으로 받아들여야 할 것이다. 원하는 일을 찾았는데, 그 일에 재능도 있는데 잘 안 되는 경우도 있다.

한 우물만 아무리 파도 물이 나오지 않는다. 그런 경우가 있다.

어떤 책에서 읽은 구절이다.

파리 한 마리가 닫힌 창에서 윙윙거리고 있다. 창밖으로 나가려고 아무리 애를 써도 굳게 닫힌 창문은 열리지 않는다. 닫힌 창문에 머리를 부딪히며 밖으로 나가려고 파리는 사력을 다해 사투를 벌인다. 이제 기력이 떨어진 파리는 창에 부딪혀 머리에서는 피가 나고 기진맥진해서 쓰러진다.

아! 그런데 바로 그 닫힌 창문 옆쪽으로 열린 창문이 있었다. 파리는 그 열린 창을 보지 못한 채 닫힌 창문을 열려고 무모한 힘을 쏟다가 결국 죽고 만다.

아무리 해도 안 되는가? 우리는 혹 이 가여운 파리처럼 고개 돌려 열려 있는 창을 바라보지 못하고 눈앞에 있는 닫힌 창을 열려고 안간힘을 쓰고 있는 것은 아닐까?

방법을 바꿔라!

하루하루 어제 같은 오늘이 반복되고 오늘 같은 내일이 지속되는가? 죽을 둥 살 둥 힘쓰는데도 조짐이 보이지 않는가? 내 앞을 막고 있는 벽이 끄덕도 하지 않는가? 그렇다면 방법을 바꿔 봐야 할 때다.

우리는 늘 같은 방식으로 살아왔으므로, 뭐든 바꾸기가 쉽지 않다. 무얼 어떻게 바꾸어야 하는지도 잘 모르겠다. 바꿔야 하는 것이 삶의 태도인지, 목표인지, 행동 방식인지.

어쨌거나 변해야 한다는 생각이 들었다면 숙고해 보자.

나의 과녁이 다른 지점에 있는 것은 아닐까? 나의 재능은 지금 끌어안고 있는 이것이 아닐지도 모른다.

고개를 들어 다른 것을 바라보자. 다른 것에 관심을 가져 보자. 그때 와 꽂히는 것이 있다면 무심히 넘기지 말자. 전혀 기대치 않던 어떤 곳이 목표 지점인지도 모른다.

살다 보면, 내가 지금 꽉 쥐고 있는 것을 놓아야 하는 경우가 있다. 비단 재능을 찾는 것에만 국한되지 않는다. 집착을 내려놓으면 새롭게 눈에 들어오는 것이 있다.

우리는 "어떤 일이 있어도 절대로 포기하지 말라"라는 명사들의 강의를 듣곤 한다. 목표를 향해 가는 도정에서 어려움이 있다고 자꾸 포기하다 보면 아무것도 이루지 못한다고. 일리가 있다. 끈기가 없어서 수시로 변덕을 부리고 유행과 시류를 쫓으며 목표를 바꾸는 것은 어리석다.

뚝심을 가지고 한 우물을 파는 것이 필요하다. 하지만 우리가 그렇게도 애정을 갖고 애쓴 그 우물을 포기해야 하는 경우도 있다는 것을 알 필요는 있다.

바꿔야 할 것이 우리의 태도나 행동일 경우도 있다. 늘 같은 방식으로 접근하면 같은 방식으로 실패할 뿐이다.

두려워하지 말라

그런데 참으로 두렵다. 이렇게 오래 시간과 돈과 열정을 '소모'했는데 이것을 버리고 엉뚱한 것을 기웃거리다니! 이 두려움이 우리의 발목을 잡는 방해꾼이다. 두려움은 여러 가지 종류가 있다. 새로운 것에 낭패할까 하는 두려움이 가장 크게 다가올 수 있다. 이럴 경우 장고해야 한다.

거듭 실패하는 이유가 무엇인가?

깊이 자기에게로 들어가 이유를 찾아 보자. 소위 '여기가 아닌가 봐' 하는 생각이 지배적이라면 용기 있게 다른 우물로 가자. 그런데 이런 판단을 어떻게 할까? 물론 여러 가지 전망과 현황 파악이 필요하다. 그러나 더 중요한 것이 있다. 그저 내면의 인도를 따라가 보자. 스치는 직관을 놓치지 마시라. 내 안에 답이 있다.

홀로 산책을 하면서, 종교가 있는 사람은 기도를 하면서, 명상을 하면서, 여행을 하면서, 운동을 하거나 등산을 하면서 캄캄한 밤 잠에서 깨었을 때 스쳐 오는 한 줄기 생각….

내 깊은 곳에 있는 지혜를 빌리자. 그곳의 울림을 듣고 그곳에서 이끄는 선택을 하면 된다.

자기계발서 저자들은 이 경우 잠재의식 자체를 내가 의식적으로 변화시킬 수 있다고 역설한다. 내가 잠재의식에게 끊임없이 잘될 것이라는 신호를 주면 원하는 일이 잘될 것이라고. 아무튼 자기 내면의 소리에 따라 선택했다면 희망적인 생각을 품고 나아가면 된다. 이때 두려워하지 말고 가야 한다. '안 되면 어쩌지?', '지금 이 나이에 이걸 해서 뭐가 되겠어?' 등등.

이 같은 생각은 내 안에 두려움이 가득하다는 것이다. 이런 두려움이 우리를 변화하지 못하게 하고 앞으로 나가지 못하게 한다. 내 안에 똬리 틀고 있는 부정의 마음을 버리자. 낙관적인 마음과 자기 신뢰가 필요하다.

사랑의 마음으로 하라

그다음은 내 마음을 보자. 내 마음에 사랑을 가득 담아 주변에 나누어 주자.

사실 이것이 가장 어렵다. 무형의 사랑을 주는 마음. 진심으로 내 손을, 내 수고를 내주는 것, 돈을 몇 푼 주는 것이 더 쉽다. 마음을 내주는 것은 가장 어려운 일이다. 자비를 베풀자. 자비는 하느님과 부처님만 베푸는 것이 아니다. 승부에 연연하지 말고 실적에 마음 쓰지 말고 한 템포 늦추자. 열정과 온유함으로 열렬히 웃자.

창조적으로 응전하라

앞서서도 말했지만 실패가 반복된다면, 게다가 그 일이 즐겁지 않다면, 아무튼 바꿔야 하는 신호로 보면 된다. 기계적으로 바꾸지 말고 창조적으로 바꾸자. 숨 고르기를 하자. 파리가 닫힌 창문에 수백 번 머리를 짓찧어도 창문은 열리지 않고 파리는 피를 흘리며 죽고 만다. 그때 "잠깐!" 하고 창조적인 다른 대응법을 찾아 보자. 그러면 저쪽 옆쪽에, 열려 있는 창문이 손짓하는 것을 보게 된다.

같은 패턴, 같은 사고방식, 같은 방향으로 아무리 맹렬히 달려가도 목표에 갈 수가 없다. 그러나 방향만 조금 틀었을 뿐인데 콸콸 차가운 지하수가 솟고 살갗을 스치는 분홍빛 바람이 살랑살랑 내게로 온다. 바람 앞에 바람처럼 가벼워진 몸으로 그 바람을 타고 가자. 살랑살랑, 나는 바람을 타고 가는 여장부. 나는 완전 가볍다. 바람을 잘 타면 중력 따위 신경 쓸 필요가 없다.

아무리 해도 안 된다면 일단 무작정 쉬자. 열심히 쉬다 보면 뭔가 잡힌다.

part

3

내 몸속에 잠든 이 누구신가

내 몸속에 잠든 이 누구신가

그대가 밀어 올린 꽃줄기 끝에서
그대가 피는 것인데
왜 내가 이다지도 떨리는지

그대가 피어 그대 몸속으로
꽃벌 한 마리 날아든 것인데
왜 내가 이다지도 아득한지
왜 내 몸이 이리도 뜨거운지

그대가 꽃 피는 것이 처음부터 내 일이었다는 듯이.
— 김선우 〈내 몸속에 잠든 이 누구신가〉

그대가 꽃 피는 것인데 왜 내가 이다지도 떨리는 걸까?
그렇다. 당신이 활짝 피어나는데 내 가슴이 설렌다. 그런 경험이 있는가?

알고 지내는 이웃 여인의 딸아이가 취업되었다는 소식을 듣고 나는 좋
아서 가슴이 뛰었다. 딸의 합격 소식을 전하는 여인의 상기된 표정을 보자

내 가슴이 요동치는 것 아닌가? 그녀의 마음이 고스란히 내게 전해진 모양이다.

젊은이들의 취업이 사회 문제가 될 만큼 어렵다고 하지 않는가. 그런데 지방대 나온, 엊그제 대학 졸업장을 받은 이웃의 딸이 필기시험과 면접시험까지 치르고 모 중소기업 연구직에 취업이 되었다고 하니, 참으로 대견하다는 말이 고장난 수도꼭지에서 물 흐르듯, 나도 모르게 내 입에서 줄줄 흘러나왔다.

무엇보다 '그 말을 전하는 '엄마'가 지금 얼마나 좋을까?' 하는 생각에 마치 내가 그녀가 된 것 같았다. 또 아직 어린 내 딸이 취업 시험에 통과한 듯한 착각이 들었다. 정말 내 아이가 어려운 시험에 합격한 순간의 기분이란, 꼬질꼬질하게, 서서히 늙어 가는 여인의 지금의 감격 그대로일 거라고 생각했다. '나중에 우리 딸도 취업되면 이런 기분이겠지!'

이사 와서 알게 된 그 여인과 함께 겨울 산에 가는 길이었다. 날은 춥고, 당장 비가 쏟아질 듯 우중충했으나 내 가슴은 두근거리고 아찔한 현기증까지 느껴졌다. 그러다 내가 흥분하는 다른 이유가 생각났다.

그 시절, 20대 중후반의 어느 날로 무언가가 나를 데려갔다. 마치 그때의 내가 취업에 성공해서 사회생활을 향해 막 발을 들여놓은 듯한 기분 속으로.

꽃피는 스물몇 살 시절의 내가 야무진 꿈을 품고서 발걸음도 가볍게 출근하는 어느 장면.

"그 집 딸이 취업됐는데 왜 내 가슴이 이렇게 떨리지?"

나는 혼자 말했다. 여인은 웃고 있었다. 여인을 처음 만났을 때 느낌은 뭐랄까? 이렇게 말하는 것이 미안하지만 삶의 곤궁함이 얼굴에 몸에 억척스럽게 내려앉은 인상이었다. 나중에 알고 보니 겉보기와는 다르게 현재는 나름대로 풍족한 생활을 하는 사람이었다.

아무튼 마음 아프게 느껴질 만큼 삶의 거센 물살을 몸으로, 얼굴로 담고 있는 그런 용모. 그런데 그 딸이 괜찮은 중소기업의 연구직에 대학 졸업과 함께 취업이 됐으니 한시름 놓게 되겠다는 생각을 했다. 나는 그녀 안의 마음을 고스란히 느끼면서 전율할 만큼 좋았다.

그대가 밀어 올린 꽃줄기 끝에서 그대가 피는 것인데 왜 내가 이다지도 떨리는 걸까? 이토록 나를 설레게 하는 내 몸속에 잠든 이는 누구신가? 나는 그날 내내 신열로 들뜬 사람처럼 벅차오르는 스무 살 시절의 나를 떠올리며 그 시절 꿈꾸었던 소망들과, 만나고 싶었던 사랑과, 아직 어설프던 젊음과 만나 차 한잔하는 마음으로 오래된 기억 속을 이리저리 뛰어다녔다.

지나간 기억들이 애절하지 않은 것이 어디 있으며, 흘러간 옛날이 아름답지 않은 것이 어디 있을까?
그때, 나는 무모하게 용감했고, 뜨거웠고, 희망과 갈망과 실망과 절망 사이를 왔다 갔다 하며 뭐가 뭔지 알 수 없는 삶의 행렬 사이를 열심히 달음질했다.

이제 나의 이웃의 그 어여쁜 여자아이가 세상을 향해 첫 출근을 하는구나.
그렇다. 지금 우리가 지녀야 할 품성 중의 하나는 '그대가 꽃 피는데 왜 내가 이다지도 떨리는가?' 하는 마음일 것이다. 당신이 잘되는 데 내가 왜 이렇게 좋은가? 내 친지가 성공하는데 내가 왜 이렇게 기쁜가? 내 친구가 합격했는데 왜 이렇게 내 가슴이 달뜨고 혼미해질까?

그 기쁨, 황홀함을 느끼는 것이다. 남의 기쁨에 진심으로 기뻐하는 능력을 키우는 것이 지금 우리가 지녀야 할 마음 자세라고 말하고 싶다. 기쁨을 함께 느껴 본 사람은 알리라. 내가 얼마나 풍요로워지는지를. 내 안에 잠든 이의 사랑과 선함을 소름 돋게 맛보게 된다.

쉽고 간단하게 이 기분의 좋은 점을 한 가지만 말하면 이런 거다. '네가 그렇게 잘되는 걸 보니, 그래 곧 내 차례도 멀지 않았구나'라는. 사촌이 땅 사면 배 아파하지 말고 진심으로 기뻐하자. 내 안에 잠든 거인이 함께 기뻐할 것이다.

초등학교 시절부터 단짝이던 친구가 중학교에 가더니 반에서 1등을 한 적이 있다. 그때 나는, '이야! 1등 하기 참 쉬운 거로구나' 생각했다. 나의 단짝이 1등을 했으니 내가 못 할 이유가 없다고. 그때도 질투의 마음보다는 '심쿵하던' 기억.

그 후 내가 1등은 못 했지만 1등 주위는 맴도는 성적을 거둘 수 있었고 고등학교에서는 3학년 때부터 그 아이를 앞지를 수 있었다. 초등학교 시절에 성적이 빼어난 수준이 아니었기에 읍내 여러 초등학교와 또 훨씬 더 많은 중학교에서 내로라하는 아이들이 모인 중·고등학교에서의 '분발'은 나로서는 대단한 성과였음에 틀림없다. 단짝이었던 그 아이가 '잘되는 것'

을 보지 못했다면 어쩌면 나는 1등이 대단한 그 무엇이라고 생각하며 엄두도 못 냈을 것이다. 주변의 모든 것을 내 희망의 증거로 보는 능력이 필요하다.

나와 가까운 친구나 친지, 이웃이 잘되는 것을 좋아하고 기뻐해야 할 이유는 곧 내 차례가 온다는 이치뿐이 아니다. 그 기쁨의 은밀한 순간 속에 내가 분발하고, 잊혔던 나의 본래의 능력과 풍요로움 안에서 내가 불쑥 성장한다는 것이다.

사랑을 주자. 사랑을 하자. 그래야 내 차례가 온다. 그래야 내가 잘된다.

잘되기 위해서가 아니라 그냥 좋은 마음을 품자. 그 연습을 하자. 그것이야말로 나에게 이웃에게 타인에게 세상에게 보시다.

인색한 마음의 자락 끝으로는 인색한 마음이 나를 향해 달려올 것이다.

그런데 잘 안 된다. 하지만 연습하자. 박수 치자. 내가 아니라 남에게, 내 아이가 아니라 남의 아이에게 더 많이 박수 쳐 주면 박수 소리가 나에게로 돌아온다.

돌려받으려고 하지 말고 힘껏 박수 쳐야 돌아온다. 앗, 이 역설의 슬픔과 기쁨.

나는 나를 얼마나 사랑할까?

나는 나를 얼마나 사랑할까?

문득 우리가 자신을 사랑하지 못할 때, 많은 오해와 왜곡이 생길 수 있다는 생각을 했다. 다른 사람의 말 한 마디, 표정 하나에 휘청거리게 된다는 것도.

지난주 어떤 일을 계기로 문득 5월 어느 날이 생각났다.

토요일, 아이와 함께 수원 남문 시장에 갔다가 근처 롯데리아에 들렀다. 패스트푸드가 안 좋다는 것은 알고 있지만, 절제해서 조금씩 먹인다. 햄버거와 치킨너겟, 치즈스틱 등등을 먹는 중이었다. 유난히 춥던 지난 겨울의 흔적은 사라지고 따뜻한 봄기운이 가득한 오후의 거리가 꿈결인 듯 흐느적대는 한낮이었다. 여기저기서 꽃 내음이 나고, 투명한 햇살과 햇살, 춤추듯 살갗에 닿는 바람, 창밖으로 사람들과 자동차 행렬…. '이대로 잠시 시간이 흐르지 않았으면 좋겠어.'

"엄마는 봄이 와서 참 좋다. 봄이 와서 정말 좋아. 넌 어떤 계절을 좋아하니?"

"엄마, 좀 조용히 말해, 남들이 다 듣잖아."

"들으면 어때?"

"사람들이 바보 아줌마라고 놀리면 좋겠어?"

7살 딸아이는 엄마가 상황에 맞지 않는 말을 하거나, 수다스러울 때 핀잔을 줄 만큼 컸다.

그때 문득 젊은 남녀가 우리 앞자리에 앉았다. 나와 마주 보는 자리에 앉은 청년과 눈이 마주쳤다. 뭐랄까? 길고 갸름한 얼굴에 눈, 코, 입의 윤곽이 분명했고, 피부가 창백해 보였다. 파란 턱수염과 콧수염이 나름대로 매력적이었고, 머리에 착 붙은 빵모자를 쓰고 있었는데 그 느낌이 보통 사람들과는 좀 달랐다. 내가 아는 어떤 시인을 닮은 것도 같고, 개성 강한 영화감독이나, 아방가르드 풍의 예술가 같은. 약간 그로테스크한 느낌이었지만, 누가 봐도 멋지다고 할 만한 용모의 청년이었다. 나이는 30대 초 · 중반, 혹은 20대 후반이라 해도 그런가 싶은 남자였다. 그런 외모의 남자니 당연히 한 번 더 보았다. 그게 인간의 심리 아닌가? 범상치 않은 외양에 우울한 눈매, 게다가 훤칠한 키와 알맞은 체격 조건까지.

그게 전부였다. 한 번 바라본 후, 강한 인상 때문에 한 번 더 본 것이 전부였고, '좋은 때다' 하고 부러운 마음으로 아이와 햄버거를 먹고 있었다. 그런데 나를 등지고 앉아 있던 청년의 여자 친구가 돌연 고개를 핵 돌려 1-2초 정도 노려보는 것 아닌가? 영문을 몰라 '내가 아니겠지, 우리 뒤쪽 자리의 누군가와 다툼이 있었나?' 하고 넘겼다. 그런데 이 여자, 다시 한 번 나와 아이를 쓱 훑으며 바라본다. 그러더니 벌떡 일어나 주문한 햄버거를 찾으러 가면서, 이번에는 일어선 채로 나를 쏘아보고 가는 게 아닌가? 눈치 빠른 딸이, "엄마, 저 아줌마 왜 그래? 우리한테 화났어?" 해서 "아니, 그럴 리가, 우리 뒤쪽 사람 쳐다보는 거겠지" 했다.

문제의 그로테스크한 예술가는 고개를 앞쪽으로 떨구고 있다가, 여자친구 쪽 자리로 옮겨 앉는다.

영문을 알 수 없었다. 잠시 후 여자는 음식 쟁반을 들고 다가오더니, 다시 나를 노려봐 준 후, "저쪽으로 가자"라고 사납게 말하며 자리를 옮기는 거 아닌가? '그녀의 과녁이 나'라는 사실이 명확해지는 순간이었다.

나는 당황했고, '내가 뭘 잘못했지?' 하고 방금 전 상황을 더듬었다.

눈에 들어오는 여자의 뒷모습을 보니 풍만한 엉덩이가 곧 터질 것 같은 아슬아슬한 초미니 반바지와, 꼬불거리는, 탈색된 긴 머리카락 등 전체적으로, 술집 아가씨 같은 느낌이었다. 나이는 30대 초-중반쯤. 그들이 자리를 옮기고부터 내 행동거지를 따져 보기 시작했다. 그런데 문득, 여자를 따라가는 청년이 계절에 맞지 않는 차림을 하고 있고, 불안해하는 표정이라는 느낌이 들었다.

종종 TV 뉴스에서 왜 쳐다보냐며, 칼부림을 한 사건을 심심찮게 봐 왔던 터라 걱정이 됐다. '저 사람 수배자 아닐까? 탈옥한 사람? 그것도 아니면 범죄자일지도 몰라. 우리 뒤를 미행해서 해코지를 하면 어쩌나? 내 시선을 피해 자리까지 옮겼는데, 게다가 여자 친구가 보통이 아닌 것 같은데, 얼굴을 숨기고 싶은 사람이라면, 내가 두 번이나 쳐다봤으니 어쩌지?'

그러나 다음 순간 어쨌거나 나는 청년에게 알려 주고 싶었다. 내가 당신을 아주 잠시지만 눈여겨본 것은, 당신이 문제가 있어서가 아니고 당신이 근사하고 멋져 보여서였다고 말이다. 잠시 고민했다. 가서 이 말을 해 주어야 할까, 말까?

사실 나는 어서 일어나 집에 가고 싶었다. 되도록 빨리 그들과 멀리 떨어지고 싶었다. 하지만 다시 한 번 생각했다. '만일 지금 내가 말해 주지 않으면 저 사람은 앞으로도 얼마간은 더, 아니 평생 사람들의 시선을 두려워하며, 자신의 진가를 알지 못하고 살 수도 있어. 용기를 내야 돼.' 딸아이에게 잠깐 앉아 있으라고 하고, 저 뒤쪽에 있는 남녀를 찾았다. 그리고 청년에게 말했다.

"아까 제가 잠시 쳐다본 건, 내가 아는 시인과 닮은 것 같아서…, 그러니까 예술가나 영화감독처럼 멋져 보여서…, 정말 멋져 보여서 잠시 본 거예요…. 그러니까 기분 나빠 하지 마세요."

조심스럽고 다정하게, 예의를 담아서, 따뜻한 시선으로 그렇게 말했다. 잠시 후 청년은 고개를 푹 숙이고, 기어들어 가는 목소리로, "예" 했는데 마치 선생님에게 야단맞은 중학생 같은 태도였다. 뭔지 모르지만 심리적으로 조금 어려움을 겪는 사람인 듯했다. 하지만 나는 직감적으로 그의 마음이 편해지는 것을 느꼈고 '내가 참 잘했다' 하는 생각을 했다.

살면서 우리는 꼭 돈으로만 누군가에게 좋은 일을 할 수 있는 것은 아니라는 생각도 했다. 사소한 말 한 마디, 부드러운 표정, 따뜻한 미소 그 모두가 우리가 서로에게 할 수 있는, 귀한 선물이며 선행이라는 생각을 했으니까 말이다.

청년은 다음에도 혹 그의 멋진 외모 때문에 누군가가 바라보면 오해하고 왜곡된 생각을 하지 않을 수도 있을 테니 말이다. "내가 멋져서 쳐다보는구나" 하면서 그 시선을 즐길 수 있다면 사는 것이 얼마나 행복할까?

통상적으로 평균을 웃도는 외모의 소유자라면, 누가 자신을 바라보면 '예뻐서' 혹은 '잘생겨서' 본다고 생각하고 기분이 좋아지는 것이 인간의 심리다. 그런데 자신의 진가를 알지 못하고 있다면, 그 부러움과 선망이 담긴 시선을 오해할 수도 있다.

마찬가지로 자기 사랑과 스스로에게 확신이 있는 사람이라면, 설사 누가 대놓고 턱없는 말을 해도 그다지 상처 받지 않는다. 예를 들어 내가 업무 능력이 뛰어나다고 믿고 있고, 그 일을 즐기고 있다면, 누군가가 나의 능력을 험담해도, 상처 받지 않는다. 오히려 '부러우니까 저러는 거지' 하고 넘어갈 수도 있다. 그런데 자기 확신이 없는 상태, 자기 신뢰와 사랑이 없는 사람은 사소한 말 한마디에, '세상이 뒤집어지는' 경험을 하게 된다. 칭찬의 말조차 지적이나 비난으로 여기고 방어에 급급하면 세상살이가 얼마나 고단할까 말이다. 요는 나를 진심으로 사랑해야 나에 대한 믿음과 확신이 생긴다는 것이다.

재취업을 원하는 주부라면 더욱 이런 자격지심이 자기 안에 확신으로 머물지 않게 해야 한다. 우리는 우리를 진정으로 사랑해야 한다. 자식보다,

남편보다, 가정보다 더. 그래야 가족을 진정으로 사랑하게 된다. 그래야 남편의 말 한마디에 오해하지 않고, 아줌마라는 말을 자격지심 없이 받아들일 수 있다. 재취업을 한 주부의 경우, 재취업을 원하는 주부의 경우 '주부'의 경력을 참으로 자랑스러워해야 한다는 생각도 한다. 아줌마가 얼마나 위대한지는 내가 아줌마가 되어 보고 나서 알게 됐다.

그리고 나의 내부에서 들려오는 소리에 귀 기울여 보자.

내 안에서 나에게 뭐라고 말하고 있는지 들리는가?

나를 흔들어 깨우는 내 안의 목소리는 지금 나에게 무엇을 주문하고 있는가?

신성(神性)

한 일간지에서 본 만평이 눈길을 끈다.

오래된 나무는 영험한 기운을 풍기는데 사람은 나이 들어 추해지기도 한다는 내용이다.

박근혜 정부의 계속되는 부적격 인사가 세간의 이야깃거리가 되자 청와대 측인가 여권 인사인가가 했다는 말이 인상적이다.

"나이 50세를 넘긴 사람 중에 크고 작은 잘못이 없는 인사를 찾기가 쉽지 않다." 일견 그럴 수도 있다는 생각이 든다. 나이를 먹는다는 것은 잘못을 저지르고 죄를 짓는 것이라는 말, 맞는 것도 같고 아닌 것도 같다.

갓난아기 적에, 어린아이 적에, 청년 시절에, 우리는 좌충우돌 넘어지고 우왕좌왕 '죄'도 짓고 실수도 하고 후회도 하며 살아간다. 그러나 한 살 한 살 나이를 먹으면서, 실수도 줄고, 삶에서 지혜도 배우고 경험을 통해서 성숙하는 과정을 거쳐 어른이 된다.

그래서 젊은 시절보다는 어른이 된 시점부터 좀 더 평화롭고, 경륜이 쌓인 만큼 더 흠결이 없는 것이 맞는 것 같은데 현실은 이와 다른가 보다.

지혜가 쌓이지만 그 지혜를 이기적인 쪽으로 사용하고 경험과 경력을 남용하고, 살면서 얻게 된 지위와 권력을 나에게만 유리한 쪽으로 쓰고, 살면서 얻은 부를 이용해서 더 큰 부당한 이익을 얻기 위해 안간힘을 쏟고…, 그러다 보니 사람은 나이가 들면서 영험은커녕 추해지는 것이 아닌가 싶다.

나는 나이가 들수록 영험해지고 싶다.

인간에게는 신성과 인성이 공존한다고 한다.

인간에 깃들어 있는 신성을 삶에서 실천하고 '신성'을 살아야 하는 이유가 있다. 신성은 선한 것이며 자비이며 용서, 친절, 나눔이다. 신성은 초월적인 힘, 전지전능함이다.

아니, 그냥 신성은 어쩌면 내 깊은 무한과 연결되는 것, 본연의 나와 하나 되는 힘이다. 우리는 물리적 차원의 신체성 안에 살지만, 사실은 모두가 내면 깊이 신을 모시고 있다. 아니, 신이 내 안에 있다. 내 깊은 안으로 들어가 나를 만나야 하는 이유가 여기 있다. 내가 삶이 아닌 '꿈'을 삶으로 살아야 하는 것은 그것이 나의 신성과 만나는 길이며, 온전한 내가 되는 길이기 때문이다. 내가 나를 잃지 않고 내 안의 존엄하고 깊은 무엇과 하나 되는 길이 나의 신, 천재를 만나는 일이기 때문이다. 매 순간이 기쁘고 매 순간 활짝 열려 있는, 진정한 자기를 만나는 길이다.

수천 겹의 확률 속에서 살아남은 우리들, 이 신비한 기적은 우리 각자가 각자의 깊은 중심으로 들어가서 나를 펼쳐 내는 삶을 살라고, 그것이 바로 신성을 사는 것이라고 알려 주고 있다.

내 안에 깃든 신성과 하나 되는 삶은 평화롭다. 비로소 내가 되는 길이며 내 꿈을 사는 것이 본연의 내가 되는 길임을 알자.

그 신(神)에게 가자.

내 안에 있는 신성을 만나는 것은, 나의 천재와 조우하는 것이며 꿈을 사는 것이다. 내가 되는 삶을 살자. 고대 그리스인들은 항상 신을 옆에 두고 살았다. 매 순간 신을 만나고 대화하고 한데 '뒤엉켜' 살았다. 물론 그리스인들의 신은 '육'의 신이었다. 그리스인들은 잠을 자는 것도 신의 선물이요, 내가 화가 나고 분노하는 것도 신 때문이고 잘못된 것도 잘된 것도 신의 탓이라고 생각했다. 그러면서 히브리스(Hybris)를 경계하고 항상 겸손했다. 진정한 내가 되는 길이 바로 신과 함께 사는 길임을 기억하자. 보이지 않는 신을 향해 내 안 지고한 나에게로 가자. 그 무한한 나와 연결되자. 내 안에 잠재된 무한한 힘을 만나자.

마르쿠스 아우렐리우스의 《명상록》(천병희 역, 숲, 2005) 중에 이런 글이 있다.

"세상 만물의 주위를 맴돌고 … 이웃 사람들의 마음속 생각을 추측하려 하면서도, 자신 속의 신성과 사귀며 그 신성에 진심으로 봉사하면 그것으로 충분하다는 것을 깨닫지 못하는 사람보다 더 불쌍한 것은 아무것도 없다. … 너를 인형처럼 줄로 조종하는 것보다 더 우월하고 더 신적인 것을 네 안에 갖고 있다는 것을 이제 드디어 인식하라."

우리 나이 들어 영험해지는 나무처럼 나이 들어 영험한 인간이 되자, 물리적 차원의 나 너머에 있는 나와 하나가 되자. 이 지구라는 행성에 함께 살고 있는 우리는 거대한 하나의 몸이라는 걸 명심하자. 우리 안의 신에게 가자.

'내가 매일 생각하는 것이 바로 나'라고 마르쿠스 아우렐리우스는 그의 명상록에서 말하고 있다. 랠프 에머슨, 헨리 데이비드 소로, 오프라 윈프리도 같은 말을 했다.

내가 나와 연결될 때 신과 연결된다. 바로 그 내가 진짜 나다. 한없이 기쁘고 고요하며 평화롭고 매 순간 나는 꽃핀다. 꽃을 볼 줄 아는 자아를 발견하자. 그 나와 하나가 되자. 신과 인간의 세계를 넘나드는, 신의 영역으로 도약한 나는 내 안의 무한과 연결된 바로 그 나다.

행복하여라. 친절하여라. 사랑하여라. 자신이 돼라.

무의식 만나기

인간 정신은 진실로 위대한 기적을 만들어 낸다 ─ 몽테뉴《수상록》중

어떤 모임에서 만난 한 여성이 이런 말을 했다.

"저는 80세에 추리소설을 쓰는 작가가 되고 싶어요."

공무원인 이분은 현재 49세인데 은퇴 후 추리 작가가 꿈이라고 했다. 농담만은 아닌 거 같아서 가능하다고 말했다. 말이 씨가 되는 것이라고도 덧붙였다.

불가능해 보이는 꿈이더라도 행동으로 첫 시작을 해 보는 것이 필요하다.

그녀는 왜 이런 꿈을 꾸는 걸까? 뭔가 꿈틀거리기 때문이다. 나의 잠재의식이 뽈록뽈록 한 귀퉁이에서 신호를 보내는 때문이다. 그런데 우리의 얄팍한 의식은 무의식의 저 바다에서 일렁이는 포말을 무시하고 지나친다. 내 안에는 나의 빛나는 1%가 생성을 기다리고 있을지도 모른다. 소리치고 있는지도 모른다.

정년퇴직을 한 노인이 패션 모델이 꿈이라고 하면 다들 비웃을 것이다.

그런데 현실에는 정년퇴직 후 패션 모델로 활동하는 노인이 있다. TV에 자주 소개된 분이다. 곽용근 노인? 이름이 가물가물하다. 이분, 초기에는 광고 한 편에 20만 원 받고 출연했지만 이제는 몸값이 껑충 뛰었다고 한다. 모 방송에서 통장에 차곡히 쌓이는 수입을 자랑했다.

지금 하고 싶은 것이 충동적인 것일 수도 있다. '누가 크게 성공했다고 하니까 나도 한번 해 볼까?' 하는 것 말이다. 하지만 관심이 간다는 것은 내 속에서 관련된 무엇이 손짓하는 암구호일 수 있다. 순간순간 스치는 그것을 점검해 보자.

살아온 삶의 두께만큼 우리는 습관화되어 있고 일상에 부침하면서 스스로에게 한계를 설정해 놓고 있다. 우리는 나름의 경험을 통해 실현 가능한 것과 불가능한 것을 구분 짓고 삶의 실패의 교훈을 두뇌에 각인해 왔다. 그래서 '잘될 거야'라거나, '할 수 있어' 보다 '허무맹랑한 소리'라고 결론 내리고 살아간다.

이제 우리 두뇌의 '의식'이라는 부분을 의심해 보자. 잠재의식이 보내는 얼토당토않은 '메시지'가 떠오른다면 메모해 두자. 잠재의식은 무한한 능력을 가진 우리 안의 어떤 힘을 의식에게 자꾸 힌트를 주고 있다. 그동안 우리가 하던 방식대로 행동하고 꿈꾸고 미래를 설계하지 말라고. 다른 방향을 바라보라고. 양팔을 벌려 새로운 자리를 내주라고.

앞을 막고 있는 닫힌 창문에서 사투하지 말고 고개 돌려 활짝 열려 있는 창문으로 날아가자.

현실과 동떨어진 엉뚱한 발상이 떠오른다면 관심을 갖자. 엉뚱한 싹이

꽃 피도록 정성을 들이자. 우리는 내가 뭘 잘하는지 모르는 경우가 많다. 알고 있다고 생각해도 불완전한 정보인 경우가 많다. 그래도 그 불완전한 정보를 믿고 죽기 살기로 매달렸는데 잘 안 된다. 그런데 우연한 기회에 엉뚱한 것을 '장난삼아' 해 보았는데 그 분야에서 대박을 치고 훨훨 난다.

비현실적인 것이 마음을 빼앗는다면 냉소를 보내지 말고, 참 나와 마주하자. 기죽지 말자. 훼방꾼의 목소리를 밀어내자.

인간의 '천재'는 어린아이 때 계발해 준다는 고정관념을 버리자. 인간은 언제든지 잠자고 있는 빛나는 다른 나를, 벼락 맞은 것처럼 갑자기 만난다고 믿자. 이 사실을 거부한다면 우리는 지금처럼 정형화된 의식에 갇혀서 살 수밖에 없다.

나의 내부에서 전송되는 허무맹랑한 어떤 음표를 발견하자. 나를 촉발하는 음표에게 말을 걸어 보자. 음표들이 말해 줄 것이다. 이것은 무의식의 영역을 만나는 것이다. 그 비밀의 지(智)에 도달하는 것이다.《대칭성 인류학》의 저자 나카자와 신이치는 이것을 자연의 지라고 하는데 남성보다 여성이 도달하기가 쉽다고 설명한다. 이 자연의 지는 다시 말하면 무의식의 영역이며 그의 표현을 빌자면 고차원의 유동성 지성이라고 한다. 잊힌 이 영역을 되살려 내는 것이 향후 인류의 바람직한 대안이라는 진단이다.

단순하게 말하면 잠들어 있는 내 안의 '최고의 능력', 무의식을 깨워서 꺼내야 한다는 것이다.

하지만 남성은 이 비밀의 지에 도달하기 위한 '별도의 의식'이 필요하나 여성의 경우는 그녀의 몸과 삶과 생활 자체가 자연의 지이므로 별도의 통과제의를 필요로 하지 않는다.

다시 본론으로 돌아오자.

위 여성은 재미 삼아, 즉흥적으로 '80세 추리소설 작가의 꿈'을 툭 던져 보았을 수 있다. 그러나 그것이 무엇이든 내 깊은 곳의 울림을 가벼이 여기지 말고 들여다보자.

위 여성은 인문학 강의를 듣는 등 뜻이 통하는 사람들과 정기적인 만남을 갖고 있다. '뜻이 통하는' 이들 공무원 그룹 내에는 동화 작가가 되고 싶은 사람도 있고 시를 쓰고 싶은 사람도 있다. 이들은 동료 공무원 여러 명과 함께 책을 내기도 했다.

글쓰기를 예로 든 것은 이 분야가 함부로 범접하기 어려운 영역이라고 생각되는 것 같아서다. 조셉 머피의 《마음수업》(이경남 역, 청림출판, 2010)에는 외과의 개업을 앞두고 마음이 부풀었던 어떤 의사가 건강 악화로 그 일을 못 하게 되자 직업을 바꾸어 글쓰기를 해서 성공했다는 이야기가 나온다. 의사가 되기까지 얼마나 많은 노고와 돈을 들여야 하는지 우리는 알고 있다. 그렇게 힘들게 딴 자격증이 휴지 조각처럼 못 쓰게 된 후 좌절하지 않고 엉뚱한 영역에 덤벼 본 것 자체가 보통 사람들의 눈에는 코미디일 수 있다.

남들 신경 쓰지 말고 내가 된다고 생각하면 그건 된다고 믿자.
아무리 해도 나의 끼를 찾을 수 없다면 다른 사람의 도움이라도 받자.
현재 경기도 여성개발위원회 등 전국 각 지자체에서 무료로 나의 적성과 특장점을 분석해서 친절히 알려 주는 곳이 많다. 이 책의 뒷부분에 여성의 능력 개발을 위해 무료로 각종 지원을 해 주는 단체의 인터넷 주소를 소개해 두었으니 참조하시길 바란다.

아무쪼록 새롭고 놀라운 나를 만나서 충만한 삶을 살자.

이만큼 살았는데 간절히 하고 싶은 것이 있다면 그것은 할 수 있는 것이라고 잘라 말하고 싶다. 지금 하자.

나의 지혜에 가 닿는 법

세상의 절반은 붉은 모래

나머지는 물

세상의 절반은 사랑

나머지는 슬픔

붉은 물이 스민다

모래 속으로, 너의 속으로… ― 진은영 〈세상의 절반〉 중

내가 가족 다음으로 중요하게 생각하는 것이 주 3-4회 산에 가기다. 이사를 와서 가장 먼저 찾는 곳도 산이다. 하루 일과 중에서 양보하기가 가장 힘든 것도 예정된 산행을 거르는 것이다.

산에는 혼자 간다. 무서워서 어떻게 혼자 가냐고 하는 사람도 있다. 하지만 생각하기에 따라서는 무서울 수도 있고 많은 사람들이 왕래하는 야트막한 동네 산이니 안 무서울 수도 있다.

주말부부 생활을 하다가 남편이 있는 평택 지역으로 이사를 했을 때 가장 큰 걱정이 주변에 산이 없다는 것이었다.

평택(平宅)의 한자어가 평평한 택지라는 뜻이라서 산이 많지 않나 보다

생각했다.

하지만 사람 사는 곳이니 잘 찾아 보니 산이 있긴 했다. 해발 112m의 낮은 산이고, 집에서 자동차로 20분은 가야 하는 거리에 있었다. 인적이 뜸한 외진 곳이라 버스도 2-3시간 꼴로 있어서 정말 산을 좋아하는 사람들만 자가운전해서 다녀가는, 산이라기보다 둔덕이나 언덕 같은 느낌의 산이었다.

비 내리는 한겨울, 택시를 타고 운전기사에게 물어물어 그 산에 도착했다. 그러나 사람은커녕 산새 한 마리 찾아보기 힘든 황량한 주변 환경에 와락 두려움이 몰려왔다.

콜택시를 불러도 기다리라고만 하고, 주변에 한두 곳 공장인지 창고인지 안 쓰는 집인지가 있었으나 문은 굳게 닫혀 있고 인기척도 없었다. 어둠침침한 날씨와 황폐한 느낌의 낮은 구릉지 같은 산과, 거칠어지는 빗줄기에 등골이 오싹해졌다.

어찌해야 할까? 아무 판단도 서지 않아 무작정 도로를 따라 걸었지만 어디가 어딘지 분간조차 할 수 없었다. 정신을 바짝 차리고 여기저기 두리번거리며 사람의 흔적을 찾았으나 강아지 한 마리 보이지 않았다.

순간 별별 장면이 다 떠오른다.

비 오는 날 벌어진 살인 사건, 성폭행, 비 오는 날 자살한 사람 이야기.

길을 따라 가도 가도 멀리 폐가 한두 곳만 눈에 띄어 반대 방향으로, 왔던 길을 짚어 내려가다가 이 길도 아닌 듯해 방향을 바꾸어 다시 내달리기 시작했다.

족히 1시간은 흘렀을까? 시내 버스 한 대가 덜컹덜컹거리며 논두렁 밭두렁 길을 구불구불 돌아오고 있는 것이 아닌가?

아! 살았구나. 멀리서 다가오는 버스를 향해 손짓 발짓 하기 시작했다.

버스에 올라타고 나니 한겨울에, 세찬 빗줄기까지 내리치는 을씨년스런 날, 택시 타고 혼자 산에 온 오기에 웃음이 났다.

운전기사가 알려준 차 시간표를 휴대폰으로 찍어 놓았다. 아직은 무리이니 봄이 되면 오자고. 그땐 사람들이 많이 왕래할 테니 봄까지만 기다리자고 스스로를 달랬다. 그런데 이런 바람이 알려지기라도 한 걸까?

옆집 아주머니가 우리 집에 우연찮게 들렀다가, 자기들이 산에 다니는데 혹시 생각 있으면 같이 가자고 하는 것이 아닌가? 이 평평한 택지 지구로 이사를 온 후 등산복 입은 사람을 거리에서 본 적이 없는지라 이분의 제안이 믿기지 않을 정도였다.

오호라! 간절히 바라는 것은 기적처럼, 꿈처럼 현실이 되는구나.

운전면허가 없던 나로서는 이분이 구세주나 다름없었고 알 수 없는 어떤 신을 향해 감사 또 감사했다.

하지만 문제가 생기기 시작했다.

혼자 산에 다니는 습관이 배어 있던 터라 여럿이 다니니 여간 불편한 것이 아니었다. 일행의 대화를 귀담아듣고 맞장구쳐 주는 것도 갈수록 힘이 들었다.

아줌마들의 수다란 매일 엇비슷해서 어떤 때는 머릿속에 들어오지도 않고 귓가에 웅웅거린다. 딴생각한 표시를 내는 것도 실례인 듯해 건성으로 한두 마디 대꾸하는 것이 반복되는 날들이었다.

또 걸음도 어찌나 빠른지 따라잡기도 버거웠다. 나는 산책이, 이분들은 운동이 목적이니 말이다.

그래서 이웃들이 긴 코스를 택해 한 바퀴 돌고 올 동안 나는 천천히 짧은 코스를 걷다가 입구에서 만나는 방법을 택했다. 그렇게 하니 여러모로 내 페이스를 찾은 듯하고 이제야 제대로 된 산행을 한 듯했다.

혼자 천천히 걸으면서 푸른 공기를 마시며 나무늘보 흉내도 내고 오랫동안 나무들 옆에 앉아 삼매에 들어간 수도승 흉내도 낸다. 저 아래 방금 내가 두고 온 세상 같은 건 잊은 지 오래다. 암호문 같은 새의 지저귐이 해독 가능한 인간의 언어로 변환되어 들린다. 온갖 소리가, 바람 소리가, 억새풀 몸 흔들며 춤추는 소리가, 잡목 숲속에 숨은 텃새와 곤충들의 호흡 소리가, 스르륵 뱀이 똬리 푸는 몸짓이 노래가 되고 하이쿠 한 소절이 된다. 내 안의 비밀기지들이 땅과 대기의 호흡에 감응한다. "기가 막히네!" 나도 모르게 중얼거린다.

몇 개월이 지나자 일행 아주머니 한 분이 괜찮냐고 묻는다.

실은 '너무' 좋은데 그렇게 말할 수는 없고 괜찮다고 했더니 '참 이상한 사람이네' 하는 표정이다. "혼자서 무슨 재미냐", "독특한 사람이네", 등등 아무튼 이해할 수 없다는 듯 만날 때마다 "괜찮아요?" 한다.

이분은 사람들 만나 자식, 남편, 이웃, 친지 이야기며 TV 본 이야기 나누는 것이 낙이다. 그래서 멤버 중 한 사람은 이 사람이 안 오면 "청설모가 궁금해한다"라고 말할 정도다. 이렇듯 이야기를 잘하니 얼마간은 재미가 있지만 좀 지나니 같은 레퍼토리라서 신선감이 떨어지고 더 이상은 맞장구처 주기도 힘이 들곤 했던 것이다.

어느 날은 이 산에서 자살한 사람이 있는데 목맬 때 쓴 밧줄이 아직도 그대로 있다고도 했다. 또 젊은 여자가 외국인들에게 성폭행당했다면서 혼자 다니지 말라고 말했다.

그러더니 자신은 언젠가 남편과 싸우고 혼자 산에 왔다가 무덤가에 귀신 나오는 것 같아 죽을 뻔했다고 재미있게 상황을 이야기했다. 이 이웃은 단 한시도 침묵한 상태로 있지를 못한다. 그녀는 산에서 수다 떨고 웃고 나면 스트레스가 확 풀린다고 했다.

맞는 말이다. 이웃과 만나 이야기를 나누며 스트레스 풀고 박장대소하면 심신의 건강에 좋다. 문제는 이 이웃은 혼자 자기에게 가 보기, 자기 안에 머물러 보기, 자기를 응시하기는 서투르다는 것이다.

서투른 정도가 아니라 혼자서는 가만히 있는 것이 몹시 어색하다. 집에 혼자 있게 되면 청소나 집안일을 하고 TV를 보거나 낮잠을 잘지언정 자기와 접속하는 경험을 해 본 적이 없다.

그러니 혼자 산책을 하는 것이 이해되지 않는 것이다. 더구나 이 험한 세상에 무서운 일이 얼마나 많은데 맨발로 산속을 헤매다가 오는가?

그렇다고 내가 그 이웃을 이해시킬 묘안도 없고, 이웃은 이웃대로 나는 나대로 지금도 각자 따로, 또 같이 산행을 한다. 등산로 초입에서 마무리 운동을 하고 있으면 왁자지껄한 웃음소리, 이야기 소리가 가까워진다. 그러면 나는 다시 이들과 집으로 돌아온다.

다른 일행들은 나의 '돌출 행동'에 그런가 보다 하는데 이 이웃만은 계속 미심쩍은 표정이다. 강아지 오물 때문에 맨발로 다니면 발바닥 간지럽고 무좀 생긴다거나, 큰 병에 걸린다고도 귀띔해 준다.

종종 나는 생각한다.

우리 아줌마들이 혼자 시간 보내는 것에 익숙해지는 것이 필요하다고. 혼자 가만히 있어 보는 습관이 필요하다고. 혼자 있으면 불안증에라도 걸린 사람처럼 뭘 하려고 하지 말고 그냥 느긋하게 혼자가 되어 보는 연습이 필요하다고.

혼자 있을 때는 으레 청소하고 세탁기 돌리고 밥하고 반찬 하고 그게 아니면 TV 보고 그러다가 이웃 만나, 아이 친구 엄마 만나 잡담하다가 하루하루, 1년, 2년 보내다 보면 내면의 신비로운 존재를 평생 만나지 못할 수도 있다.

물론 인간은 관계 속에서 자기를 확인하고 관계 속에서 행복해지는 사회적 동물이지만, 혼자 견디는 것, 혼자 나를 바라보는 절대 시간이 필요하다. 메뚜기처럼 여기저기 뛰어다니며 인생 한 철을 소모하지 말자.

나를 마주하는 시간을 두려워하지 말자.

내면을 응시하는 시간 속으로 하루에 여러 번 여행을 떠나시길 권한다.

"고요히 혼자 머무는 사람은 신비한 지혜에 닿는다"라는 노자의 말이 아니더라도 혼자 머무는 습관이 몸에 배도록 하자. 경이로운 각성의 순간, 소중한 앎에 가 닿을 수 있다.

그때 내 안에 흐르는 전혀 다른 흐름의 물줄기를 볼 수 있게 된다. 달라이 라마는 "우리는 우리 내면에 잠재된 가능성에 좀 더 관심을 기울여야 한다"라고 말했다.

내면의 나에게로 가자.

긍정 과잉

'긍정의 힘'이 우리 사회는 물론 지구촌의 인기 메뉴가 된 지 오래되었다. 긍정의 힘이 세계화 시대에 우리가 살아남을 수 있는 전략이 된 것이다.

나도 긍정의 힘이 중요하다고 생각한다. 그런 데도 불구하고 내가 이 단어를 자주 사용하지 않는다는 생각을 문득 했다. 나는 왜 '긍정'에 주목하지 않는 걸까?

나의 글이나 책을 훑어봐도 긍정이라는 단어를 쉽게 찾아 보기 힘들다. 나는 왜 머뭇거리는 걸까?

'긍정'이란 참으로 소중한 가치 아닌가?

아마도 긍정이라는 단어가 주는 안일함, 치열성이 담보되지 않은 느낌, 불의를 은폐하는 도구로서의 긍정성 때문은 아닐까? 분별력을 상실케 하는 불온한 낌새, 인간 삶의 발전 과정의 동력이 되어 온 거룩한 분노에 삿대질하고 분탕질하는 목적으로 쓰이는 긍정이라는 단어에 대한 거부감과 선입견 때문이 아닌가 싶다.

긍정이라는 말이 전 지구적인 문제, 예컨대 지구 온난화, 환경 파괴, 전쟁, 자본의 물신화, 부패한 권력의 악마성 그리고 끝 간 데 없는 인간의 욕망, 인종차별, 승자 독식의 세상, 약육강식 등등을 덮어 두라는 메시지 같아서 말이다.

온 세상을 뒤덮는 긍정, 긍정, 긍정의 힘….

그래서 나는 긍정이라는 말을 사용하는 것이 망설여지곤 한다. 오히려 결핍과 좌절과 불만과 부정의 힘이 어느 때는 더 큰 빛을 발한다는 생각을 한다.

나는 종종 긍정이 아닌 '부정의 힘'에 대해 말하고 싶어질 때가 있다. 예전에 내가 쓴 산문집 《키스해도 돼요?》(북코리아, 2006)에서도 〈나는 불만이 많은 사람이 좋다〉라는 제목의 글을 쓴 적이 있다. 글을 쓸 당시나 지금이나 내가 긍정이라는 낱말을 의심의 눈으로 보아서도 그랬겠지만, 늘 툴툴대며 불만을 토로하는 동료나 친구들을 보면 나도 모르게 빙그레 웃게 되고 그 사람이 귀여워서 미소를 짓곤 했다. 지금 생각하니 그런 유의 사람에게서 나오는 묘한 매력, 즉 부정의 힘에 매료된 때문인 것 같다.(이 부정성이 어쩌면 긍정의 힘이 아닐까?)

나이 들면서 나도 갈수록 긍정적인 사람이 되고는 있다. 하지만 말했듯이 우리 사회가 너무 '긍정의 힘'에 경도된 것이 아닐까. 그래서일까? 나는 부정의 힘에 대해 말하고 싶다!

물론 내가 하는 일이 잘 안 될 거라거나 "난 할 수 없을 거야", "난 이것밖에 안 돼" 등등 자기와 남을 향한 부정을 추천하는 것은 아니다.

세상을 비판적으로 보는 안목, 지금보다 더 나은 시스템에 대한 고민, 그 더 나은 시스템을 위해 내가 무엇인가를 할 수 있다는 긍정 어린 확신 같은 것을 나는 추천하고 싶다. 긍정의 미소를 한껏 머금고, 다람쥐가 쳇바퀴를 돌리듯이, 정해진 삶의 트랙을 쉼 없이 돌고 있는 '사물'처럼 하루를 살지는 말자는 것이다.

인간의 역사는 기본적으로 비판하는 능력, 회의하고 의심을 품는 사고 작용, 지금 보다 나은 것에 대한 갈망, 대안에 대한 고민을 통해 발전해 왔다고 보이기 때문이다.

그런데 요즘 어딜 가도 긍정의 힘이 강조된다. 그러다 보니 혹시 이 같은 긍정의 메시지가 문제투성이 사회 현상 — 전 지구적인 현상이다 — 을 숨기려는 의도가 아닐까 의심하게 된다. 권력의 상층부에서 무차별적으로 긍정을 쏟아붓는 것은 아닐까?

우리가 눈감지 말아야 할 것은 지금 어디론가 너무나 급박하게 달려가고 있는 이 체제의 비정상적인 작동 방식이다. 새로운 꿈을 꾸자는 것이다.

가능하면 이기적인 분노가 아니라 '좋은' 분노를 내 안에 키우자는 것이다.

우리가 하고자 하는 일이 이 지구와 우주라는 큰 틀 속에서 보았을 때도 괜찮은 일인지 바라보자는 것이다. 정의의 방향과 다르게 치닫고 있는 사회 현상들을 직시하자는 것이다.

물론 긍정의 힘이 정말 필요하다.

그러나 그 좋은 긍정의 힘이 혹시라도 거대한 자본과 권력의 허위를 회칠하고 강자의 욕망과 부패한 먹이사슬을 공고히 하기 위한 수단으로서의 긍정이라면 긍정의 힘이라는 가죽을 벗겨 보자. 그 안의 추악한 불의를 고발하는 마음을 가지자. 그 마음이 긍정의 힘이다.

나와 타인의 삶에 경의를 표하며 연약한 것들에게 다가가서 마음을 나누자. 이 세상에 티끌만큼의 역할이라도 할 수 있다고 믿고 실천하자. 이렇게 착한 내가 반드시 잘될 것이라고 믿자. 그것이 긍정의 힘이다.

그 힘이 내 안에 있다고 믿자. 내 안의 천재가 거기 있으니까.

눈에 보이는 성공만을 위해 나를 내몰지 말자.

나의 천재는 불현듯 온다. 한여름 소나기처럼, 겨울밤의 함박눈처럼. 나를 몰아붙이고 내가 내게 눈에 띄는 결과를 독촉하고 내가 나를 물질적 성공을 향해 쉼 없이 달리는 기계가 되도록 하지 말자.

우리의 천재는 그렇게 오지 않는다.

앞으로만 달리던 일상의 무대에서 내려와 쉬어 가는 여유를 갖자. 심심하게 지내 보자. 그때 영감이 피어오른다.

앞서서도 말했지만 닫힌 창문에서 파리는 피투성이가 되도록 '매일의 삶과 사투'를 벌인다. 하지만 그렇게 열심히 밖으로 나가려는 목표를 향해 돌진해도 결국 얻는 것은 창문에 머리를 부딪혀 피 흘리며 죽어 가는 파리의 마지막이 있을 뿐이다.

이때 파리가 할 수 있는 유일한 선택은 지금 밖으로 나가려고 피 흘리며 노력하는 그 긍정의 행위를 '하지 않을 의지'이다. 그리고 주위를 해찰하다 보면 기가 막힌 일이 벌어진다. 닫힌 창에 머리를 박으며 앞만 보고 달리다가 피투성이가 된 파리의 눈에 바로 그 닫힌 창문 옆의, 그 옆의 창문은 활짝 열려 있는 것이다.

지금 하는 일이 나에게 깊은 만족을 주지 않을 때, 마음의 소리에 귀를 기울이며 쉬는 것이 필요하다.

잠시 아무것도 하지 않고 가만히 있는 행위가 필요하다. 지금 이것을 하지 않을 권리와 자유를 스스로 만들어서 쉬어 보자. 아무것도 하지 말고 가만히 있어 보자. 내 안에 있는 보배가 나를 부르고 있을지도 모른다. 닫힌 창을 향해 돌진하는 파리가 그 행위를 아무리 긍정적으로 생각해도 파리가 견지하는 긍정 마인드는 파리를 구원하지 못한다.

그런데 주부들, 충분히 뒹굴뒹굴하고 있는데 뭘 또 부정하고, 뭘 또 하지 말고 쉬라는 걸까?

주부 파업하라는 걸까? 주부 노릇 잠깐 파업하는 것도 괜찮다. 그냥 뒹굴뒹굴해 봐도 된다. 그때 슬그머니 당신을 찾아오는 무엇. 나를 찾아오는 손님, 바람 불듯 내 방문을 노크하는 '신비로운 에너지'에 나를 맡겨 보자.

주부의 속성상 아무것도 안 하고 빈둥거리기가 임계점에 온 것 같아 견딜 수 없다면 괜찮은 책이나 한 권 사서 읽어 보자.

위대한 사람 되기

위대한 사람은 어떤 사람일까?

에고, 위대고 뭐고, 나는 그냥 생긴 대로 살라요. 위대는 뭐가 위대? 위대는 위가 크다는 말인감? 에구머니, 나는 그래도 할 수만 있다면 위대한 사람으로 살고 싶소. 나도 그렇소이다, 나도 너도 그렇소이다.

어떤 사람이 위대한 사람일까?

대단한 발명을 하거나, 대단한 작품을 완성했거나, 전쟁을 막아 내거나, 국민을 행복하게 잘살게 하거나, 인종차별을 없애거나, 인간의 평등을 실현하거나, 남녀차별을 없애거나 등등 인류사에 위대한 업적을 남긴 사람들, 아니면 테레사 수녀, 슈바이처 등 한평생 사랑을 실천한 사람, 아니면 간디, 처칠, 마호메트, 부처 등등?

내 결론은 이렇다.

어제의 나를 오늘 조금이라도 변화시킨 사람. 관성에 절어 있는 습관을 고친 사람. 즉 다른 내가 될 수 있는 능력이 그 사람을 강하고 위대하게 만든다고. 나를 리셋하는 능력 말이다.

언젠가 본 신문 광고 카피 문구 중에 이런 구절이 있었다.

"아무리 공부를 해도 마음이 변하지 않아
깊고 외로운 산중에서 한없이 울었다."(법전스님)

얼마나 격렬히 공감했는지 모른다. 현재의 나, 굳어진 나, 매너리즘에 빠진 나를 멈추는 것, 방향을 바꾸는 것. 그것이 참 힘든 일이란 것을. 그래서 자기를 조절하는 능력을 위대한 사람의 조건이라고 생각한 것이다.

여기다가 덧붙인다면 이런 것이다.

내가 겪은 좌절과 시련을 가치 있는 것이 되게 하는 사람.

도스토옙스키는 "세상에서 내가 두려워하는 것이 있다면 그것은 내 고통이 가치 없는 것이 되는 것이다"라고 했다.

살면서 겪는 실패가 내게 하려는 말이 무엇인지 알아보고 그것을 통해 도약하기. 다른 소리를 듣는 귀와 보는 눈. 고통에 지지 않는 사람!

인류를 위해 대단한 일을 한 사람도 위대하지만 해일처럼 덮쳐 오는 힘에 무릎을 꿇지 않고 한 걸음 나가는 사람. 아니, 무릎 꿇더라도 다시 일어나는 존재의 능력.

혹시 어려움을 겪고 있다면 지금 물어보자.

"시련아, 네가 나에게 하려는 말이 무엇이니? 네게서 무엇을 배워야 하니? 왜 너는 자꾸 나를 방문하는 거니? 내 집 앞에서 노크를 하는 너는, 어둡고 긴 그림자를 드리우고 나를 기다리고 있는 너는, 누구니?"

빅터 프랭클의 《죽음의 수용소에서》(이시형 역, 청아출판사, 2005)에는 이런 이야기가 있다.

나치의 아우슈비츠 수용소에 끌려온 사람 중에는 들어오자마자 담배 한

대를 피우고 나서 그 자리에 드러누워 꼼짝 않는 부류가 있다고 한다. 두려움에 압도된 이들은 그 자리에서 움직이지도 않고 먹지도 않고 그대로 누워 대소변을 싸고 지내다가 며칠 후 죽고 만다. 그러나 두려움 속에서도 유머를 잃지 않고 감자 한 알, 빵 한 조각을 나누면서 하루를 최대한 잘 살아 내는 사람들이 있다고 한다. 마지막까지 살아남는 사람은 대체로 후자의 사람들이라는 것.

누구에게나 시련은 찾아온다. 비슷한 상황이 반복되기도 한다. 그때 할 일은 시련의 행간을 읽어 내는 것이다.

주저앉고 말면 그 자리이지만 깨달으면 전과는 다른 내가 생성된다. 계속 다른 내가 된다. 살아 있는 자의 목적이며 '의무'인 생성과 생성과 생성 안에서 나는 춤춘다. 매일.

당신에게 어려움이 있는가?

그가 충고하는 말을 찾아 보자. 시련의 긴 터널을 비로소 통과한 자는 위대하다. 좌절이 들려주는 메시지를 받아 적어 보자. 이를 통해 우리는 새로운 삶 앞에 서게 된다. 새로운 내가 출생하는 순간이다. 이 전의 존재로 다시는 돌아갈 수 없는 내가 탄생을 거듭한다. 그 지복의 나를 꿈꾸자.

《죽음의 수용소에서》의 저자이자 로고세라피의 창시자이기도 한, 위 빅터 프랭클은 지금이 두 번째 삶인 것처럼 살아가라고 충고한다.

"인생을 두 번째로 살고 있는 것처럼 살아라. 그리고 지금 당신이 막 하려고 하는 행동이 첫 번째 인생에서 이미 그릇되게 했던 바로 그 행동이라고 생각하라."

우리 위대해지자. 지금이 두 번째 삶인 것처럼 살자.

나치 수용소에 들어가자마자 자포자기하다가 삶을 마감하는 절망의 포로가 아니라 유머의 포로, 사랑의 포로가 되자. 몸을 낮추고 시련의 암호를 해독하자.

잠시의 휴식도, 잠시의 여유도 필요하리라.

너그러움과 뜨거움으로 서로 공명하는 울림통처럼 소리, 그 소리를 들어 보자. 거기서 다른 위대한 존재의 양식과 만나자.

문득 어떤 심리학책에서 읽은 구절이 떠오른다.

한 사람이 매일 같은 길을 나서는데 매일 같은 웅덩이에 빠진다. 다음 날은 그 웅덩이에 빠지지 않기 위해 다른 길을 택해서 멀리 돌아갔는데 어찌하다 보니 또 같은 길에 접어들어 바로 그 웅덩이에 빠져 버렸다.

이 사람은 그 웅덩이에 빠지길 수차례 한 후 어느 날 길을 돌아 그 웅덩이 앞에 딱 멈추고 서서, 천천히 웅덩이를 돌아서 그 길을 건너갈 수 있게 되었다.

정확하지는 않지만 비슷한 내용이었다.

우리도 비슷한 양상의 실패를 반복하고 있는가? 그 패턴을 파악하자. 익숙한 패턴을 버리자.

다른 문이 있다. 그 문은 나만이 찾을 수 있다.

그 문으로 가서 구멍 난 자아를 벗고 새 옷으로 갈아입자. 위대하고 신성한 자가 되어 별에게로 놀러 갔다 오자. 매 순간 나를 열어 나의 광대한 무한과 만나자.

나이 든다는 것

1

'늙음' 하면 무엇이 떠오르는가?

죽음, 쭈글쭈글, 뒷방 노인, 고목, 퇴물, 추함, 질병, 쇠약, 은퇴, 소외감이 연상되는가? 도전과 변화는 젊음의 몫이라고 생각하는가? 이 나이에 뭘 시작하는 것은 불가능하다고 느끼는가?

"내 아버지는 예순다섯 살 때 불어를 배우기 시작해 일흔 살에 불어의 권위자가 되셨습니다. 또한 예순 살이 넘어 게일어를 연구하여 그 분야의 저명한 교사로 활동하기도 하셨지요. … 이런 일은 아버지가 아흔아홉 살에 돌아가실 때까지 계속되었습니다. 아버지의 정신연령은 쉰 살이라고 해도 될 만큼 맑았고 필체나 추리력은 해가 갈수록 더욱더 좋아졌습니다. 메조소프라노 슈만하잉크가 음악적 성공의 정점에 도달한 것은 손자를 본 이후였습니다. 아흔 살에도 왕성하게 활동한 조지 버나드 쇼의 예술적 재능은 죽을 때까지 조금도 시들지 않았습니다. '나이는 느끼는 만큼 먹는다'라는 옛말이 있습니다. … 희끗해진 머리카락은 커다란 자산입니다. 그것은 지혜와 인내와 이해심과 힘 있는 개성의 상징입니다. 어떤 사람이 얼마 전에 내게 이런 말을 했습니다. '이렇게 찾아온 것은 박사님의 하얗게 센 머리카락이 좋아 보였기 때문입니다. 산전수전 다 겪으신 경험에서 우러 나온 말씀을 해주실 것 같아서 말입니다.'"

조셉 머피 박사의 저서 《마음수업》의 한 대목이다.

그는 말한다. "새로운 생각과 새로운 관심에 문을 열고 커튼을 열어 제 치고 자연으로부터 새로운 진리의 영감을 받아들이면 항상 젊음과 활기를 유지할 수 있다"라고. "인도에서 백 살 넘은 할아버지를 만난 적이 있는데 내면으로부터 광채가 나오는 듯한 느낌을 주는 이분의 아름다운 눈은 그 가 즐거운 마음으로 나이를 먹었다는 사실을 보여준다"라며 "지금까지 그 렇게 멋진 표정을 짓는 사람을 본 적이 없었다"라고.

혹 머피 박사의 선친이 예순다섯 살에 불어를 배워 일흔 살에 불어의 권 위자가 되었다는 말에 대해 "흥! 그 사람은 천재니까 그렇지" 하고 자조하 지는 않는가? 조셉 머피 박사는 노년의 풍성함과 파워에 대해 계속 말한다.

"몇 살이 되었든 노년은 나눠 줄 것이 많은 나이입니다. 젊은 세대에게 안정감을 주고, 충고와 안내도 해줄 수 있습니다. 지식과 경험과 지혜를 빌 려줄 수도 있고 영원을 응시하면서 항상 앞을 내다보는 모습을 보여줄 수 도 있습니다. … 날마다 새로운 것을 배우려는 사람은 늘 마음이 젊어집니 다. … 나이는 그냥 먹는 것이 아닙니다. 그저 머리카락이 하얗게 변하는 것도 아닙니다. 연륜과 함께 쌓인 재능, 경험, 지혜는 삶의 현장에서 더욱 빛이 납니다. 조직에게 이러한 경험과 지식은 더없이 소중한 자산입니다.

희끗해진 머리카락은 지혜와 기술과 이해력을 상징합니다."

그는 나이 든 사람도 노동의 즐거움을 누려야 한다고 강조한다.
또 "인생은 더 높은 영혼의 자각을 고대하는 끝없는 여행"이라고 말한다.
잘 생각해 보면 우리는 1년 전, 5년 전, 10년 전보다 성숙해지지 않았는
가? 예전의 유치했던 자기 자신을 떠올려 보고 실소를 터뜨린 적은 없는가?

2

산에서 알게 된 노인이 있다. 86세. 양손에 지팡이를 짚고 꼬부랑꼬부랑
고개를 넘는 모습. 굽은 잔등에 아로새겨진 인생. 쉼 없이 꼬부랑꼬부랑 걷
는 노인. 노인을 보면 떠오르는 단어 꼬부랑꼬부랑. 갓난아기를 보면 떠오
르는 단어 꼼지락꼼지락. 어감도 이미지도 비슷하다.

어느 날 나도 모르게 인사를 했다.
"안녕하세요."
양쪽 지팡이에 의지해 걷던 노인은 천천히 허리를 편다. 나를 보는 노인
의 얼굴이 활짝 웃고 있다. 주름과 주름들 사이, 단단하고 강인한 세월의
흔적, 그 흔적이 단정하다. 얼굴에 몸에 스며 있다. 세월이 남긴 아름다운
주름. 나는 헤실헤실 웃었다. 잠시 후 노인은 한참 젊은 나에게 고개 숙여
인사한 후 '꼬부랑꼬부랑' 예의 동작으로 걸어간다.
그날 이후 나는 노인을 발견하면 달려가 "안녕하세요" 서둘러 인사를
했다. 그를 보면 신성한 기쁨이 느껴진다. 노인은 노인대로 반갑게 "안녕

하시오" 하고 웃는다. 연이어 고개를 깊이 숙이신다. 멀리서도 그 실루엣이 눈에 띄면 행복해진다. 얼른 뛰어가서 "안녕하세요" 인사하고 나면 한껏 업 된다. '그에게서 좋은 에너지가 나오는 걸까? 참 아름다운 노인이네.' 노인을 보면서 노자를 생각했다.

문득 떠오른 이야기 한 토막.《장자》〈외편〉인 걸로 기억한다.
어느 날 공자가 노자를 찾아갔다.
마침 공자는 문밖에서 노자의 행동거지를 보게 된다. 긴 머리를 감은 후 햇빛에 말리는 모습, 마치 꿈을 꾸는 듯, 바람을 향해서, 바람과 완전히 하나 된 듯, 물아일체(物我一體)의 사람, 그 아름다움에 반해 버린 공자는 넋을 잃는다. 그런데 자기를 만나러 온 공자를 맞아 한 마디씩 던지는 노자의 말이 걸작이다.

"그대는 나의 아름다움에 반했는가?"
공자는 이렇게 말한다. "저는 눈이 먼 걸까요? 지금 본 것이 사실인가요?"
노자는 '마음을 만물의 시초에서 노닐게' 했는데, 그 경지에 들어가면 지극한 아름다움과 지극한 즐거움을 얻게 된다며 지극한 아름다움을 얻어 지극한 즐거움의 경지에서 노니는 사람을 지인(至人)이라 한다고 말한다.

〈내편〉인가에서 노자는 공자에게 여러 가지로 핀잔을 준다. 예를 들면 공자의 인자한 척 억지로 만들고 있는 그 표정(가면)을 당장 집어치우라든가, 억지로 인의(仁義)를 내걸고 인간의 자연스런 본성을 어지럽힌다면서 혼찌검을 내서 돌려보낸다.

그 후 공자는 노자를 만난 소회를 이렇게 말한다.

"나는 비로소 용을 처음 보았다. 용은 합쳐지면 모습을 이루고 흩어지면 아름다운 무늬를 그리며 구름을 타고 음악 속을 훨훨 난다. 나는 그만 입을 딱 벌린 채 다물 수가 없었고 혀가 들린 채 말을 할 수가 없었다."

산에서 그 노인을 만날 때마다 신선이 떠오른다.

알고 보니 노인은 다른 등산객과도 친하게 지내고 있었다. 질투가 났다.

어느 날은 이 노인, 지팡이와 함께 양손에 쇠막대기를 몇 개 들고 걸어오셨다. 쇠막대기는 왜 가져왔냐고 물었더니 씩 웃으신다. 곧 꼬부랑꼬부랑 걸음으로 꼬부랑꼬부랑 산길을 걸어가신다.

어느 날 약수터 쪽 깎아지른 듯한 오르막 계단에 쭈그리고 앉아 있는 노인을 발견했다. 나는 한달음에 계단으로 올라갔다. 노인은 전에 보았던 쇠막대 여러 개를 땅속 깊이 박아 넣은 다음 단단한 줄로 고정시키고 있었다.

내가 다니는 마안산은 해발 112m의 낮은 산이다. 하지만 약수터로 돌아가는 길은 경사가 매우 가팔라서 지팡이 없는 등산객은 누구나 계단 난간의 손잡이를 잡고 오르내린다. 그런데 그 난간의 둥근 기둥들이 지난 태풍으로 땅에서 파헤쳐져서 덜렁거리고 있었다. 당연히 난간 역할은 끝이었다. 노인은 땅을 깊이 파 쇠기둥을 난간 주위에 빙 둘러 박은 다음 굵은 끈으로 매어서 뿌리 뽑힌 난간을 단단히 고정시켜 놓았다. 서너 개의 난간 기둥이 뽑혀 나왔는데 지금 마지막 것을 마무리하고 계셨다. 이 작업을 하는데 두어 달은 족히 걸렸으리라.

"안녕하세요."

"⋯." (잘 못 들으신 듯하다. 일만 한다)

"안녕하세요."

"⋯." (돌아보신다)

"이거 다 어르신이 하셨어요?"

"⋯." (웃는다)

"힘들어서 어쩔려구 그러세요?"

"⋯좋은 일이나 하고 살아야지."

노인은 웃으며 어서 가 보라고 손짓한다.

나는 요즘 노인께서 고쳐 놓은 난간을 잡고 오르막길을 걷는다. 오르막을 오르며 노년을 생각한다.

어느 날은 등산로를 덮어 버린, 웃자란 풀을 깎고 있는 노인을 본다. 훌쩍 자라 좁은 길을 막고 있는 잡초는 나 같은 맨발족을 괴롭힌다. 그런데 종종 잡초들이 사라지는 것이다. 관할 관청에서 했겠지 하고 무심히 지나쳤는데 알고 보니 노인의 '낫'의 선행 덕이었다.

어느 가을날 산 정상 벤치 위에 굵은 배가 수북이 쌓여 있었다. 옆에는 이렇게 쓰여 있었다. "산에 오시는 분들 깎아서 드십시오." 옆에는 과일 깎는 칼이 두어 개 있었다. 몇몇 등산객들이 하하 호호 웃으며 왁자지껄 과일을 먹고 있었다. 맞은편 길목에서 노인을 만났다. 나를 보자 배 먹었냐고, 먹고 가라고 붙잡으신다. 배를 가져다 놓은 주인공이시다! 세상에! 저 무거운 것을.

할아버지가 산에 오시기 시작하고부터 이 작은 산은 분위기가 바뀌고 있다. 좋은 사람은 좋은 에너지를 방출하나 보다. 노인의 '선행'에 감동한 어느 아주머니가 사탕 한 봉지를 노인에게 주었다. 어느 날 노인은 그 사탕 한 움큼을 나에게 주셨다. 나는 사탕을 먹지는 않지만 감사히 받아 다른 아주머니들에게 나눠 드렸다.

어떤 등산객 한 분도 노인과 가깝게 지냈다. 이분은 노인 집에 놀러 갔다가 망가진 싱크대와 바람막이만 있는 허술한 부엌을 무료로 고쳐 주고 오셨다. 이 아저씨는 싱크대 설비업자였다. 이분도 어느 날부터 휴지를 주워 내려오고 다른 곳의 뿌리 뽑힌 난간 지지대를 고정했다.

그렇게 노인을 중심으로 모르는 등산객들이 '노인 이야기'를 하며 친구가 되었고 다투어 좋은 일을 한다.
언젠가 노인이 며칠 동안 보이지 않았다. '싱크대 업자 아저씨'는 노인의 안부를 물으며 걱정을 했다. 나도 걱정이 됐다. 며칠 후 노인이 다시 산에 나타났을 때 우리는 노인에게 달려갔다.

"걱정해 주어서 고맙습니다."
노인은 깊숙이 절을 했다.

나는 '노인을 '좋아하는' 등산객 모임이라도 만들어야 하지 않을까?' 생각했다. 문득 노인에게 따뜻한 식사를 대접하고 싶었다. 말을 꺼내기가 쉽지 않아 아직 실행하지는 못하고 있다.

모름지기 노인은 깨달음과 사랑의 순환, 관심의 순환, 에너지의 순환을 가져오는 존재다.

진정한 아름다움은 세상을 바꾸고 사람을 바꾼다. 이 노인은 겉모습이 또한 '아름답다'. 어쩌면 그리 강건하고 반듯한지. 미소가 얼굴에 넘실넘실 파도처럼 넘치는지. 그 미소는 상대방을 전염시키고 산을 전염시키고 산꿩과 청설모와 하늘과 별과 호수를 감염시킨다. 열병 앓게 한다. 이곳에서는 모르는 사람들이 고개 숙여 인사하고 산비둘기와 까마귀와 개망초꽃과도 이야기한다! 서로의 건강과 행운을 빈다.

나이 든다는 것이 얼마나 멋진 일인지, 그분을 통해 배운다.

문득 《대학》, 《중용》 등에 줄곧 등장하는 수기치인(修己治人)을 생각한다. 자신의 내면을 닦는 일이 모든 배움의 시작은 아닐까? 나이 들수록 나를 닦아야 한다. 내면의 거울에 뿌옇게 얼룩과 때가 끼어 있으면 무엇도 제대로 비출 수가 없다. 내면의 욕망도, 지혜도, 천재도 볼 수 없다. 내 마음속 거울을 깨끗하게 매일 닦아 내어 내 안을 제대로 비추도록, 세상을 제대로 보도록 수련하자.

나이 들수록 수기치인을 잊지 말자. 나이 먹는 일을 대접받음으로 착각하면서 형애화된 주장만 일삼는다면 노년이란 지옥이 될 수도 있다. 지옥 속에 살면서 무슨 재능을 찾고 자기성취를 하겠는가?

소로의 《월든》에는 이런 구절이 있다.

"나이 많음이 젊음보다도 더 나은 선생이 될 수 없고 어쩌면 그보다 못하다고 할 수도 있는 것은 나이 먹는 과정에서 얻는 것보다 잃는 것이 많기 때문이다. … 실제로 늙은이들은 젊은이들에게 줄 만한 중요한 충고의 말을 갖지 못하고 있다. 왜냐하면 그들의 경험은 부분적인 것에 지나지 않으며 그들의 인생은 처참한 실패로 끝났기 때문이다."

앎에 열려 있으며 타자에게 품을 내어줄 때 노년은 선물이 되리라. 지혜로워진다는 것은 나를 닦는 보살행, 수고하는 것, 두려워하지 않는 것, 조급해하지 않는 것, 역지사지하는 것, 손해 볼 능력이 있는 것이 아닐까?

독서력

홋날 전승에 이런 우화가 있습니다. 이 '읽기'를 비유로 전하는 우화 말이지요. 대천사 지브릴은 무함마드의 목구멍을 찢고 심장을 꺼내 씻었습니다. 그것을 무함마드의 신체에 돌려놓았을 때 그의 마음은 신앙과 지혜로 가득 찼습니다. 마음이 정화된 무함마드는 천마를 타고 한달음에 천 리를 날아갔습니다. 목구멍을 찢고 심장을 꺼내 씻었다. 그러자 천리를 갔다 — 읽는다는 것은 이 정도의 일입니다. 그리고 그렇게 반복하지 않으면 안 됩니다. 몇 번이라도. 이리하여 어머니인 문맹 무함마드는 읽을 수 없는 것을 읽었습니다. 책을 잉태했습니다. '코란'은 그가 쓴 것도 편찬한 것도 아닙니다. 하지만 그는 근원적으로 책을 잉태하고, '읽는 것'을 의미하는 '코란'을 '썼던' 것입니다.

— 사사키 아타루《잘라라, 기도하는 그 손을》(송태욱 역, 자음과모음, 2012) 중

앞서 나의 독서 속도에 대해 언급한 바 있다.

아줌마들 중에는 독서는 내 아들딸들에게나 필요하고 나에게는 해당 사항이 없다고 정리한 상태로 평생을 살려고 한다. 부디 그러지 마시길 부탁한다.

자녀에게는 책 읽으라고 목 아프게 말하면서 그처럼 좋은 책을 왜 나는 읽지 않는가?

힘들어서? 이 나이에 책 봐서 뭘 하나 싶어서?

아니다. 이 나이에 책 봐서 뭘 좀 하자. 이 나이가 황금 나이이고, 아이들에게 그처럼 좋은 것이 독서라면, 그렇게 좋은 것을 왜 나에게는 주지 않는가? 이유가 무엇인가?

세상 풍파 다 겪고 알 것 다 아는 나이인데도 하기 싫은 독서를, 모든 것이 어설프고 어렵기만 한 어린아이들, 학교 공부 하기도 힘든 사춘기 청소년들에게 왜 책 읽으라고 닦달하는가? 본인은 하지 않으면서. 내 자식에게 그처럼 목 아프게 주장하는 책 읽기를 내가 실천해 보는 것이 어떨까?

내 아이에게 좋은 것은 어른인 나에게도, 특히 이 나이에 뭘 좀 해 보려고 하는 우리 아줌마에게도 무지하게 좋다고 생각하고 시작해 보자. 독서가 주는 각종 이점들은 다시 말하지 않아도 잘 아실 테니 생략한다. 그동안 종이와 결별하고 살다가 지금부터 글을 읽으려면 조금 힘들 것이다. 우선은 재취업과 관련해 관심 있는 분야나, 아니면 재미있는 소설이나 간단한 에세이류부터 시작하자. 닥치는 대로 막 읽기보다 검증된 것들을 고르자. 도서관에서 추천한 책들을 꼼꼼히 살펴서 선택하는 방법도 있고 신문이나 인터넷 등에 소개된 책들도 있다.

이렇게 시작해서 틈이 날 때마다, 옆집 아줌마 만나 수다 떨며 커피 마시는 시간을 절약해서 하루 30분이든 1시간이든 책 읽기에 할애한 후 1년이 지나면 독서에 자신이 생긴다. 자신이 뭘 하고 싶은지 무엇에 관심이 있는지도 알게 된다.

이 나이에, 좀 제대로 된 분야의 일을 하고 싶다면, 무심히 넘긴 것들에게서 뭔가를 발견하고 싶다면, 속에서 꿈틀거리는 것의 실체를 알고 싶다면 하루 20분이든 30분이든 짬을 내서 하는 독서만큼 좋은 방법도 드물 것이다.

조금씩 읽는 재미를 느끼고, 삶의 저편을 고개 디밀고 바라볼 수 있게 되면 사는 것의 '즐거움'이 내 안에서 거세게 밀려오는 순간이 오리라.

독서라는 행위를 통해 뭔가 실용적인 이익을 기대할 수는 없을지도 모른다. 그냥 허투루 보낼 수도 있는 시간들을 글자를 읽으면서 느끼는 감정의 순화, 또는 '아하! 그렇구나' 하는 앎의 순간의 희열, 그로 인한 내면의 확장. 그런 것으로 만족해야 할 것이다. 이는 어떤 분야에 대한 전문적인 학습과는 다른 의미의 순수한 독서를 의미한다.

큰 실익이나 실용적인 쓰임을 염두에 두지 않고, 드라마를 보듯, 쇼핑을 하듯, 밥을 먹듯이 짬짬이 하는 독서가 어느 날 나에게 놀랄 만한 선물을 할 것이다.(간혹 그 놀랄 만한 선물을 깨닫지 못하는 수도 있으니 그때는 독서 자체로 만족하며 사는 것도 좋다)

중요한 것은 책을 읽는 것은 아이들만의 몫은 아니라는 깨달음이다.

나이 들어 머리가 돌이 됐다느니 하고 핑계를 대지만 30-50대 주부들이라면 조금만 노력하면 젊은 시절보다 책의 이해도도 눈에 띄게 높아진다. 단언컨대 흥미진진하고 기쁨에 들뜬 다른 질감의 시간을 경험하게 되리라.

그곳에는 불멸의 신과 영웅과 위대한 천재들의 체취가, 비밀스런 꿈의 포말들이 바닷물처럼, 당신과 나의 열망처럼 고요히 흐르고 있다. 한 발 들여놓는 순간 신비한 흡반의 손에 우리는 와락 끌려갈지도 모른다. 위험을 감수하며 블랙홀로 들어가는 순간 나는 위대한 타자들과 포개어진다. 눈앞에 알 수 없는 행성들과 별들이 스파크를 일으키고 우주의 우주 속에서 유영하는 온갖 사태들이 묵시록처럼 펼쳐지고 있는 사차원. 비로소 나는 '타자'가 된다.

내 몸 안에 유폐되었던 물고기가 풀려나 헤엄치고 물고기는 돌연 양서

류가 된다. 팔딱거리는 저 개구리. 불현듯 메넬라오스의 아내, 아름다운 헬레네가 파리스를 따라 트로이로 달아나는 장면을 보게 될 수도 있으리라.

불화의 여신 에리스와 황금 사과의 주인이 된 아프로디테를, 적진의 공주 폴릭세나를 사랑한 아킬레우스의 슬픈 사랑 이야기를, 아들 헥토르의 시신을 찾으러 마부만 데리고 혈혈단신 적진으로 들어가는 늙은 프리아모스 왕을 만날 수도 있다. 그 오래된 새로운 세계로 지금 가자.

사실을 말하자면 어린 시절부터 다양한 분야의 책을 두루 읽게 하는 것이 학교 공부보다 중요하지만, 현실적으로 수학 공식과 영어 단어 외우느라 정신없는 아이들에게 책까지 디밀기가 용이하지 않다.

우리 세대 역시 그런 교육 풍토 속에서 책은 읽지 못하고 간신히 학교 공부나 따라가면서 성인이 되었다. 그러니 어른이 되어서라도 독서를 시작하자.

새로움을 발견하고 싶다면 이를 악물고 책을 읽자. 한두 권 읽다 보면 책 읽기가 학생 시절보다 쉽다는 걸 깨닫게 되리라.

책이라면 정신이 마구 혼미해지고 머리가 딱딱 아프고 그야말로 죽기보다 싫은 사람들도 있을 것이다. 그래도 책을 읽자. 그것이 존재의 새로운 삶의 방식이라고 생각하자.

인문학의 효용성

아직 저는 자유롭지 못합니다
제 마음속에는 많은 금기가 있습니다
얼마든지 될 일도 우선 안 된다고 합니다
혹시 당신은 저의 금기가 아니신지요 ─ 이성복 〈금기〉 중

　최근 몇 년간 전국적으로 인문학 열풍이 불었다.

　세계적인 IT 강국에서 인문학에 대한 관심이 고조되고 있는 것이다. 흥미롭지 않은가?

　앞서 말했듯이 인문학 그 자체로서 효용성에는 의문이 있을 수 있다.

　동서양 고전문학을 열심히 읽고 역사, 철학, 예술, 종교, 심리학 등을 두루 섭렵하는 것이 돈 버는 것과 상관이 있을까? 과학문명의 발전에 기여할 수 있을까? 회의를 느낀 적이 있었다.(그런데 사실은 기여할 수 있다!)

　대학 신입생 시절《춘향전》관련 교양 강좌를 들은 적이 있다. 국문학과 김우중 교수님의 강의였다. 당시 매스컴에 자주 등장하던 그분은 소위 인기 교수의 반열에 들었다. TV에서 뵙던 분을 실제로 만나 강의까지 듣는 것이 퍽 설레었던 것 같다.

하지만 강의 소감은 실망이었다.

기억이 가물가물하지만 아마도 《춘향전》의 각 인물들에 대해, 종래와 다른 해석을 내놓은 강의였던 것 같다. 뭔가 지적 호기심을 자극하기보다는 의문이 밀려왔다.

내가 대학에서 배우려고 한 것이 이런 것이었나? 이몽룡이나 성춘향 또는 변 사또에 대해 기존과 다르게 해석하는 저런 강의가 삶에 무슨 도움이 되는 걸까?

불문학도였던 나는 그때나 지금이나 문과 성향의 인간이었으면서도 어쩌면 달나라에 다녀오고 경제를 부강하게 하고 암 같은 난치병을 고치는 방법 등등 삶에 실제적 도움이 되는 것을 대학에서 가르쳐야 한다고 생각했는지 모르겠다.

아무튼 가슴 설레며 대학이란 곳에 들어와 처음 들은 강의에 대해 한동안 깊은 회의에 빠졌다. 내로라하는 유명 교수님의 강의가 저런 것인가?

내가 전공한 불문학과는 그래도 프랑스어라도 가르쳐 주지 않는가? 그나마 실용적인 면이 있기에 다행이라고 생각했다. 분명히 그런 식으로 생각했을 것이다.

나는 이 대학에 오기 전에 왕십리 자락에 위치한 'ㅎ' 대 국문학과에 합격한 적이 있었으나 집안 사정상 그 대학교에 등록하지 못했다. 하지만 공부를 포기할 수 없었기에 와신상담 끝에 나중에 다른 대학에 들어간 것이다.

그때 스스로를 위로하자고 한 생각이었는지 모르지만 이렇게 되뇌었다. "그래, 처음 합격한 그 대학교에는 못 갔지만 그때 전공인 국문과보다는 불문과가 낫잖아. 전공과목이 더 좋으니 더 잘된 거야"라고. 그렇다고 대학 졸업 후 불문학 전공을 살려 어떤 일을 한 적은 없다.

이제 갓 스무 살 남짓한 시기였는데 대학 신입생으로 흥에 취해 있기보다 벌써 학문의 실용성을 고민한 것이 대견스럽기도 하다.

그러니까 소위 인문학에 대해 말하자면 인문학 독자적으로만 보았을 때 그 자체로서 '실용'에는 여전히 의문이 있다.

그러나 이 인문학이 다른 분야와 접목했을 때 엄청난 폭발력을 지닐 수 있다.

요즘 융합 학문에 대해 관심이 높은 현실이다. 굳이 융합 학문까지 가지 않더라도 폭넓은 인문학적 자산이 어떤 분야와 접속할 경우 엄청난 시너지를 가져올 수 있다는 판단을 하게 된 것이다.

가령 장사를 한다고 가정해 보자.

내가 인문학적 소양을 가지게 되면 인간의 욕구와 필요를 더 잘 알게 되는 것이다. 세상의 흐름과 시장의 사정을 거시적으로 보게 된다. 그래서 나의 '통찰력'이 장사를 하는 데 좋은 아이디어와 영감을 가져올 것이다.

이것은 어떤 분야든 마찬가지다.

지인 중에 늦게 그림 공부를 하는 분이 있다. 문외한인 내가 보기에도 좋아 보인다. 그런데 그림이라는 것이 다분히 기술적인 재능만으로 가치가 매겨지는 것이 아니다. 그 안에 자신의 혼이 깃들고 세계를 바라보는 시각과 철학이 녹아 있기 마련이다.

그렇기에 이분이 인문학 공부를 통해 인간과 삶에 대한 자신만의 색채를 녹여 낼 경우 그림은 다른 국면으로 넘어가게 된다. 다시 말하면 어떤 분야든 인문학이 함께하면 시너지를 가져온다는 것이다. 건축업, 인테리어 전문가, 공무원, 교사, 기업가, 과학자, 정치가, 법률가 등등.

대기업 회장들이 유명 인문학자를 호텔로 초빙해서 강연을 듣는 것도 같은 목적에서이다. 특히 일부 회장님들은 개인 교습을 받기도 한다는 전

언이다.

그룹의 리더가 인문학적 통찰을 지니고 있으면 향후 세기의 경제 흐름과 사람들의 변화하는 양태를 읽을 수 있다. 이로써 투자처를 찾고, 새로운 아이디어로 기업의 운명을 결정할 수 있을 것이다.

우리나라는 알다시피 짧은 기간 동안 압축 성장으로 경제를 일으킨 성공적인 모델로 꼽힌다. 그동안은 선진국을 흉내 내며 열심히 쫓아가면 되었다. 이젠 우리가 세계적인 선두 그룹이 되었다. 이제부터는 어떤 모델을 무조건 쫓아가는 방법은 통하지 않게 된 것이다. 선도 그룹으로서 선진국의 대열에 들어선 우리는 새로운 패러다임을 향해 스스로 미지의 영역을 개척하는 역할을 해야 하는 것이다.

그래서 인문학이다.

앞서 말했듯이 인문학은 인간에 대한 학문이다. 인간에 대한 깨달음은 우리를 변화시키고 우리가 있는 곳을 변화시킬 것이다.

재취업을 원하는 주부 역시 책을 읽어야 한다. 그래야 나와 인간과 세상에 대해 개안하게 된다. 없는 것을 만들어 내는 능력이 생기고, 아무도 보지 못하는 곳을 보는 안목이 생긴다. 인류의 미래를 예측할 수 있게 된다.

내 안에 쌓인 인문학이 내게 놀라운 선물이 된다.

자기 분야에서 성공한 사람들이 대부분이 책벌레라는 것은 잘 알려진 사실이다. 하다못해 그냥 전업주부로만 살 생각인 사람이더라도 인문학적 소양을 갖게 되면, 자녀에게 한층 성숙한 부모가 될 수 있다. 내 자녀의 가는 길을 조망하는 식견이 생긴다.

책을 읽자.

책이라면 이가 박박 갈리고 몸서리쳐지더라도 천천히 시작하자.

소설책이라도 사서 읽어 보자. 아주 재미있다. 재미와 함께 깊은 울림과 격조까지 갖춘 양서들이 널려 있다. 산문집이라도 들춰 보자. 시집을 사서, 이해할 수 없더라도 하루 1편씩이라도 읽어 보자. 어느 날 눈이 열리는 순간을 맞을 것이다.

공부에는 때가 있다고?

최초의 자연에 정신을 열어 보고 싶다면
백지에 스르르 스며들어서
온몸이 백지가 되는 황홀을 맛보고 싶다면 ― 신달자 〈백지 1〉 중

흔히 공부에는 때가 있다고들 한다.

하지만 나는 "공부에는 때가 없다"라고 딱 잘라 말하고 싶다. 뭐든 잘라 말하는 것은 경계하지만 이것만은 양보할 수 없다.

공부에는 때가 없다!

언제든 마음이 동할 때, 그때가 바로 '공부할 때'다. 곧 평균수명이 120세가 된다. "이 나이에 공부는 무슨?"이라고 말하지 말자.

지인에게 들은 이야기를 소개한다.

한문학 공부를 시작한 80세 어르신에게 이유를 여쭈어보았다고 한다.

노인은 젊은 시절 인생은 60까지라고 생각하고 60살까지 인생 설계를 해 두었다. 그 후 50이 좀 넘어 퇴직을 하고 계획대로 인생을 흘려보냈다. 그런데 웬걸, 60이 지났는데도 죽지 않고 인생은 계속되었다. 그러더니 어느덧 80세가 된 것이다. 노인은 생각했다. 앞으로 10년 후면 90살인데 그

때도 살아 있다면 10년 전, 80세에 한문학 공부 안 한 걸 후회할 것 같았다고. 그래서 한문학 공부를 시작했다고. 60세에는 이 생각을 못 했다고.

또 다른 80세 노인은 방송통신대학에서 문화인류학을 전공했는데 공부하다가 보니 인접 학문에 대해 알고 싶어졌다. 그래서 현재 역사학을 전공하고 있고 5년 후에는 철학 공부를 할 계획이라고.

그런데 지금 이 시간에도 서울 탑골공원에는 젊은 노인들이 시간을 죽이기 위해 해바라기를 하고 있다. 양지바른 곳에 모여 앉아 말싸움도 하고 박카스 아줌마들의 꾐에 넘어가 쌈짓돈을 잃기도 한다. 또 다른 노인들은 매일 아침, 빵 한 덩어리를 사서 서울에서 기차를 타고 부산까지 갔다가, 다시 돌아오기를 반복하면서 질긴 인생의 끝만을 바라보고 있다고. "그나마 지하철과 기차가 무료라서 다행이지 않은가?"라고 농담을 하며 지인은 안타까워했다.

여러분도 알고 계실 것이다. KBS 〈강연 100℃〉의 초등학교 중퇴 영어 달인 할머니 이야기 말이다. 이 외에도 늦게 그림 공부며 서예 공부를 시작해서 기쁘게 사는 분도 있고, 80세가 넘어서 수능시험을 치르고 대학생이 된 분도 있다. '나가리패'라는 이름으로 가수 활동을 시작한 60대 청춘도 있다.

"에이, 그분들은 원래 재능이 있는 거지요. 그분들이 어려서 공부든 뭐든 했다면 훨씬 더 잘했을 걸요? 에이, 나는 어려서부터 공부랑은 담을 쌓고 살았는데 이 나이에 공부라니요? 말도 안 돼요."

"에이, 공부가 싫으면 다른 분야에서 재능을 찾아 보면 된다니까요. 나의 재능 찾는 것은 나이 많고 적고는 관계없다니까요. 다만 인생 경험이 많으면 더 수월하게 재능을 찾을 수 있고, 미숙한 젊은 시절보다 공부 효과가 높다고 말하는 거라니깐요. 노력하면 나이 어려서든 나이 들어서든 꿈은 이루어진다니깐요. 시간이 얼마 안 남았다고요? 아니라니깐요. 곧 120세 시대라고 하잖아요."

내가 하고 싶은 것이 무엇이든, 나이를 디딤돌 삼아서 시작하자.

공부에 원래 재능이 있었다면 나이 들어도 공부에 재능을 보일 것이고, 요리에 재능이 있다면 나이 들어도 요리를 잘할 것이고, 친화력에 재능이 있다면 나이 들면 더 친화력을 발휘할 것이다. 공부든 뭐든 다 때가 있다는 옛말은 옛날보다 수명이 2배 이상 길어진 요즘은 옳지 않다고 생각하자. 앞으로는 나이와 상관없이 능력에 따라 일을 할 수 있는 세상이 펼쳐질 것이다.

공부에 미련이 있고 건강하고, 금전적인 여건이 허락된다면 방송통신대학에라도 들어가면 어떠리. 책을 사서 혼자 읽으며 공부해도 된다. 관심 있는 분야의 강좌가 열리는 곳에 찾아가서 들으면 된다. 내가 못 이룬 꿈을 내 자식에게서 이루려고, 싫다는 자식에게 윽박지르지 말고 내 꿈 내가 실현해 보자.

어떤 것이든 괜찮다.

20대 청춘으로 돌아가서 그 시절의 꿈을 생각해 보자. 앗, 그 시절에는 그냥 얼른 결혼해서 자식새끼 주렁주렁 낳고 평범하게 사는 것이었다고요? 그럼 지금은? 지금의 꿈은 무엇인가요?

앗, 지금은 그냥저냥 살다가 얼른 팍 죽는 거라고요? 그런데 얼른 팍 죽지 않는다면 어쩌지요? 그렇다면 지금 내가 원하는 것이 무엇인지 잘 생각해 보세요.

예일대 비교문화연구소 연구부장을 지내고 6남매를 모두 하버드대학에 보내, 오바마 행정부 등에서 일하는 걸출한 인재로 키워 낸 전혜성 박사는 이렇게 말한다.

"대체로 옛말은 그른 것이 없다고 생각하지만 나는 딱 한 가지 공부에도 때가 있다는 말만큼은 동의할 수가 없다. 공부의 진정한 때는 공부하고 싶다고 생각하는 순간이기 때문이다. 다른 일들도 마찬가지다. 어떤 일이든 할 수 있는 때가 따로 정해져 있는 일이란 없다. 해야겠다고 마음먹는 순간, 하고 싶다고 생각하는 순간이 바로 그때인 것이다."

앞으로는 공부도 뭐도 발심하는 그때가 적기라고 생각하고 달려들면 된다. 이제 내 인생의 새로운 세팅 버튼을 꽉 누르자. 온몸이 백지가 되는 황홀을 맛보러 가자.
나의 창조의 아침으로.

세상은 요지경

소녀에게 따뜻한 이불과 푹신한 침대를 준비해 줘요

리본을 풀어줘요

불을 켜진 말아요

때론 눈부신 것들이 약한 것을 베는

칼이 되기도 하거든요

…

우리가 탄 고속버스가 빙판 길을 질주하고 있어요

무섭지 않아요? — 천경 〈커튼을 치고 두꺼비집을 내려요〉 중

세상이 참 요지경 속이다. 어디로 가는지 알 수 없다. 그러나 우리는 매일 살아내고 있다. TV 화면 속에 사건사고는 끊이지 않고 슬픔은 넘실거리고 있다.

세월호 사건, 임병장 사건, 윤일병 사망사건….

어떤 이는 돈만 벌면 그만이라는 신자유주의 체제가 문제라고 하고, 국가를 개조해야 한다고도 하고, 또 적폐를 청산해야 한다고도 한다.

가정 내에서도 돈은 잘 벌고, 먹고사는 데 문제가 없는데도 내면의 공허에 시달리는 사람들이 많다. 우울증, 불면증, 알코올 중독, 도박, 자살 등등.

이 같은 사태의 원인은 신자유주의일 수도 있고 사회 구조 문제일 수도 있고 더 나아가면 전 세계적인 비인간적인 시스템일 수도 있다.

그런데 답은 간단한 것 같다. 전 지구인이 하나라는 것, 우리는 서로 연결되어 있다는 것, 단절된 개인이 아니며 한 몸이라는 자각. 그것이 해답이다.

자신과 단절되어 있고, 타인과 단절되어 있는 것, 이것을 극복해야 한다.

우리가 타인과 하나라는 일체감을 느낄 수만 있다면 타인에 대해, 그토록 막가는 선택을 할 수 없고 다른 사람 개의치 않고 그토록 심한 '범죄행위'를 묵인하거나 공모할 수 없는 것 아닐까?

세월호 사건 속에서 우리는 얽히고설킨 탐욕의 실체를 보았다. 세삼스러울 것도 없는. 그리고 이 거대한 세월호라는 도가니는 지금도 위험한 항해를 하고 있다.

내가 다니는 성당 신부님의 말씀이 문득 떠오른다.

어린이 미사 시간에 신부님이 한 어린이를 앞으로 나오게 했다.

그리고 물으셨다.

"너 돈 1,000원 있니?"

"네."

"그 돈 나 줄래?"(아이는 마지못해 돈을 신부님에게 드린다)

"아깝냐?"

"…네."(신부님이 돈을 다시 아이에게 돌려준다. 그리고 말한다)

"지금 오른손에 쥐고 있는 그 돈을 네 왼손에 주어라."(아이는 오른손에 있는 1,000원 지폐를 자기 왼손에게 준다. 신부님이 묻는다)

"아깝냐?"

"아니요."

1,000원을 내 오른손이 내 왼손에게 주었을 때 아깝지 않다. 왜냐하면
내 왼손이든 오른손이든 내 수족이니까. 이런 인식이 필요하다.

우리들이 연결된 신체 기관의 일부라고 느낄 때, 인간과 자연이 한 지체
라고 느낄 때 서로 해를 입히기가 어렵다. 서로에게 아깝지 않다.

세상과 나와 우주가 하나의 생명체라는 인식. 그런데 이게 쉽지 않다.

"웃기고 있네, 혼자 그렇게 사슈! 사실은 당신도 그렇게 안 살고 있으면
서 입에 침이나 바르고 글 쓰고 있는감?"

맞다! 매 순간 잊게 된다. 타인과의 연결이 아니고 매 순간 나 혼자 고립
된 듯한 날들을 보낸다. "그래도 우린 하나다!"라고 내가 나에게 말해 준다.

그런데 몇몇 심리학자들은 이런 말을 한다.

"타인과 연결되려면, 타인을 진정으로 내 몸처럼 사랑하려면 우선 내 자
신과 단절되지 마라. 내 자신으로부터 고립되지 마라. 내 자신을 사랑해라.
그래야 내 안에 사랑이 흐르고 그 사랑으로 타인을 사랑하고 지구를 사랑
하고 우주가 하나로 연결된 일체라는 깨달음이 온다."

나는 나 자신과 연결되어 있는가?

에리카 J. 초피크와 마거릿 폴 공저 《내 안의 어린아이》(이세진 역, 교양인,
2011)는 우리가 내면의 단절을 극복하고 온전한 인간이 되는 것이 필요하
다고 말한다. 그러려면 반드시 내면 아이에게서 배워야 한다고.

나의 두 인격 중 어른의 측면(좌뇌, 의식, 이성)과 아이의 측면(우뇌, 감정, 본능, 욕

구)을 고루 잘 발전시키고 두 측면을 연결시켜서 온전한 내가 되어야 한다는 것이다.

인간은 이 두 인격 중 어른의 측면인 효율성과 이익, 편의, 요령, 행동 처신 등을 추구하면서 아이(내면 아이)의 욕구와 감정, 바람을 무시하고 살고 있다. 자기와 단절된 삶을 살고 있는 것이다.

즉 우리의 무의식의 한 측면이기도 한 내면의 아이는 어린 시절 이후 버림받게 된다는 것이다. 이 때문에 내적 공허를 느끼게 된다. 심할 경우 각종 중독과 범죄, 우울증 같은 정신적 질환을 겪게 된다.

그래서 먼저 나로부터 단절되지 않도록 내면 아이의 목소리에 귀를 기울여야 한다는 것이다.

이렇게 나의 내면 아이와 하나가 될 때 이 아이는 경이로운 아이가 되어 우리 의식의 측면에 큰 에너지를 준다. 창조성을 발휘하며 진정한 '자기'가 되도록 한다.

내가 방치하고 있는 나의 '어린아이'에게 말을 걸고 귀를 기울이며 나의 어른 측면과 내면의 아이가 조화를 이루도록 하는 것이다.

내면 아이에게 배울 때 잠재된 무한한 에너지를 얻게 된다. 그것이 우리의 '천재'다. 내가 나와 하나가 되었을 때 활력이 넘친다. 무엇을 원하는지 알게 된다. 온전한 내가 됨으로써 내 안에 사랑이 흐르고 세상에 사랑의 에너지를 보낼 수 있다.

나와 화해하면 다른 사람과 화해하게 된다. 세상과 화해하게 된다.

그런데 잘 안 된다. "메롱."

내 마음은 강물처럼 평화로워지고 싶은데 그게 안 된다. 내 마음은, 내 다짐을 언제나 배반하고 난장을 친다. 내 안의 그 아이, 그 녀석이 문제다. 그 녀석을 돌보아 주지 않았기 때문이다.

이 녀석, 가만히 들여다보면 누군가의 희망에 먹칠을 하거나, 누군가의 의지를 한순간에 꺾어 버리고 새해를 맞아 굳게 굳게 한 다짐을 헌신짝처럼 버리게 한다.

"이 나쁜 녀석아!"

"썩 꺼져라!"

목 아프게 소리쳐도 잠시만 방심하면 이 녀석은 떡하니 나의 집 안방에 드러누워 나를 움직이고 조종해 간다. "이 거머리 같은 놈아!"

이 녀석은 결심한 것을 산산이 부숴 버리는가 하면 주인 잘되는 꼴을 못 보는 심술 사나운 요괴 같다.

당신의 안에도 이런 심술보 달린 녀석이 계시는가?

이 녀석의 특기는 뭐든 안 된다고 말하기, 벌컥벌컥 화내기, 주인더러 못났다고 말하기, 해 봐야 뭐 하냐고, 안될 게 뻔하다고 하루 왼종일 투덜대고 푸른 꿈에 찬물을 끼얹어 버리고 나를 두려움에 떨게 한다. 삶에 분노 하고 일상에 의기소침하고 검은 마수를 뻗어 절망이라는 검은 옷을 선물한다.

그렇다. 이 녀석을 끌어안아야 한다. 화해해야 한다.

내면의 힘을 길러야 한다.

그때 비로소 실마리가 잡힌다.

아직 성공하지 않아서 행복한 사람들

냉정한 당신이라 썼다가 지우고

얼음 같은 당신이라 썼다가 지우고

불같은 당신이라 썼다가 지우고

무심한 당신이라 썼다가 지우고

...

아니야 아니야

사랑하고 사랑하고 사랑하는 당신이라 썼다가

이 세상 지울 수 없는 얼굴이 있음을 알았습니다 — 고정희 〈지울 수 없는 얼굴〉 중

최근 〈고도원의 아침편지〉 발행인 고도원 씨의 강연을 시청했다.

강연 제목 〈꿈꾸는 자는 늙지 않는다〉라는 글귀가 잠시 클로즈업되었다. 채널을 돌리다가 중간에 들었고 주의가 산만한 상태였지만 메시지는 대체로 알아들을 수 있었다.

그분은 선친이 회초리로 독서를 강권해서 많은 책을 접하게 되었다고 한다. 잡지 《뿌리깊은 나무》를 발행했고 나중에는 모 일간지 기자로 승승장구하다가 고 김대중 대통령 시절에는 청와대에 들어갔다. 대통령 연설문을 쓰는 1급 비서관이 된 것이다.

대통령 연설문을 쓴다는 것이 글쟁이에게 얼마나 큰 영광인가 싶어서 그야말로 열과 성을 바쳐 일에 매달렸다고 한다. 그러다가 그만 뇌졸중인가 하는 병으로 쓰러진 후 독자들에게 매일 〈고도원의 아침편지〉를 발송하며 노년을 행복하게 살고 있는 듯했다.

강의를 듣다가 인간이 나이를 먹는다는 것은 대체로 구부정해진 몸과 처진 얼굴, 듬성듬성 빠진 머리털 등등의 이미지로 다가온다는 생각을 했다. 쓸쓸했다. 그러나 그분의 미소는 곱다. 뜨겁게 기량을 발휘하며 잘 살아온 사람에게서 나오는 여유도 엿보였다.

그러다가 또 생각했다.

저분은 젊은 시절 자기 분야의 정상에 올라서 원 없이 살아왔으니, 이제는 소박한(?) 일을 하며 옛날을 그리워할까? 아니면 "그때 나 참 대단했어" 하며 뿌듯해할까? 노년에도 일을 하며 잘 살고 있는 스스로를 흐뭇해할까?

분명한 것은 생의 정점을 살아 본 사람은 이제는 그동안의 성공을 잘 갈무리해야 한다는 것이다. 무슨 말인가 하면 이젠 내려올 일이 남아 있다는 것이다.

요즘 읽는 중국 고전 《관자》에 거듭 나오는 말 중의 하나가 흥하면 서서히 쇠퇴의 길로 간다는 내용이다. 인간에게는 누구나 최고의 시기가 있을 것이다. 그 시기가 언제인지는 아무도 모른다. 또 인생의 절정을 맛보지 못하고 스러져 가는 사람도 있으리라. 또 객관적으로는 아무도 그것이 '성공'이라거나 '절정'이라고 말하지 않아도 본인이 그렇다고 하면 그런 것이다.

내가 주목하는 것은 정점인 순간에 가 본 사람은 내려와야 한다는 것이다. 아직 도달하지 않았다면 여전히 그곳으로 가고 있는 것이다.

그것은 나이 많고 적음의 문제가 아니다.

그러므로 아직 '성공하지 못한 사람들'이라면 기뻐하자. 우리는 지금 그곳으로 가고 있으니까.

고도원씨의 강연 제목처럼 꿈꾸는 자는 늙지 않는다!

지금 말하는 성공이란 개인 아무개로서 성취를 말한다. 주부의 자기실현 말이다.

TV 리모컨을 돌리다 보면 예전에 이름깨나 떨치던 분들이 초로의 '노인'이 되어 케이블 TV에 얼굴을 내미는 모습을 보곤 한다. 그때마다 '저분 옛날에 대단했는데', '저분도 노인이 다 됐네' 생각한다. 대단한 '유명세'를 떨쳤던 사람들. 하지만 그들도 거대한 정상에서 내려와서 '아! 옛날이여' 하며 살고 있을지도 모른다.

하지만 우리들! 40대이든 50대이든 60대이든 우리들은 능력을 200% 발휘하며 '성공해 본 적'이 없다. 그러니 감사하자. 옛날을 떠올리며 자족하는 것이 아니라 아직 사용해 본 적이 없는 나를 '사용'할 일만 남은 것이다. 너무 일찍 성공해 버린 사람들은 더 올라갈 곳이 없어서, 올라간 그 산에서 내려와야 하지만 지금 시작하는 우리들은 그럴 필요가 없다. 인생의 후반부 모두가 꿈꿀 시간이니까. 고도원 씨처럼 계속 새로운 꿈을 개척하며 간다면 그는 계속 '성공'으로 가고 있는 것이지만 말이다.(그는 지금도 새로운 절정을 만들고 있는 것 같았다. 절정의 의미는 유동한다)

나이가 우리를 도와줄 것이다. 기량을 발휘하도록. 그러니 기력 왕성하고 신진대사 활발한 신체 나이를 부러워 하지 말자. 우리는 유치하고 철없는 시간을 거쳐 온 사람들이다.

120세 시대가 오고 있는데 시간 없다고 너스레 떨지 말자. '성공'할 시간이 많이 남아 있다.

당신은 50대인가? 60대인가?
40대라고요? 30대 후반이라고요? 뭐 뭐 뭐? 그런데 웬 나이 타령!

'성공'에 대한 랄프 왈도 에머슨의 시(詩)를 인용하며 글을 맺는다.

"성공이란

자주 많이 웃는 것
현명한 이에게 존경받고
아이들에게 사랑받는 것
정직한 비평가의 찬사를 듣고
친구의 배반을 참아 내는 것
아름다움이 무엇인지 아는 것
다른 사람의 좋은 점을 발견하는 것
튼튼한 아이를 낳든
작은 정원을 가꾸든
사회 환경을 개선하든
좀 더 나은 세상을 남기고 떠나는 것
내가 이곳에 살았음으로 해서
단 한 사람이라도 행복해지는 것
이것이 성공."

노년에 성공한 사람들

노년의 성공 사례 하면 가장 먼저 떠오르는 사람이 KFC 창업자 커널 샌더스다.

잘 알려져 있듯이 커널 샌더스는 65세에 자신만의 닭튀김 비법을 개발해서 1,000번이 넘게 투자자를 만나고 거절당하기를 반복했다. 그러다가 1,009번째에 드디어 투자처를 만나 근 70세에 성공을 거둔 인물이다.

압력솥에 닭을 튀겨 내는 프라이드 치킨 조리 비법을 로열티를 받고 식당에 제공해 대성공을 거둔 것이다. 이후 그는 좋은 일을 많이 하며 90세 넘게 행복한 노년을 보낸 사람이다. 자신의 의지와 노하우가 결실을 맺고 켄터키 프라이드 치킨의 확장세를 보면서 얼마나 뿌듯했을까?

주부들 중에는 요리법, 집 안 정리 비법, 청소 비법, 인테리어 비법 등을 매일 블로그에 올려 이른바 파워블로거가 된 사람들이 있다. 이들 중에는 연간 수억 원의 수익을 내는 사람들도 있다. SNS가 활성화되면서 이제 누구나 자신을 광고할 수 있게 됐다. 예전과 달리 우리는 단순한 소비자가 아니라 '생산자'가 된 것이다. SNS의 위력이 대단하다.

얼마 전 KBS TV 〈아침마당〉에는 69세 춤꾼 할아버지 한 분이 출연해서 실력을 선보였다. 언뜻 30-40대로 생각했는데 자세히 보니 노인이었다. 이 분은 50대 후반에 춤을 배워서 지금은 모 댄스 학원에서 가장 인기 있는 댄스 강사로 활약하고 있다. 유명세가 대단하다 보니 TV에까지 소개된 것이다. 댄스 강사를 하기 전에는 연극 무대를 전전하며 힘들게 살았다고 한다.

자기가 잘할 수 있는 분야를 찾자마자 노년임에도 인생의 절정을 누리고 있는 것이다. 이분, 작달막한 체구지만 탄탄하고 탄력 있는 몸매가 정말이지 '예술'이었다. 몸이 이처럼 근육질이니 건강 역시 최고다. 생물학적 나이와 관계없이 이분에게는 지금이 최고의 시기라는 것이다. 실패만을 거듭하던 이전의 삶을 청산하고 재능을 올바로 찾아서 그 길로 나가자마자 엄청난 에너지를 뿜어내며 재미있는 삶을 살고 있는 것이다. '왕년에 잘나가던 시절'을 그리워하며 사는 것보다 좋지 않은가?

또 체육 교사로 정년퇴직 후, 60세가 넘어서 보디빌더를 시작, 현재 국내 최고령 현역 보디빌더로 활동하는 분도 있다. 그분이 노익장을 과시하는 모습을 TV에서 본 적이 있다. 감탄사가 터질 정도로 우람한 근육과 강직한 표정이 인상적인 분이었다. 아! 노인이 저렇게 아름다울 수 있구나. 하회탈 같은 너그러운 표정과 멋진 몸매! 나는 눈을 떼지 못하고 혼이 빠져서, 박수를 보내고 있었다.

노인이 되어도 저토록 눈부실 수가 있구나. 자애롭고 인자한 표정은 감동을 주며 건장하고 아름다운 몸은 타인에게 선물이구나. 신체 나이가 젊은이에 비견될 만한 그런 노인. 나는 꿈꾼다. 사람들에게 귀감이 되는 노인이 되길, 고독하고 추레한 노인이 아니라 황홀한 노인이 되기를.

앞서 언급했듯이 마흔이 넘어 귀동냥으로 영어를 배운 할머니도 있다. 여러분도 TV에서 보았을 것이다. 이분은 중소기업을 운영하는 남편의 일을 돕다가 바이어들을 만나면서 영어공부를 시작했다. 그런데 이분, 70세가 넘어서 영어 달인이 되어 버렸다. 공부는 젊어서 하는 것인 줄 알았는데 말이다.

남편 회사가 잘나가서 도움이 필요 없었다면, 이분이 영어에 관심을 갖기나 했을까? 자신이 영어에 남다른 재능이 있다는 것을 발견했을까? 이분의 꿈은 영어 관광가이드라고 한다. 그 꿈 역시 이루어지리라 본다.

일본의 시바타 도요 할머니는 90세가 넘어 시(詩) 공부를 시작해 98세에 등단, 99세에 첫 시집《약해지지 마》(지식여행, 2015)를 펴냈다. 이 시집은 일본 전역에 150만 부가 팔리는 베스트 셀러가 되었고 이듬해 두 번째 시집《100세》를 출간, 우리나라와 네덜란드 등 외국에서도 번역되었다.

국내에서도 강원도 춘천의 오금자 할머니가 92살에 시집《아흔두살 할머니의 하얀집》(성우애드컴, 2013)을 펴냈다. 내가 아는 분 중에는 67세에 시를 공부하는 분도 있고 60대에 그림 공부를 시작한 사람도 있다.

이외에도 68세에 영화감독으로 데뷔, 〈우리집 진돌이〉라는 영화를 제작해 노인영화제에서 대상을 받은 변영희 씨를 비롯해 60대에 배우로 데뷔한 사람도 있고, 60대에 시작한 동화 구연으로 짭짤한 수익을 얻는 분도 있다. 또 정년퇴직 후 자격증을 10여 개 이상 딴 노인도 있다. 숲 해설가, 농촌체험 해설가 등등 다양한 새로운 직업군에서 활동하는 노인이 계속 늘고 있다.

또 전업주부, 스님, 목사, 서예가 등 60대들이 가수로 데뷔해서 함께 만든 처녀작 〈너희는 늙어봤냐? 나는 젊어봤다〉라는 동영상이 SNS에서 큰 인기를 얻어 TV 뉴스에 소개되기도 했다.

현재 이분들이 젊은 사람들과 비교했을 때 큰 돈을 버는 것은 아니다, 그러나 앞으로는 고령 인구의 경제활동이 가속화될 테니 수입 역시 좋아질 것이다.

시바타 도요 할머니의 시를 인용한다.

"있잖아,
불행하다고 한숨 짓지 마
햇살과 산들바람은 한쪽 편만 들지 않아
꿈은 평등하게 꿀 수 있는 거야
나도 괴로운 일 많았지만 살아 있어 좋았어
너도 약해지지 마"(시바타 도요 〈약해지지 마〉)

전업주부 8년 만에 전문직 취업한
주부 이야기

올해 만 40세(71년생)인 김모 씨(여)는 요즘 하루하루가 설렌다. 아침에 눈을 뜨면 환한 햇살과 지저귀는 새소리에 덩달아 콧노래를 부른다. 2003년 말 보험설계사 일을 그만두고 전업주부로 산 지 약 8년 만에 매일 아침 출근을 하기 때문이다. 그것도 어엿한 전문직 여성으로 말이다.

김 씨의 직업은 직업상담사, 일하는 곳은 부천 여성인력개발센터다. 남편은 남편대로 바쁘고 대학생(2학년)인 딸은 얼굴 보기도 힘든 생활을 한 지 꽤 됐다. 시간이 남아도는 전업주부로서 밖에 나가 뭔가 하고 싶었지만 마땅한 능력도 갖추지 못했고 딱히 할 수 있는 일도 없어서 막막하기만 했던 김 씨는 나이 마흔이 넘어 이런 날이 오리라고는 생각 못 했다고 한다.

"저를 필요로 하는 곳이 있고 제가 능력을 발휘할 일터가 있다는 것이 정말 감사합니다. 급여도 만족하고요. 무엇보다 전문직 여성으로 첫발을 내딛는 것이 행복하고 자랑스럽지요."

출근한 지 약 2개월 된 그녀는 많은 업무량에 즐거운 비명이다.

주부로 살 때는 생각도 못 했던 다양한 경험을 업무를 통해서 하고 있는 중이기 때문이다. 그녀는 현재 구인구직자 상담 및 취업 알선, 취업자 사후 관리, 센터 이용자 자녀의 방과 후 교실 등의 업무를 맡고 있다고 한다.

"사정이 생겨서 2003년 말 보험설계사 일을 그만두고 전업주부로 살던 중 2009년 남편 사업이 아주 힘든 시기를 맞았어요. 그때 저는 불안하고 막연했답니다. 당장 취업해서 돈을 벌고 싶었지만 모든 것이 걸림돌이었어요. 지금 나가면 영업밖에 할 일이 없으니 나를 개발하고 나에게 투자해서 전문직으로 진로를 바꿔야겠다고 생각했어요."

그래서 컴퓨터 활용능력 과정과 ITQ(한글·엑셀·파워포인트) 과정을 부천 여성인력개발센터에서 수강하기 시작했고 거기서 경기도 여성능력개발센터의 'e-러닝 선생님들'을 만나면서 막연하게 생각했던 직업상담사의 꿈을 굳히게 되었다고 한다.

이렇게 해서 직업상담사 과정 공부를 마치고 직업상담사 자격증과 컴퓨터 활용능력 자격증 취득 및 취업까지 약 2-3년의 시간이 걸렸다.

이 과정에서 경기도 여성능력개발센터가 운영하는 '온라인 커리어코칭 서비스'의 도움을 많이 받았다고 한다.

경기도 여성능력개발센터가 운영하는 온라인 커리어코칭 서비스는 온라인 커리어상담사가 취업 희망 여성에게 1대 1로 맞춤 상담을 통해 취업을 지원해 주는 무료 프로그램이다.

김 씨는 이 커리어코칭 서비스의 도움을 받아 이력서와 자기소개서 쓰는 법부터, 직업상담사 교육 관련 온·오프라인 학원(집 근처)과 교육기관을 소개받았다고 한다. 이 오프라인 강좌의 경우 수강료가 매 강좌당 약 60여 만 원 정도 되는데 정부에서 80% 이상 지원되는 계좌제 학원이라 약간의 본인 부담만으로 공부를 할 수 있었다고 한다. 또 컴퓨터 관련 자격증 공부도 해서 지난해 컴퓨터 활용능력 2급 자격증과 ITQ 자격증도 취득했다.

이렇게 해서 금년 4월과 6월 초 직업상담사 1·2차 과정에 합격했고, 지난 6월 12일 직업상담사 자격증을 최종 획득했다. 이와 동시에 온라인 상담사의 도움으로 〈직업상담사 모집 정보〉를 소개받아 응시, 많은 응시자 중 당당히 합격해서 지난 6월 22일부터 부천 여성인력개발센터에 출근하게 됐다.

올해 51세(61년생)인 류순희 씨는 올 신학기부터 모 중학교의 논술 교사로 활동하고 있다. 류 씨도 온라인 커리어시스템의 도움으로 취업한 주부다.
류 씨는 인터넷을 하다가 우연히 커리어코칭 서비스를 알게 되어 바로 가입했다고 한다.

"온라인 커리어상담 선생님이 많은 정보를 주시고 도움을 주셨답니다. 저는 집에서 혼자 수필을 쓰는데 학교에서 아이들 글쓰기 지도를 하고 싶었답니다. 하지만 정보가 없어서 생각만 했지요. 그러다가 이 서비스를 알게 되어 가입 후 불과 3개월도 안 돼서 취업하게 됐답니다."

류 씨는 수필로 등단도 하고 책도 냈는데 아이들에게 제대로 된 글쓰기를 가르치고 싶었지만 마땅한 곳을 찾을 수 없었고 취업을 해 본 적이 없어서 고심했다고 한다. 그런데 우연히 알게 된 커리어코칭 서비스 덕분에 불과 3개월도 안 돼서 취업을 하게 됐다.

취업에 성공한 사람들의 말은 한결같다.

본인이 할 수 있는 것이 무엇인지 먼저 파악한 후 일단 시작하라는 것. 그런데 사실 내가 뭘 할 수 있을까? 취업 가능성은 얼마나 될까? 취업 역량을 갖추기 위해 무엇이 필요한 걸까? 적절한 자격을 갖춘 후에는 나를 원하는 일자리가 있을까? 고민되는 분들은 전국 시도의 여성능력개발센터 등 지자체의 도움을 받으면 한결 마음 든든하게 출발할 수 있다. 각 지자체마다 활발히 여성 재취업과 관련한 제반 사항들을 지원하고 있다.

시작해 보자.

너무 오래 전업주부로 집에만 있어서 자신이 없는 주부도 괜찮고 현재 하는 일이 적성에 맞지 않거나 전망이 없어서 직업 전환을 원하는 경우도 좋다. 비용은 무료다. 열정과 절실함만 있다면 불가능한 일은 없다고 생각하고 도전해 보면 된다.*

---

* 이 글은 2011년 경기도청 블로그에 게재된 글입니다.

취업이 두려운 주부가 취업한 사연

혹시 취업을 원하지만 뭔지 두려운가?

결혼하고 아이 낳고 육아와 가정에 매여 있다가 밖으로 나오려고 하니까 막막한 주부들이 많다. 세상은 '광속도'로 변하는데 다시 시작할 수 있을까 고민하는가?

재취업을 하려면 무얼 먼저 해야 할지, 구인 업체들의 요구 조건은 무엇인지, 세상이 원하는 것은 무엇인지 잘 모르겠고?

내가 아는 주부는 30대 후반인데 두 아이 키워 놓고 나니 일하고 싶은 생각이 간절하다고 한다. 그런데 결혼 후 지난 10년 동안 아이들이랑 지지고 볶고, 옆집 아줌마랑 수다 떨고, 남편과 싸움박질(?) 내조하면서 좋은 세월 다 보냈다고 한탄했다.

그래서 내가 말했다.

지금부터가 좋은 때라고. 이제 평균수명 100세 시대라고.

최근 뉴스 보니까 사람들이 100세 시대를 반기지 않는 이유로 가난과

질병을 들었는데 노년에도 일자리를 갖는 것을 중요한 노후 대비 수단으로 꼽더라고.

30대 후반이든 40대 후반이든 앞으로 살 날이 창창하니 지금부터가 정말 좋은 때라고 생각하면서 뭐든 준비하면 된다고. 더구나 아이들도 키워놓았고 30대 후반인데 뭘 못 하겠냐고 말이다.

그랬더니 이 주부, 자신이 없다고 한다. 외향적인 성격에 배꼽 빠지게 하는 야한 농담도 잘하는 여인인데 말이다. 결혼 전에 무역회사에서 경리 일을 했는데 지금 이 나이에 경리 업무를 다시 할 수 있을까 걱정하더니 이력서와 자기소개서 쓰는 것도 잊어버렸다고 급 소심 모드로 변했다.

집에 오래 있었던 주부들 중에는 취업하는 첫 단계인 이력서와 자기소개서부터 면접 등 취업 과정을 생각만 해도 어지럽다는 사람이 많다. 한마디로 자신감을 상실한 거다. 이런 주부들이라면 우선 막막함을 떨치고 세상에 대해 좀 더 알고 자신감을 회복하는 것이 필요할 것 같다.

이런 주부들을 위해 경기도를 비롯해 전국적으로 경력 단절 여성 주부 재취업 설계 프로그램이 많이 운영되고 있다. 경기도 비전센터의 '오아시스'도 그중 하나다. '오아시스'는 자신감이 부족한 구직 여성 대상 프로그램인데 참가자들에게 높은 호응을 받고 있다.

올 1월부터 경기도 수원을 시작으로 안성, 부천, 안양, 파주, 구리, 이천 등지에서 이미 프로그램이 진행됐다. 경기도민이면 누구나 참석할 수 있다고 한다. 이런 프로그램은 현재 전국적으로 많이 운영되기 때문에 지역의 여성 관련 센터 등에 문의하면 도움을 받을 수 있다.

경기도 양평 여성회관에서 주부 취업 프로그램에 참여한 김모 주부는 한 번도 취업한 적이 없어 심리적으로 주눅 들어 있었는데 도전 의욕이 생긴 소중한 시간이었다고 말한다.

"취업에 실질적인 도움을 주는 프로그램이었어요. 삶의 활력소가 되었고 10년 후 자기 모습을 그리는 미래나무 그리기 시간에는 실제로 꿈을 성취할 수 있다는 자신감을 얻게 되었어요. 그동안의 삶을 돌아보게 했고 교육받은 것을 삶에 적용할 수 있어서 좋았고 마인드컨트롤도 중요하다는 걸 알게 됐죠. 이런 프로그램이 많이 생기면 주부들에게 큰 힘이 될 것 같네요."

김 씨는 현재 양평 여성회관에서 농촌체험 지도자 과정을 듣고 있는데 곧 방과 후 특기적성 지도교사 일을 할 수 있을 것 같다고 한다.

경기도 가평에서 역시 오아시스 프로그램을 듣고 현재 가평군청 사회복지사로 취업한 정모 씨(44)는 이 프로그램이 너무 좋아서 딸과 함께 강의를 들었다고 한다.

"저는 평소 자신감이 많이 떨어졌는데 이 프로그램이 자신감 회복에 큰 도움이 됐어요. 청년 구직자도 많지만 각 세대 간 취약한 부분이 있고 나이 먹은 사람이 더 잘할 수 있는 부분도 있다는 것을 알고 용기를 얻었지요."

정 씨는 청소년 대상으로도 이런 프로그램이 있으면 좋겠다고 말한다.

교육 효과가 조금씩 잊혀 위축될 때마다 딸이 '오아시스 교육'을 환기해 주어서 기쁘게 일하고 있다고.

수원에서 오아시스를 듣고 경기도 여성비전센터 경기 새일자리본부 여성인턴으로 취업한 서모 씨는 "발표력을 키울 수 있었고 취업에 실질적인 도움이 됐다"라고 한다.

이 주부 역시 5년 후-10년 후 내 모습을 계획하고 발표하는 시간이 좋았다고 한다. 이곳에서 만난 사람들과 정보를 공유하고 교육 후에도 인연을 이어 가고 있다고.

또 한 가지 장점은 프로그램을 들은 주부들 중 지역마다 약 50% 내외로 취업이 된다는 것이다. 프로그램을 주최하는 각 센터가 적극적으로 참여자들에게 취업 정보를 주고 사후 관리까지 해 주고 있어서 얻어진 성과다.

취재를 하는 동안 프로그램 수강 후 취업에 성공한 주부들의 경험담을 들으면서 문득 기회가 된다면 필자도 이 재미있고 유익한 주부 재취업 강의들을 듣고 싶다는 생각을 했을 정도다.

지금 혹시 무기력해져 있거나 돌파구를 찾지 못했거나, 지치고 힘이 든다면 지역별로 여성 재취업을 지원하는 여러 기관에 참여해 보자. 재취업을 희망하는 주부가 대상이지만 남성이나 미혼 여성이 들어도 도움이 되는 알찬 내용들로 가득하다고 한다. 국가나 지자체에서 운영하는 재취업 프로그램이 주목받는 이유가 또 있다. 교육생들의 취업까지 신경 쓰고 있는 것. 그러니 꼭 노크해 보시기 바란다. 지금 정부가 여성 재취업을 독려하기 위해 정책적으로 많이 지원하고 있다. 지금이 주부들이 적성을 찾아서 교육받고 자신에게 적합한 일터를 찾을 절호의 기회가 될 수 있다.*

---

* 이 글은 2011년 경기도청 블로그에 게재된 글입니다.

에필로그
절벽 가까이로

절벽 가까이로 나를 부르셔서 다가갔습니다

절벽 끝에 더 가까이 오라고 하셔서 더 다가갔습니다

그랬더니 절벽에 겨우 발을 붙이고 서 있는 나를

절벽 아래로 밀어 버리시는 것이었습니다

물론 나는 그 절벽 아래로 떨어졌습니다

그런데 나는 그때까지

내가 날 수 있다는 사실을 몰랐습니다 — **로버트 슐러** 〈절벽 가까이로〉

절벽 가까이로 나를 부르는 이가 있어서 겁먹은 채 다가간다. 그러나 까마득한 절벽 끝에서 내가 나를 붙잡는다.

"가지 마!"

"…"

"그건 부나비의 춤이지. 죽고 싶은 욕망이지."

"가고 싶어."

캄캄한 동굴 속에 묶인 채 그림자만 보며 살아온 사람들에게 동굴 밖 세상에 대해 말해 주어도 믿지 않는다. 오히려 사기꾼이라고 화를 낸다.

그런데 바깥세상을 보고 온 그 사람은, 밖으로 나가자고, 신기한 세상이, 눈이 멀 것 같은 태양이, 형용할 수 없는 빛 무더기와 무지갯빛 꽃들이, 푸른 하늘과 출렁이는 파란 바다가, 초록색 나무들이 반짝이는 그곳으로 나가자고, 지금 우리가 보고 있는 것은 가짜라고 말한다. 그러나 사람들은 그의 말을 믿지 않는다. 그들은 평생 어두운 동굴 속에서 그림자만이 진실이라고 여기며 살다가 생을 마감할 것이다. 잘 알려진 플라톤의 동굴의 비유 《국가》(천병희 역, 숲, 2013) 6권)다.

절벽 가까이로 가서 떨어져 죽자. 떨어지는 순간 예전 것을 벗고 새로운 시간을 살게 된다. 나를 버리고 나의 탄생을 지켜보자.

불가마 속으로 한발 한발 다가가자. 화기 속을 날 수 있는 날개가 내게 있었구나, 나무의 물관처럼 물기를 머금고 훼치듯이 바람을 타고 나는 나.

권태와 불모의 타성 속에 살고 있던 동굴을 벗어난 순간의 새, 온전한 기쁨을 느끼며 웃는 새 한 마리, 하늘을 가르는 새의 웃음소리.

인간은 이 재미없는 세상을 재미없게 살다가 죽으려고 태어난 것이 아니다.

결혼과 모성과 헌신과 인내와 가족과 가족과 가족…. 우리는 이제 여성으로서의 완성을 이루었는지 모른다. 아기, 소녀, 처녀, 아줌마, 잉태와 출산과 육아와 살림. 그러다가 갱년기를 맞고 폐경기를 거쳐 여성으로 완결성을 이루는지도 모른다. 그런데 한 가지 빠졌다.

인간으로서 자기완성!

여성의 완성, 여성의 의무의 완수와 함께 자기를 완성하러 가자.

나의 완성.

어쩌면 여성의 자기완성은 남성보다 조금 늦어질 수도 있다. 시기가 중요치는 않다.

여성의 몸은 여성이 그 시기에 해야 할 일, 즉 생명의 잉태와 생명의 보살핌의 노고를 맡도록 선택되었을수도 있다. 그 몸이 이제 할 일 다 했으니 나에게로 돌아오자. 완성된 여성을 넘어 완성된 인간에게로 가자.

거기 이런 문구가 있다면?

```
경고

위험

이곳을 벗어나면 절벽이니 돌아가시오!
```

당장 그 경고판을 뽑아 던져 버리자.

왜? 나만의 날개가 있으니까. 날개를 펴고 훨훨 날아다니면서 살자.

다른 삶을 위해 다른 도전을 하자. 그렇다. 사랑, 아주 고된 사랑이 필요하리라. 나를 믿는 사랑, 진심으로 나를 사랑하기가 얼마나 위험한 것인지. 그것이 진짜다. 자기완성, 그것은 자기사랑이며 타자에 대한 사랑이다.

지금과는 다른 사랑, 다른 것을 바라보는 행위, 다른 것을 알아 버린 자의 그것. 보살행 같은.

그것을 향해 나아가자. 자기완성의 길이며 너의 완성의 길이며 세상의 완성을 향한 길로.

절벽으로 우리는 꽃처럼 떨어진다. 목이 툭툭 부러지며 떨어지는 동백꽃처럼 장엄하게. 아름다운 날개를 펄럭이며 이 세계에서 저 세계로 도약한다.

동백꽃처럼 툭툭 떨어져 죽자.

동백꽃처럼 아름다운 꽃잎을 펼쳐서 바람을 타고 날아가자. 거기서 다른 나의 반쪽을 만나자. 성경의 창세기의 남자와 여자의 반쪽이 아니라 나의 나머지 반쪽의 여자, 내 고유의 나, 잊어버리고 없는 듯이 살아온 나의 반쪽, 그 반쪽을 찾아 온전한 나를 이어 붙여서 완성된 나를 만나려고 우리 여성이 간다. 부절을 합친 듯 완전해진 나, 남성은 그의 나머지 반쪽 남성을 찾아야 한다. 그리하여 우리 모두 완성되자. 내가 절벽 아래에서, 돌아오지 않는 나를 애타게 기다리고 있다.

우리 만나자. 밖으로 나가자. 나의 경계가 지워지고 너의 구획이 사라진 순간의 법열 같은. 너에게로 간다. 나의 너. 우리 주변에 널린 사랑은 가짜다. 거짓 옷을 입고 사랑이라고 우긴다. 페르소나다.

그 길로 가자. 내가 사라진 자리, 너를 만난 자리, 그 텅 빈 무(無)에 내가 네가 되고, 네가 내가 된, 이제 다른 것이 된 완전함, 그것이 생성된다. 절벽 아래.

태양과 꽃과 나무의 정원, 여신 헤라의 젖이 흘러 만들어진 은하수에 춤추는 별, 젖과 꽃이 비처럼 내리는 언어 이전의 내가 살던 곳, 아직 만나지 못한 나. 그러나 이미 있는 나. 그곳에는 아직도 올림푸스 신들이 사랑을 나누고 있을까? '바람둥이' 제우스는 지금도 올림푸스 안주인 몰래 아름다운 인간의 여인을 만날까? 우리 그곳에서 신을 만나자. 무구하고 완전한 나를 만나자. 그 나와 하나가 되자.

조지프 캠벨 식으로 말하면 '문턱을 넘어', '기쁨'이 넘실대는 그곳으로 이제 간다. 문턱을 넘는 무모한 용기로, 경건하고 신비로운 열정에 휩싸여 그곳으로 간다. 무한한 나와 연결되기 위해. 조지프 캠벨은 문턱을 넘어 그곳에 가서 '그 무엇'을 가지고 다시 문턱을 넘어 이곳으로 돌아온다. 자기 신화를, 자기완성을.

단테의《신곡》한 구절을 인용한다.

"문득 눈을 떠 보니 반평생이 흘렀네
사방에는 끝도 없이 펼쳐진 어두운 숲
길다운 길 하나 없는 절망의 심연
아, 나는 거기 있었네"

위 인용 시의 단테처럼 어두운 숲에서 절망의 심연에 빠져 있는가? 다른 길로 가자. 다른 계열의 시간들이 동시에 꿈틀꿈틀 숨 쉬는, 바다 같은, 자궁 속 같은 고요, 깊고 광대한 창조의 현장, 절벽 끝의 원시림, 뭇 생명의 평화로운 대지로. 거기 내가 있다! 경이롭고 평화롭고 재미있는 나를 살고 있는 내가, 나를 허용한 내가, 이 창조의 아침에 신처럼 식사를 하고 있다.

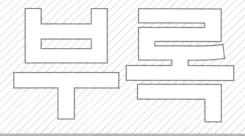

부록

전국 여성인력개발센터 명단 ㅣ 전국 여성새로일하기센터 명단 ㅣ 참고 사이트

〈자료: 한국고용정보원〉

전국 여성인력개발센터 명단

지역		주소	전화	홈페이지
서울	강북	강북구 수유1동 63번지 수유프라자 5층	02) 980-2377~8	www.womanjob.or.kr
	강서	강서구 화곡6동 958-12 화곡빌딩 5층	02) 2692-4549	www.hrbks.or.kr
	관악	관악구 청룡동 1564-5 광장빌딩 1~5층	02) 886-9523~5	www.kwoman.or.kr
	구로	구로구 구로5동 110-1번지 희훈타워빌 2층	02) 867-4456	www.kurowoman.com
	노원	노원구 공릉2동 408-4 건설빌딩 5층	02) 951-0187	www.job365.or.kr
	동대문	동대문구 용신동 234-1 포은빌딩 6층	02) 921-2020	www.job2060.or.kr
	동작	동작구 사당동 144-10 이수텐빌딩 2층~5층	02) 525-1121	dongjak.seoulwomanup.or.kr
	서대문	서대문구 대현동 101-7 혜우빌딩 4층	02) 332-8661	www.workers.or.kr
	서초	서초구 서초2동 1362-16 선영빌딩 L층	02) 6929-0011	seocho.seoulwomanup.or.kr
	성동	성동구 무학로 2길 54	02) 3395-1500	sd.seoulwomanup.or.kr
	송파	송파구 가락동 83-7 대호빌딩 2층	02) 430-6070	songpa.seoulwomanup.or.kr
	영등포	영등포구 영등포6가 8-1번지 극동빌딩 4,5층	02) 858-4514~5	www.ywcajob.or.kr
	용산	용산구 신계동 7-2	02) 714-9762~4	yongsan.seoulwomanup.or.kr
	은평	은평구 불광동 267-1 경일빌딩 2층	02) 389-1976	www.epwoman.or.kr
	종로	종로구 명륜동4가 113-1 스타시티빌딩 2~4층	02) 765-1326	www.sbwomen.or.kr
	중랑	중랑구 상봉2동 130-5 대림프라자 3층	02) 3409-1947~9	jungnang.seoulwomanup.or.kr
부산	동래	동래구 온천3동 1442-1	051) 503-7268	www.womancenter.or.kr
	부산진	부산진구 부전1동 467-1 영동플라자	051) 807-7944	www.bswoman.or.kr
	해운대	해운대구 우동 640-24 국제빌딩 6층	051) 702-9196~9	www.hwcenter.or.kr
대구	대구	남구 대명2동 2007-8	053) 472-2280~1	www.how-ywca.or.kr
인천	남구	남구 용현5동 630-10 청솔프라자	032) 881-6060~2	www.namgucenter.or.kr
	서구	서구 가정동 517 주암프라자 2층	032) 577-6091~2	www.sgwomen.or.kr
	인천	남동구 만수동 889 베스트웨딩홀 2층	032) 469-1251~2	www.ywcaici.com
광주	광주	동구 대인동 21-5	062) 511-0001~3	www.womencenter.or.kr
	광주 북구	북구 유동 중가로 43	062) 266-8500	www.bkwomancenter.or.kr

지역		주소	전화	홈페이지
대전	대전	서구 용문동 594-1 도산회관 5층	042) 534-4340~2	www.djjob.or.kr
경기	고양	고양시 일산서구 대화동 2209	031) 912-8555	www.kycenter.or.kr
	부천	부천시 원미구 중동 1162-4 중동프라자 5층	032) 326-3004	www.ilwoman.or.kr
	성남	성남시 분당구 금곡동 158 미도플라자 6F	031) 718-6696	www.snw.or.kr
	수원	수원시 영통구 영통동 998-1번지 평익빌딩 8층	031) 206-1919	www.vocationplus.com
	시흥	시흥시 대야동 546-1 대명프라자 6~7층	031) 313-0473~4	www.shwomen.or.kr
	안산	안산시 단원구 고잔동 523-8 한국산업은행 3층	031) 439-2060~4	www.ansanwomen.or.kr
	안양	안양시 동안구 호계1동 985-19	031) 453-4360	www.anyangcenter.or.kr
강원	강릉	강릉시 강릉대로 317 (한국빌딩3층)	033) 643-1145	www.gnwomen.kr
	춘천	춘천시 석사동 111-6 3층	033) 243-6474~5	www.ccwomen.or.kr
충남	논산	논산시 취암동 1059-1번지	041) 736-6244	www.nsjob.or.kr
	보령	보령시 동대동 1687 영동빌딩	041) 935-9663	www.brjob.or.kr
	천안	천안시 다가동 410-4 정일빌딩	041) 576-3060~1	www.chwoman.or.kr
전북	군산	군산시 나운 2동 45-10	063) 468-0055~7	www.kswork.or.kr
	전주	전주시 완산구 장승배기로 213 BYC건물 2층	063) 232-2346~7	www.jjwoman.or.kr
전남	목포	목포시 상동 1004-5번지	061) 283-7535~6	www.mpywca.or.kr
	순천	순천시 저전동 194-1	061) 744-9704	www.scwoman.kr
	여수	여수시 시청로 34이레타운 4층 (학동 36-1번지)	061) 641-0050	여수여성인력개발센터.kr
경북	구미	구미시 원평동 1070-6	054) 456-9494	www.gumiwoman.or.kr
	칠곡	칠곡군 왜관읍 왜관리 347-8	054) 973-7016	www.chilgokcenter.or.kr
	포항	포항시 남구 대도동 127-2번지 일선빌딩 3층	054) 278-4410~2	www.ph-woman.or.kr
경남	김해	김해시 삼계동 1469-5	055) 331-4335~6	www.withwoman.co.kr
	마산	마산시 내서읍 중리 1044-6 천지빌딩 2층	055) 232-5265~6	masan-woman.or.kr
	창원	창원시 성산구 가음동 20-8 창원시 여성회관 내 2층	055) 283-3220~1	www.cwcenter.or.kr
제주	제주	이도1동 1292-3번지 상록회관 4층	064) 753-8090~1	www.jejuwoman.kr

전국 여성새로일하기센터 명단

지역		센터명		전화	홈페이지
서울	관악구	관악새일센터	관악여성인력개발센터	02) 886-9523	http://kwoman.or.kr
	구로구	간호새일센터	서울특별시간호사회	02) 859-6346	http://www.snarcc.or.kr
		구로새일센터	구로여성인력개발센터	02) 867-8833	http://www.kurowoman.com
	영등포구	영등포새일센터	영등포여성인력개발센터	02) 858-4514	http://www.ywcajob.or.kr
	금천구	남부새일센터	남부여성발전센터	02) 802-0185	http://nambu.seoulwomen.or.kr
	노원구	북부새일센터	북부여성발전센터	02) 972-5506	http://bukbu.seoulwomen.or.kr
		노원새일센터	노원여성인력개발센터	02) 951-0187	http://www.job365.or.kr
	동대문구	동대문새일센터	동대문여성인력개발센터	02) 921-2070	http://www.job2060.or.kr
	서대문구	서대문새일센터	서대문여성인력개발센터	02) 332-8661	http://www.workers.or.kr
	서초구	서초새일센터	서초여성인력개발센터	02) 6929-0011	http://www.itwoman.or.kr
	양천구	서부새일센터	서부여성발전센터	02) 2607-5638~9	http://seobu.seoulwomen.or.kr
	은평구	은평새일센터	은평여성인력개발센터	02) 389-2115	http://www.epwoman.or.kr
	종로구	종로새일센터	종로여성인력개발센터	02) 741-1326	http://wvwv.sbwomen.or.kr
	중랑구	중랑새일센터	중랑여성인력개발센터	02) 3409-1948	http://jungnang.seoulwomen.or.kr
	강서구	강서새일센터	강서여성인력개발센터	02) 2692-4549	http://www.hrbks.or.kr
	강북구	강북새일센터	강북여성인력개발센터	02) 980-2377	http://www.womanjob.or.kr
	동작구	동작새일센터	동작여성인력개발센터	02) 525-1121	http://www.djwoman.or.kr
	마포구	중부새일센터	중부여성발전센터	02) 719-6307	http://jungbu.seoulwomen.or. kr
	용산구	용산새일센터	용산여성인력개발센터	02) 714-9762	http://yongsan.seoulwomen.or.kr
	송파구	송파새일센터	송파여성인력개발센터	02) 430-6070	http://songpa.seoulwomen.or.kr
	강남구	강남새일센터	강남여성장애인인력개발센터	02) 6929-0002	http://kangnam.seoulwomen.or.kr
부산	남구	부산새일센터	부산광역시여성회관	051) 610-2011	http://woman.busan.go.kr
	동래구	동래새일센터	동래여성인력개발센터	051) 501-8945	http://www.womancenter.or.kr
	해운대구	해운대새일센터	해운대여성인력개발센터	051) 702-9196	http://www.hwcenter.or.kr
	사상구	사상새일센터	사상여성인력개발센터	051) 326-7600	http://www.bbwoman.or.kr

지역		센터명		전화	홈페이지
부산	부산진구	부산진새일센터	부산진여성인력개발센터	051) 807-7944	http://www.bswoman.or.kr
	서구	부산서구새일센터	서구 여성센터	051) 241-4357~8	http://www.bsseogu.go.kr
대구	남구	대구남부새일센터	대구여성인력개발센터	053) 472-2281	http://www.how-ywca.or.kr
	북구	대구새일센터	대구광역시 여성회관	053) 310-0140	http://www.dgnewjob.go.kr
	서구	대구달서새일센터	대구달서여성인력개발센터	053) 285-1331	http://www.dalseocenter.or.kr
인천	남구	인천새일센터	인천광역시 여성복지관	032) 440-6528	http://women-center.incheon.go.kr
		인천남구새일센터	인천남구여성인력개발센터	032) 881-6060~2	http://www.namgucenter.or.kr
	남동구	인천남동구 새일센터	인천여성인력개발센터	032) 469-1251	http://www.ywcaici.com
	서구	인천서구새일센터	인천서구여성인력개발센터	032) 577-6091	http://www.sgwomen.or.kr
	부평구	부평새일센터	인천광역시 여성문화회관	032) 511-3161~3	http://www.iwcc.or.kr
	남동구	인천 남동산단 새일센터	한국여성경제인협회인천지회	032) 260-3605	http://www.iwwc.or.kr
광주	동구	광주새일센터	광주여성인력개발센터	062) 511-0001	http://www.womencenter.or.kr
	북구	광주북구새일센터	광주북구여성인력개발센터	062) 266-8500	http://www.bkwomancenter.or.kr
	남구	송원대새일센터	송원대학 부설 평생교육원	062) 360-5902	http://www.songwon.ac.kr/edulife
	광산구	광주광산구 새일센터(본부)	광주 여성새로일하기 지원본부	1577-2919	http://www.gjwomenwork.or.kr
	서구	광주서구새일센터	광주광역시 여성발전센터	062) 613-7986~9	http://www.woman.gwangju.go.kr
대전	서구	대전새일센터	대전여성인력개발센터	042) 524-4181~2	http://www.djjob.or. kr
	유성구	충남대새일센터	충남대학교	042) 821-8004	http://www.cnuwork.com
울산		울산남부새일센터	울산여성인력개발센터	052) 269-8219	http://www.usvocation.org
	중구	울산중부새일센터	울산광역시 여성회관	052) 281-1616	http://www.w1.or.kr
경기	고양시	고양새일센터	고양여성인력개발센터	031) 912-8555	http://www.kycenter.or.kr
	부천시	부천새일센터	부천여성인력개발센터	032) 326-3004	http://www.ilwoman.or.kr
	성남시	성남새일센터	성남여성인력개발센터	031) 718-6696	http://www.snw.or.kr
	안산시	안산새일센터	안산여성인력개발센터	031) 439-2060	http://www.ansanwomen.or.kr
	안양시	안양새일센터	안양여성인력개발센터	031) 427-3122	http://www.anyangcenter.or.kr
	용인시	경기새일센터	경기도 여성능력개발센터	031) 8008-8144	http://www.womenpro.or.kr
	의정부시	경기북부새일센터	경기도 북부여성비전센터	031) 8008-8080	http://www.womanpia.or.kr
	시흥시	시흥새일센터	시흥여성인력개발센터	031) 313-8219	http://www.shwomen.or.kr

지역		센터명		전화	홈페이지
경기	시흥시	시흥새일센터 (본부)	시흥 여성새로일하기 지원본부	031) 310-6021	http://www.womenwork.or.kr
	화성시	화성새일센터	화성시 여성비전센터	031) 267-8714	http://unicenter.hcf.or.kr
	광명시	광명새일센터	광명시 여성회관	02) 2680-2884	http://woman.kmc21.net
	평택시	평택새일센터	평택시 여성회관	031) 8024-7432	–
	남양주시	남양주새일센터	남양주 YWCA	031) 577-0886~7	http://www.nyjywca.or.kr
강원	동해시	동해새일센터	동해 YWCA	033) 533-6077	http://www.dhywca.or.kr
	원주시	원주새일센터	원주시 시민문화센터	033) 737-4592	http://www.wseill.kr
	춘천시	춘천새일센터	춘천여성인력개발센터	033) 243-6474	http://www.ccwomen.or.kr
	강릉시	강릉새일센터	강릉여성인력개발센터	033) 643-1145	http://www.gnwomen.kr
	속초시	속초새일센터	속초시 평생교육문화센터	033) 639-2060	–
충북	청주시	청주새일센터	청주여성인력개발센터	043) 253-3400	http://www.womanhouse.or.kr
	영동군	영동새일센터	영동군 여성회관	043) 740-3756	–
	청원군	충북새일센터 (본부)	충북새일지원본부	043) 217-9197	http://www.cbwoman.or.kr
	충주시	충주새일센터	충주 YWCA	043) 845-1991	http://www.chjuywca.or.kr
	제천시	제천새일센터	제천시 여성문화센터	043) 645-3904	http://www.djcwomenwork.or.kr
충남	보령시	보령새일센터	보령여성인력개발센터	041) 935-9663	http://www.brjob.or.kr
	천안시	천안새일센터	천안여성인력개발센터	041) 576-3060	http://www.chwoman.or.kr
	논산시	논산새일센터	논산여성인력개발센터	041) 736-6244	http://www.nsjob.or.kr
	당진시	당진새일센터	당진군 여성의전당	041) 352-1941	http://woman.dangjin.go.kr
	서산시	서산새일센터	서산문화 복지센터 (서산시 여성회관)	041) 660-2707	–
	아산시	아산새일센터	선문대학교	041) 530-8131~7	–
전북	군산시	군산새일센터	군산여성인력개발센터	063) 468-0055	http://www.kswork.or.kr
	전주시	전주새일센터	전주여성인력개발센터	063) 232-2352	http://www.jjwoman.or.kr
		전북새일센터	전북여성교육문화센터	063) 254-3610	http://www.jbwjob.or.kr
	정읍시	정읍새일센터	정읍시 여성문화회관	063) 539-5049	http://jeongeupwoman.or.kr
	남원시	남원새일센터	남원시 여성문화센터	063) 633-0860	http://women.namwon.go.kr
	익산시	익산새일센터 (본부)	전북익산 여성새로일하기 지원본부	063) 853-5625	http://www.iksanwomenwork.or.kr

지역		센터명	전화	홈페이지
전남	목포시	목포새일센터	목포여성인력개발센터	061) 283-7535	http://www.mpywca.or.kr
	여수시	여수새일센터	여수여성인력개발센터	061) 641-0050	http://여수여성인력개발센터.kr
	순천시	순천새일센터	순천여성인력개발센터	061) 744-9705	http://www.scwoman.kr
	광양시	광양새일센터	광양시청 여성문화센터	061) 797-2781	http://www.gwangyang.go.kr/wec
	장성군	장성새일센터	장성군 여성회관	061) 390-7635~6	-
경북	구미시	구미새일센터	구미여성인력개발센터	054) 456-9494	http://www.gumiwoman.or.kr
	김천시	김천새일센터	김천시종합사회복지관 (여성회관)	054) 430-1179	http://bokji.gc.go.kr
	포항시	포항새일센터	포항여성인력개발센터	054) 278-4410~2	http://www.ph-woman.or.kr
	칠곡군	칠곡새일센터	칠곡여성인력개발센터	054) 973-7019	http://www.chilgokcenter.or.kr
	경산시	경산새일센터	경산시 여성회관	053) 812-0019	http://www.gyeongsan.go.kr/woman
	경주시	경주새일센터	사회복지법인 굿네이버스 경주지부	054) 744-1901	http://www.goodneighbors.kr
경남	김해시	김해새일센터	김해여성인력개발센터	055) 331-4335	http://www.withwoman.co.kr
	진주시	진주새일센터	경남도립대학 현장인력 양성센터	055) 757-6061	http://www.newcenter.kr
	마산시	마산새일센터	마산여성인력개발센터	055) 232-4351	http://www.masan-woman.or.kr
	창원시	창원새일센터	창원 여성인력개발센터	055) 283-3221	http://www.cwcenter.or.kr
		경남새일센터 (본부)	경남 여성새로일하기 지원본부	1588-3475	http://www.gnwomenwork.or.kr
	거제시	거제새일센터	거제시 여성회관	055) 634-2064~9	http://www.geojewoman.or.kr
	양산시	양산새일센터	양산 YWCA	055) 362-9192~3	http://www.ys-ywca.or.kr
제주	제주시	제주새일센터	제주여성인력개발센터	064) 753-8097	http://www.jejuwoman.kr
	서귀포시	서귀포새일센터	서귀포 YWCA	064) 762-1400	http://www.sgpoywca.or.kr

참고 사이트

〈정부 및 공공기관〉

- 고용노동부 http://www.moel.go.kr
  직장어린이집지 원, 공공보육시설운영, 여성고용환경개선융자, 여성새로일하기센터

- 여성가족부 http://mogef.go.kr
  여성인력개발사업, 영유아보육정책, 성폭력방지, 가정폭력방지

- 근로복지공단 http://www.kcomwel.or.kr
  산재보험, 고용보험, 근로복지, 실업대책 및 임금채권보장

〈직업 및 취업정보〉

- 워크넷 http://www.work.go.kr
  직업정보, 고용동향정보, 직업훈련정보, 직업심리검사, 직업지도프로그램

- 워크넷-직업진로 http://know.work.go.kr
  직업정보, 직업심리검사, 직업선택지원, 학과정보검색, 진로상담

- 커리어넷 http://www.careernet.re.kr
  미래의 직업세계, 직업정보, 진로상담, 심리검사, 학교/학과정보

- 미즈워크넷 http://www.mizwork.net
  여성전문 채용업체, 구인구직정보, 주부 및 여성 재취업 성공기

- 아줌마파워닷컴 http://www.azummapower.com
  기혼여성 취업정보, 성공 여성 인터뷰, 재테크정보

- 한국산업인력공단 http://www.hrdkorea.or.kr
  해외취업, 자격증정보, 직업훈련

〈직업훈련정보〉

- HRD-net http://www.hrd.go.kr
  정부지원직업훈련과정 및 운영기관정보

- 여성인력개발 센터 http://www.vocation.or.kr
  여성취업, 창업정보, 직업교육 및 훈련

- 사단법인한국대학평생교육원협의회 http://www.kauce.or.kr
  전국에 소재한 대학부설평생교육원 사이트 링크

- 서울시여성가족재단 http://www.seoulwomen.or.kr
  서울시 여성과 가족에 관련된 사업

- 서울시여성능력개발원 http://wrd.seoulwomen.or.kr
  서울시 여성교육정보 안내, 교육강좌, 교육기관, 취업, 창업 정보 제공

- 여성새로일하기센터 http://saeil.mogef.go.kr
  여성직업상담, 직업훈련, 취업지원 제공

- 사단법인여성자원금고 http://www.hrb.or.kr
  여성직업교육기관, 교육프로그램, 여성포럼, 운영기관 및 상담안내

- 국비닷컴 http://www.kookbi.com
  각 지역별 국비지원 직업훈련정보, 직업전문학교 강사 채용정보

〈자격정보〉

- 큐넷 http://www.q-net.or.kr
  국가자격, 민간자격, 외국자격에 대한 안내, 자격시험 및 합격자 발표, 자격증 발급 안내

- 한국민간자격협회 http://www.kqa.or.kr
  협회의 민간자격

- 민간자격정보서비스 http://www.pqi.or.kr
  한국직업능력개발원의 등록민간자격정보 제공

〈창업정보〉

- 소상공인진흥원 http://www.seda.or.kr
  소상공인 육성, 지원, 창업자금지원, 창업교육

- 한국여성경제인협회 http://womanbiz.or.kr
  여성경제인 활동지원 및 여성창업지원

- 한국여성창업대학원 http://www.upjong.com
  창업적성검사, 노하우전수창업, 점포클리닉, 창업대행 전문기관

〈여성관련사이트〉

- 위민넷 http://www.women-net.net
  여성의 사회참여 및 취업/창업정보제공, 심리검사, 기타 여성관련 정보

- 여성신문 http://www.womennews.co.kr
  여성관련 법·제도·정치·문화·생활환경 등 정보제공의 여성언론지

- 이주여성긴급지원센터 http://www.wm1366.or.kr
  이주여성 상담, 관련정책자료, 커뮤니티